近松よろず始末処

築山桂

ポプラ文庫

目次

序

雨が止《や》まない。

ずぶ濡れの体は冷えて、脇腹から流れる血だけが生ぬるい。

立ち上がる力は、虎彦《とらひこ》には、もうなかった。板塀に預けた背中も、地面に投げ出した足も、感覚がない。

あかん……とつぶやこうとしたが、すでに声も出なかった。

いや、耳のほうが先にいかれてしまったのかもしれない。さっきから、わんわんと耳鳴りが酷《ひど》い。

目の前が暗いのも、闇夜《やみよ》のせいではなく、終わりが近いせいか。

夢を見ているようだと、虎彦は思った。

昨夜《ゆうべ》はいつもと変わらず、兄貴たちと屋台で安酒を飲んでいた。

今夜もそうなるだろうと、呑気《のんき》に信じていた。

終わるときは、あっというまだ。ほんの、一瞬――。

耳鳴りが、さらに酷くなった。

わんわん、わんわんと、耳元で鳴り続けるそれは、不思議と不快ではなかった。

まるで、誰かに呼ばれているかのような……。

序

——どうした、鬼王丸《おにおうまる》。何を見つけたのだね。

頭の上から声が降ってきたような気がするが、これも耳鳴りだろうか。

——おや。行き倒れか。厄介だな。こんなところで死なれると。……いや、まだ息があるようだ。

声が近づいてくる。

もしや、誰か近くにいるのだろうか。

目を開けようとしたが、まぶたが重くて開かない。

——ふむ。これは……おもしろい拾いものだ。役に立つかもしれんぞ、鬼王丸。

声の主が笑ったような気がした。

笑《わろ》てる場合と違うやろ——そう言おうとして、ぷつんと意識が途切れた。

それきり、闇のなか。

第一章

お犬様

1

竹本座《たけもとざ》は、今日も客の入りが悪い。

大坂《おおさか》の町人は移り気で、去年あれだけ流行《はや》った人形浄瑠璃《にんぎようじようるり》よりも、今は歌舞伎《かぶき》のほうがいいらしい。

芝居櫓《しばいやぐら》や絵看板が賑《にぎ》やかに並び、みなが浮かれて歩く道頓堀端《どうとんぼりばた》だというのに、竹本座の前は誰もが素通りだ。たまに立ち止まり、太夫《たゆう》や人形遣いの名を札で確かめる旦那《だんな》がいても、すぐに肩をすくめて去っていく。

演目が当たれば、途中からでも入る客は多いものだが、今はさっぱりで、往来に響いてくる三味線《しやみせん》の音も、どこか淋《さび》しげだった。

「暇や……」

小屋の木戸前に腰を下ろした虎彦は、ぽつりとつぶやきをもらした。

桑染めの半纏《はんてん》に黒い腹掛け姿で、目の前には大きな籠《かご》が二つ。

あふれんばかりに籠に盛られた純白の百合《ゆり》は、辺りに甘ったるい香を放っているが、朝、仕入れてきたときから、数がまったく減っていない。

(菖蒲《しようぶ》のころは良かった)

ほんの十日前までは、竹本座の入りに関係なく、次から次に花を買う客が来ていた。売り切れて、昼過ぎに慌てて村方まで仕入れに戻ったこともあったほどだ。

季節が変わると、ぱたりと客足が途絶えた。

「百合？　そんなもん、そのへんの野っぱらにいくらでも咲いとんで」

目の前で笑われたこともある。

こうなると、小屋の入りが悪いのが、どうにも痛い。

浄瑠璃を聴いて上機嫌の旦那ならば、ありふれた花でも手に取ってくれることがあるが、小屋の前で足を止める者がいないとあっては、話にならないのだ。

日銭稼ぎの身であるから、一日の売り上げはそのまま、飯の中身につながる。昨夜から虎彦が口にしたものといえば、向かいの屋台の汁掛け飯一杯だけ。十九歳の若者には、とても足りる量ではない。さっきから、腹はくうくうと鳴きっぱなしだ。

クソッ……と、虎彦は舌打ちをした。

（あの爺《じい》さん、何もかも計算ずくで……ずる賢い浄瑠璃作者め）


虎彦が花売りを始めたのは、去年の秋だ。

竹本座前で二十数年、花を売り続けてきた老婆が隠居することになり、その縄張りを譲り受けたのだ。

老婆との仲介をしてくれたのも、道具一式を買い取る金を都合してくれたのも、竹本座と縁《えん》の深い、とある浄瑠璃作者だ。

名を、近松門左衛門《ちかまつもんざえもん》という。

虎彦の、命の恩人である。

浄瑠璃なんぞに縁のない暮らしをしていた虎彦はまったく知らなかったが、実はかなりの有名人らしい。『出世景清《しゅっせかげきよ》』や『世継曽我《よつぎそが》』といった時代物浄瑠璃の大当たりで名を広めた人物だとは、後に竹本座の者たちから聞いた。

その近松から花売りの話を持ちかけられたとき、虎彦はうろたえ、とんでもないと首を振った。

「おれに花売りなんぞ無理や。できるわけがない」

八つで親と家を失い、道ばたで飢え死にしかけていたところをやくざ者に拾われ、盗みと喧嘩《けんか》に明け暮れながら賭場《とば》で育ったろくでなし――それが虎彦だ。

ささいな揉《も》め事で賭場の兄貴分たちの不興を買い、袋だたきにされて竹本座の前で行き倒れていた一年前の晩、そのままのたれ死にしていれば、よくある哀れな破落戸《ごろつき》の一生だった。屍《しかばね》は野ざらしで、弔《とむら》ってくれる者さえなく、消えていく。

しかし、神仏の気まぐれか、前世の因縁か、通りすがりの浄瑠璃作者が虎彦を見つけ、助けてくれ、九死に一生を得たのだ。

これまでの生活のすべてを失ってしまったが、せっかく拾った命だ、今後は精一杯、大事にしよう。死んだ気になれば、なんだってできるはず――。

竹本座に居候《いそうろう》をさせてもらい、傷ついた体を癒しながら、虎彦はそんな望みを支えに日を過ごしていた。

――が、いくらなんでも花売りはない。

風流とは縁のない育ちの虎彦は、梅と桜の区別どころか、菜の花と菖蒲の違いさえ判らない。

「そもそも、おれに客商売なんぞ無理や。この見た目では、客が逃げてまうわ」

自分の外見が人に好かれないことは、昔から知っていた。

見るからに生意気そうなガキ、嚙《か》みつきそうな目で睨《にら》むな。——使いっ走り兼用心棒をやっていた賭場でも、そう言われ続けてきた。小柄で痩《や》せぎすなため、年より若く見られるのも悪かったようだ。ガキのくせに、と、自分より年下のガキに毒づかれる。

そのうえ、今は額に生々しい傷痕ができてしまった。死にかけたときの名残《なごり》だ。人前での仕事など、無理に決まっている。

しかし、近松は首を振った。

「いや、そういうお前さんだから良いのだ。考えてもごらん、道頓堀に匂い立つような色男の物売りがいたところで目立つものか。芝居小屋に入れば、当代一流の美男たちが流し目を送ってくれるのだ。生半可な男前では見劣《みおと》りするだけだ。毛色の変わったお前さんのほうが、新鮮でいいに決まっている」

真顔で言われ、虎彦は一瞬、答えに詰まった。面と向かって見た目をけなされたように思ったが、腹を立てるべきだろうか。

近松は構わず、ぐっと顔を近づけ、虎彦の肩に手を置いた。

「なあ、虎よ。お前はまだ若い。人生はこれからだ。なんでもやってみればいいのだ。私も同じだった。生まれは武家だが、親が浪人し、十二で故郷の越前《えちぜん》を離れ、京で公家《くげ》奉公を始めた。運が無く、この人と思える主《あるじ》には出会えず、あちこちの公家屋敷を転々として、落ち着きのない奉公暮らしを続けたよ。浄瑠璃を書き始めたのは二十代も半ばになってから。このままでは何をやっても中途半端だと思い、好きな浄瑠璃に懸《か》けてみようと、人生をやり直したのだ。虎、お前だって同じだ。まだこれからだ。なんだって始められる」

今は京で歌舞伎の都座《みやこざ》つき作者として暮らしつつ、竹本座にも新作を書いている売れっ子の近松だが、浄瑠璃を書き始めてからも、名が広まるまでしばらくは、町で講釈を聞かせたりして日銭を稼ぎ、なんとか糊口《ここう》をしのいでいたという。苦労知らずのぼんぼん育ちでは、決して、ない。

そんな男の言うことであれば、重みがあった。

「それにな、虎。毎日、花を見つめて暮らすのはいいものだよ。花はな、すぐに枯れる運命を知りながら、懸命に日の光を見上げて咲く。健気で愛らしい。私はお前さんにも、そういう生き方を見つけて欲しいのだ。あの雨の日、泥だらけ、血だらけで竹本座の前に倒れていたお前さんを見つけたときから、この若者に、お天道さんの下を歩かせてやりたい、空を見上げて胸を張って生きて欲しい——そう思ってきた。竹本座に来るたびに、お前さんが一生懸命に商売に精を出している姿を見られたら、私は幸せだと思うよ」

「……爺さん、そこまでおれのことを……」

虎彦の心が揺れた。

身内でもない近松が、ただの通りすがりの行き倒れだったおれに、これほど親身になってくれている。今まで喧嘩しか知らずに生きてきたろくでなしのおれを、この爺さんは本気でまっとうな人間にしようとしてくれている。

この真心を信じられないほど、腐った男にはなりたくない。

「……爺さん。よろしゅう頼む」

虎彦は震え声で応え、近松に頭を下げながら、花売りとして真っ正直な人生を始めることを誓った。

——つまるところ、虎彦はまんまとだまされたのだ。二枚舌の浄瑠璃作者に。

その後の虎彦は、真っ正直な花売りになど、なれはしなかったのだから。

2

過去を悔やんでため息をついていたからといって、銭になるわけではない。

(少し、近場を売り歩いてみるか……)

そう思い、籠を担ぐための天秤棒《てんびんぼう》を手に取ろうとし——そこで虎彦は気づいた。

「鬼王丸……？　どこ行った？」

いつも隣におとなしく座り、店の看板よろしく客に愛嬌《あいきょう》を振りまいてくれている鬼王丸が、いつのまにかいなくなっている。

どこに行ったのだろう。

慌てて辺りを見回したが、いない。断りもなく姿を消すことなぞ、まずないのに。

「おい、虎彦、どないかしたか。……お、鬼王丸がおらんな」

きょろきょろしている虎彦の様子に、木戸に座る札売りの親爺《おやじ》も気づいたようだ。

「気がついたらおらんかったんや。どっかに食べ物でも探しに行ったんか……」

虎彦は慌てて立ち上がり、さらに辺りに目を向けながら答えた。

「へえ。おおかた、盗み食いでもしに行きよったんと違うか。近頃、しつけのなっとらんのが増えて、どこの屋台もカンカンや」

「阿呆《あほ》か、鬼王はそんな行儀の悪いことはせんわ」

親爺の軽口に反論はしてみたが、内心ではそうかもしれないと思った。このところ、ろくなものを食べさせていないから……。

往来の人波から、ひときわ大きな声が聞こえたのは、そのときだ。

「え、斬《き》ってしもたんかいな、よりにもよってお犬様を」

どきりとして目を向ければ、斜向《はすむ》かいの蕎麦屋《そばや》の前で、見覚えのある近所の女房が二人、立ち話をしている。

「しーっ、静かに。大声出したらあかんて」

「いや、そやけど、大事件やで、それ」

界隈《かいわい》には芝居客をあてこんだ弁当屋が多く、夜明け前から煮炊きしている女房衆は、昼時を過ぎて暇になると、よくこうやって、往来で喋《しゃべ》りこむ。

「まあな。三日前の話らしいで。お役人連中は必死に隠そうとしてるみたいやけど」

――と続いた言葉を聞いて、虎彦はひとまず、胸をなで下ろした。三日前なら、鬼王丸は関係ない。

「隠し通せるもんと違うやろ。浪花雀《なにわすずめ》の耳と口をなめたらあかん。けども、なんでまた、町方のお役人が、そんな恐ろしいことを……」

「探索中に野良犬に襲われて、近くにいた年寄を守るためにしかたなく――っちゅうことらしいわ」

「へえ、そらお気の毒に。けど、どんな阿呆犬でも、殺してしもたら御法度《ごはっと》破り。一巻の終わりや」

「島流しか、下手したら切腹。人の命よりお犬様が大事。それが御上《おかみ》のお考え。――あーあ、いつまで続くんやろ、こんな世の中。質《たち》の悪い野良犬が町中にあふれて、食べ物買《こ》うた帰り道なんか、昼間の往来でもびくびくもんやで」

「本当や。うちの亭主なんか、近頃は犬の声聞くだけで苛々《いらいら》してしもてなあ」

はああと二人揃《そろ》ってため息をつく。

生き物すべてを慈しむべしとのお触れ――いわゆる生類憐《しょうるいあわ》れみの令を、徳川《とくがわ》五代将軍綱吉《つなよし》公が出してから、すでに十数年。

特に犬を手厚く保護すべしと定められていることもあって、町には野良犬が増え続けていた。群れになって食べ物屋を襲う犬までおり、女子供や年寄はもちろん、大の男でも身の危険を感じることがある。

それゆえ、犬がらみの揉め事は日常茶飯事ではあるのだ。

「鬼王……」

再び不安がこみ上げてきて、虎彦は声に出して呼んでみた。

近くにいるなら、これで戻ってくるはずだ。

しかし、来ない。

もう一度、呼んだ。

やはり来ない。

なんだか、嫌な予感がする。

勘は良いほうだと、虎彦は自負している。虫の知らせは馬鹿にしてはならない。

ここはいったん店じまいをし、捜しに行くべきか……。

そう思ったところで、うぉんと聞き慣れた声が、耳に届いた。

はっと目を向ければ、視界の端《はし》に小さな茶色い塊《かたまり》が映る。往来の人混みを器用にすり抜け、その塊はあっというまに駆けよってきた。

「鬼王、戻ったか」

うぉんうぉんと啼《な》きながら身をすり寄せてきた鬼王丸の頭を、虎彦はぐりぐりと撫《な》でてやった。

虎彦の膝あたりの高さにあるぴんと立った耳。くるりと巻き上がった尻尾《しっぽ》。ふかふかと暖かな山吹《やまぶき》色の毛並み。尖《とが》った鼻先を虎彦の手に寄せる、愛嬌のある仕草。

思わず口元が緩《ゆる》みそうになり、いかんいかんと、虎彦は慌てて仏頂面を作る。甘やかしすぎは良くない。お犬様に甘い世の中だからこそ、ぴしりと締める者がいなくては。

「あかんやろ、勝手にふらふらしとったら。商売の間はおとなしゅう座っとれて、いつも言うてるやないか」

むっとしたような声を作り、鬼王丸を正面から見据えて叱《しか》る。鬼王丸はぶんぶんと楽しげに尻尾を振っている。本気で怒っていないことを見抜いているのだ。賢い犬だ。

鬼王丸は、もともと、近くに棲む野良犬だったそうだ。

体が小さく、群れのなかでいじめられて弱っていたところを、近松が助け、それ以来、近松の飼い犬という扱いで、鬼王丸という名ももらって竹本座に出入りし、小屋の者にも可愛《かわい》がられていたという。

一年前、虎彦が竹本座の前で行き倒れていた晩、最初に見つけてくれたのも鬼王丸だった。鬼王丸が吼《ほ》えたて、訝《いぶか》った近松が様子を見に来てくれたから、虎彦は一命を取り留めたのだ。

傷が癒えず、竹本座で療養していた折には、見守るように常に寄り添ってくれた。後から小屋の者に聞いたところによれば、近松が鬼王丸に言ったのだそうだ。

――鬼王丸よ、この男はお前と似たような縁で私と出会った。いわば、お前の兄弟分だ。仲良くしてやっておくれ。そばについていてやっておくれ。

それまでの鬼王丸は、近松が京都に帰ってしまうと、どうにもしょんぼりとして、元気のない様子だったが、そう言われた後は、常に虎彦のそばにいて、水差しが空になれば他の者に知らせ、熱で苦しんでいれば吼えて人を呼び、それはもうはりきりはじめた――とは、小屋の者に言われたことだ。

快復した虎彦が、商売を始めると同時に竹本座の居候をやめ、菊屋町《きくやまち》に長屋を借りて暮らすようになると、鬼王丸は当然と言わんばかりについてきた。

――おいおい、鬼王、お前は近松の爺さんの飼い犬で、住処《すみか》は竹本座やろ。ずっとそうやって暮らしてきたんやろが。犬っちゅうのは、縄張りを替えると大変なんと違うんか。

虎彦はそう言って追い返そうとしたのだが、まるで言うことをきかない。機嫌良く尻尾を振りながら、黒くつぶらな目で虎彦を見上げるだけ。

――おれには犬を飼う余裕なんぞ、あらへん。爺さん、なんとか言い聞かせて、竹本座に戻らせてくれ。

近松に、そう頼みもしたのだが、

――なに、鬼王丸はお前の世話になろうなどと考えてはおらんよ。むしろ、お前の世話をしてやろうと思っているのだ。……なあ、鬼王丸、そうだろう？　虎彦を頼むぞ。いろいろと心配なところがあるからな。兄弟分のお前が、ちゃんと面倒を見てやってくれ。

そんなふうに言われ、鬼王丸をさらにはりきらせるだけに終わった。

それでもしばらくは、虎彦はしつこく抵抗し、長屋についてくる鬼王丸の鼻先でぴしゃりと戸を閉め、無視して過ごしたりもしたのだ。

しかし、鬼王丸は平気で一晩中、長屋の前で待っている。朝になり、戸を開けて虎彦が出ていくと、待ちかねたように飛びついてくる。

それだけではなく、チビのくせに気の強いところのある鬼王丸は、長屋をうろつく他の野良犬たちを追い払い、盗み食いに手を焼いていた女房衆に、いつのまにか気に入られていた。

斜向かいに住む婆さんが庭先で転んで動けなくなっていたのに、いち早く気づいて助けを呼んだのも鬼王丸だったため、年寄連中も味方になった。

気がつけば虎彦のほうが、鬼王丸の主さんなどと呼ばれる始末で、ついには、家《や》守《もり》にまで忠告された。

――あんまり鬼王丸を邪険にしたらあかん。お犬様いじめたら、お役人に目ぇつけられんで。うちの長屋、巻き添えにせんどいてや。

虎彦は観念し、とうとう鬼王丸を土間に引き入れた。莫《ご》蓙《ざ》を敷いて寝床も作ってやった。飯は以前から与えてやっていたから、変わらない。

飼い主になったつもりはない。鬼王丸の飼い主はあくまで近松だ。鬼王丸だって、そう思っているだろう。

ただ、今は少し……一緒にいる。

（おたがい、他に身内もおらんしな）

今だけの。一時だけの、同居相手だ。――たぶん。

「どっか行くなら、知らせてからにせえ。ええな」

虎彦は、鬼王丸の背を撫でながら言い聞かせた。

うぉん、とまた鬼王丸は応える。

よしよしとうなずき、虎彦は再び茣蓙に腰を下ろそうとした。

だが、そこで、ふと気になった。

「――で、お前、いったいどこ行っとった。おれに黙って……」

鬼王丸に訊《たず》ねかけ、そこで虎彦は言葉を呑み込む。

嫌なことを思い出したのだ。

そういえば、鬼王丸が商売の最中にふらりといなくなったことが、これまでにも何度かあった。虎彦のところに客人が来るときだ。なぜか事前に察知し、先回りして客人を迎えに行くのだ。

虎彦に会いに来る者なんぞ、限られている。

鬼王丸の本来の飼い主である近松か、そうでなければ、あいつ……。

わんわん、と鬼王丸がいつもより高めの声で吼えた。顔は虎彦の背後に向けている。何かを虎彦に知らせたいとき、鬼王丸はこういう啼き方をする。ますます嫌な予感が強まり……。

「おお、鬼王丸は今日も元気だな。それに、相変わらず、虎御前《とらごぜん》のことが大好きだ。さすが、忠臣、鬼王丸だ」

「――出やがった」

背後から聞こえてきた柔らかな声に、思わず本音がもれた。

虫の知らせは、どうやら、これだったらしい。

3

「まるで私が幽霊か何かのような言い方だな、心外だ、虎御前」

声の主はわざとらしくため息をつきながら、虎彦のすぐ後ろに立っている。

これほどに近づくまで、いっさい気配を悟らせない。賭場の用心棒をやっていたころ、喧嘩でそれなりに鍛えられてきた虎彦だというのに、この男の気配だけは、いつも、まったく察することができない。

会うのは幾度めかになるこの男を、虎彦が警戒する最大の理由が、それだった。

気配を殺して人の死角からふいに現れる。誰にでもできる技ではない。

ちらりと横を見れば、木戸の札売り親爺も、え、いつからそこに……などとつぶやき、目をぱちくりさせていた。

「虎御前はそろそろ店じまいの頃合いだろう？　誘いに来たんだよ。一緒に来てくれないか。爺やが呼んでいる」

予想通りの言葉だった。

ため息をつきたい気持ちをこらえ、

「悪いけど、まだ花を売り切ってへん。それに、おれの名は虎彦や。虎御前と違う」

低く抑えた声とともに、腹をくくって虎彦は振り返った。

立っていたのは、涼しげな目元の若侍。黒縮緬《くろちりめん》の着流しを粋に着こなした、総髪の美丈夫だ。

腰の刀は一本差《いっぽんざし》で、黒漆《くろうるし》に蒔絵《まきえ》拵《ごしら》えの上物。歳《とし》のころは、二十五、六。六尺を超える背丈は、小柄な虎彦からすれば見上げるほどだが、締まった体つきのゆえか、大男という雰囲気ではない。

この男を見ていると、道頓堀に色男がいてもしかたがないと言った近松の言葉は嘘だと思い知らされる。美男はどこにいても目立つ。今も、往来を行く者たちの目は、自然にこの男に集まっていく。気配を殺すことをやめれば、あっというまに人の目を惹《ひ》きつける男だ。

役者なのかと、出会ったときには思った。近松の人脈を考えれば、不自然なことではない。

しかし、役者にありがちな相手への媚《こ》びのようなものが、目の前の男にはまったくない。人の目を集めておきながら、自分はまわりの者に興味を示さない。どこか、浮世離れした男だ。

判っているのは、こうしてたまに虎彦の前に現れるということと、えらそうな態度のくせに、虎彦と同じで近松には頭が上がらないこと――それだけだ。

「ああ、虎御前、細かいことは言わないでおくれ。似たようなものじゃないか。虎御前も虎彦も」

「全く違うわ。虎御前は浄瑠璃に出てくる遊女の名前やないかい。おれは男や」

「確かに遊女は遊女だ。しかし、ただの遊女ではない。かの豪傑、仇討《あだう》ちで有名な曽我兄弟の兄、十郎《じゅうろう》が愛した大磯《おおいそ》一の美女。しかも、そこにいる愛らしい鬼王丸の名は、曽我兄弟の忠臣から付けられたのだから、組み合わせはぴったりだ。前にも言っただろう。私は浄瑠璃の『世継曽我』が大好きなんだ。あれは何度聴いても飽きることのない傑作だ。あのなかで、美女の虎御前とともに見せ場を作るのが、もう一人の遊女、化粧坂《けわいざか》の少将《しょうしょう》だ。私のことも遠慮なく、少将と呼んでもらいたい。私の今の住まいは天王寺七坂《てんのうじななさか》の向こうだから、化粧坂ならぬ七坂の少将とでも――」

「黙れ」

　よどみなく話す男の科白《せりふ》を遮ると同時に、虎彦は足下に置いてあった天秤棒をつま先で蹴《け》り上げ、すばやく手で摑《つか》んで相手の鼻先に突きつけた。ぴたりと一寸手前で止め、低く脅《おど》す。

「おれも、前に言うたな。本名をきちんと名乗らん奴は信用せえへん」

「……おや、それは申し訳ない」

　男は律儀に詫《わ》びた。

　すぐ目の前に迫った天秤棒に怯《ひる》みもせず、にっこりと笑って棒の先を指先で押し返した後、優雅に頭まで下げるものだから、虎彦は少々、うろたえる。

　目の前に棒の先を寸止めされて微動だにしないのは、一瞬で間合いを読みきったからだ。

そこまでの技量を持ちながら、破落戸あがりの虎彦に、あっさり下手に出る。どうにも、扱いにくい男だ。落ち着かない。

「あのう……」

そこで、恐る恐る、横から声をかけてきた者がいた。

二人のやりとりを黙って見ていた札売り親爺の小兵衛《こへえ》だ。

「悪いけど、木戸前で喧嘩は止めてんか。しかも、あんたらみたいな凸凹《でこぼこ》二人組が立ちふさがって睨み合《お》うてたら、客が怖がってまうやろ」

「ふん、客なんぞ、もとからおらんやろ」

「ああ、申し訳なかった」

憎まれ口を叩《たた》く虎彦と違い、少将は小兵衛に対しても礼儀正しく応える。

「いやいや、かまへんねんで、少将の兄さん。それに――兄さんが来たっちゅうことは、また例のあれやろ。あんたらの、知る人ぞ知る裏稼業……」

「ええ、そうですよ、爺やに呼ばれました」

興味津々で問う親爺に、少将は懐《ふところ》から取り出した矢絣《やがすり》の古びた財布をちらりと見せる。

「ああ、それそれ。いつもの通りや。頼み人が来たんやな」

他人事《ひとごと》だからか、小兵衛はやけに楽しげに身を乗り出す。

少将は人当たりの良い――虎彦にはなんともうさんくさく見える――笑みととも

に答えた。

「そうです。悩める町の者からの頼まれ事ですよ。わが近松万《よろず》始末処《しまつどころ》の、おつとめです」


近松門左衛門が、万始末処なる怪しげな裏稼業をいつから始めていたのか、虎彦は知らない。

お役人様に頼っても埒《らち》があかない厄介事を、道頓堀で培った伝手《つて》と知恵とで始末する商売。

人助けをしながら金を稼げるのだから、世のため人のためになる立派な仕事だと、近松は言う。

しかし、虎彦にはまったく理解できなかった。

名の通った売れっ子作者で、金に困っているわけでもない男が、何を好きこのんで厄介事に自ら首を突っ込みたがるのか。

本人に直接、そう言いもしたのだが、

「何を言う。別に売れっ子ではないし、金も余ってなどいない。むしろ、足りないことばかりだ。浄瑠璃作者というのは、世間が思うほど儲《もう》からないのだ。金は、たくさんあるに越したことはないだろう」

真顔で言い返された。

「つまり、金目当てでやってんのか」

「――そうだ」

一瞬の間を置きはしたが、近松はきっぱりとうなずいた。

虎彦は呆《あき》れた。

金が欲しいにしても、近松ほどの有名人ならば、もっとまともな手があるだろう。

その問いにも、しかし、大真面目に言い返された。

「世のため人のためという目的を忘れてはいかんよ、虎。私は金は欲しいが、だからといって、ただの金儲けはしたくない。金だけが目当ての人生ほど空しいものはないだろう？　やり甲斐《がい》が必要だ。浄瑠璃を書くのと同じでな。私はそういう仕事しか、したくはないのだ。好きでもないことは、金のためでもやりたくない」

なんや、それは――と、ますます虎彦は呆れた。

なんだか立派なことを言っているようにも聞こえるが、よく考えれば、かなりふざけた物言いだ。やはり理解しがたい。

だが、その始末処に、虎彦は有無を言わせず引きずり込まれてしまった。

去年、花売り商売を始めた直後に彼岸《ひがん》の時季に入り、お供えの花を売るのにてんてこまいをし、季節が変わってようやく一息ついたころ、いきなり、人捜しを手伝ってくれと近松に言われたのだ。

初め虎彦は、捜し人の町娘は近松の知り合いなのだと思った。何か、よんどころない事情があっておおっぴらにはできず、やむにやまれず虎彦に頼んできたのだろう、と。

ならば、今こそ恩を返すときだと、虎彦ははりきった。花売り商売を休み、町を走り回った。

少将と出会ったのも、このときだ。

少将もまた、近松に頼まれて、町を駆け回っていた。ご立派な若様風の色男が近松に言われるままに動く姿に、やはり売れっ子作者様はたいしたもんだと感心したものだ。

その結果、難波新地《なんばしんち》の裏店《うらだな》で見つけた件《くだん》の娘は、出入りの商人と駆け落ちし、ひそかに所帯を持っていると判った。

夫婦になれなければ死ぬと言い張る娘を前に、頑固な親もようやく折れ、娘は無事に祝言を挙げた。

めでたし、めでたし。

虎彦はほっとし、少しは近松に恩返しもできたと喜んだのだが、

「よく働いてくれたな。今回の報酬だ。次からもよろしく頼むぞ」

そう言って近松に五十匁《もんめ》ほどの丁銀《ちょうぎん》を握らされ、目を丸くした。そんな大金は、賭場を追われてから見たことがなかった。豆板銀《まめいたぎん》すら滅多に見ない暮らしをしているのだ。

「爺さん、どういうこっちゃ？　報酬？　次からってのは……」

「ああ、一件につき、それだけと決めているのだ。少なすぎるということはなかろ

う？　しばらく花売りを休ませてしまったが、埋め合わせとしては充分なはずだ」

しらっと言われ、続いて、それが近松の裏稼業だと告げられた。

「人助けだよ、虎。私は人助けが好きなんだ。お前は身を以て知っているだろう、私のそういうお節介な性分は。——その人助けで金も儲かるのだから、一石二鳥ではないか」

よろずのこと、始末いたし候《そうろう》。

頼み事あらば、竹本座にて、決め事をなすべし。

それが我が始末処の決まりだと、近松は得意げに笑って言った。

虎彦があっけにとられていると、

「実はな。お前さんを初めて見たとき、これは天の恵みだと思ったのだ。腕っ節が強く、若くて体力があり、世間の裏を見ても怯まず、肝が据《す》わっていて、何より、私に借りがあって、無茶を言われても逆らえない。そういう人手を探していたところだった。だからこそ、お前さんには、私の目の届くところで、さして儲からない花売りを始めてもらったのだよ。若者には少しばかり退屈で、儲けはそこそこ。他に稼ぎが欲しくなるが、飢えるほどではない……実に都合がいい。この一月の働きぶりで、お前が見かけによらず真面目な仕事をすることも判った。私の人を見る目に狂いはなかった。——だからな、虎」

近松は、花売りを勧めたときのようにぺらぺらとまくしたてた後、虎彦にぐいと顔を近づけ、凄《すご》むように言った。

「お前は私の頼みを、断ることはできないよ」

4

虎彦が少将に連れられて向かった先は、心斎橋筋《しんさいばしすじ》の料亭だった。黒塀に囲まれ、一見、お高い店に見えるが、門をくぐれば旅姿の町人や物見遊山の武士も多い。町の者がちょっと贅沢《ぜいたく》したいときに入るような店だ。

「おとなしゅうしとれよ」

いつも通り、当然のように虎彦についてきた鬼王丸には、門の前で言い聞かせた。今の御時世、犬も一緒にと言えば通してはもらえるだろうが、内心では嫌がられるに決まっている。鬼王丸のためにもならない。

鬼王丸は尻尾を一振りし、行儀良くその場に座った。

通された奥座敷には、すでに一組の男女が待っていた。

藍《あい》の羽織姿の旦那と、女房らしき痩せた小柄な女。ともに三十路《みそじ》過ぎぐらいか。

表通りに小さな店を構え、奉公人は一人か二人。貧乏人ではないが、金が余っているわけでもない、手堅い商売の小商人《こあきんど》夫婦——そんなところだと、虎彦は見当をつけた。身なりから懐具合を探るのは賭場のころに鍛えられたから、自信がある。

二人とも、顔色は青く、目の下の隈《くま》が濃かった。厄介事の始末を頼んでくる者は、たいてい、そういう顔をしている。

そして、部屋の奥に陣取っているのは、見慣れた爺さん――近松門左衛門だ。

「早かったな、少将。虎、商売の邪魔をしてすまんな」

まずは近松が、申し訳なさそうに言った。

虎彦は無言で末席に陣取った。近松の誠実そうな物言いは、いちいち真剣にとりあわないことにしているのだ。

くわえて、こういう席で愛想良くして見せるのは苦手だった。

いえいえ遅くなりまして――などといった客向けの挨拶は、少将が済ますからいいのだ。

近松はすぐに、虎彦たちを男女に紹介した。

「うちの自慢の探索方です。小さいほうが虎。大きいほうが少将と申します」

「ほう……虎と少将。曽我兄弟でんな。さすが近松先生の探索処や。名前からして一味違う。『世継曽我』は私も何度も聴かせてもらいました」

愛想笑いとともに旦那のほうが言い、近松は満足そうにうなずく。

曽我兄弟の仇討ちは近松の好きな題材で、『世継曽我』は、近松が浄瑠璃で最初に名を上げた作品だ。再演も、何度もされている。虎彦と少将の名を聞いた依頼人がその題名を口にするかどうかで、近松の機嫌は変わる。

羽織袴《はかま》をきちんと身に着け、背筋をぴしりと伸ばして座る近松は、浄瑠璃作者として名が売れはじめてからすでに、二十数年。本名よりも、筆名の近松門左衛門のほうがとうに身に馴染んでいるだろうに、未だにどこか、越前浪人杉森《すぎもり》家次男信盛《のぶもり》

――という武士然とした佇《たたず》まいの残る男だ。その誠実そうな外見を信用し、依頼人は始末処にやってくる。

「虎、少将、こちらは淡路町《あわじまち》の蠟問屋《ろうといや》、梅木屋《うめきや》のご主人喜助《きすけ》さんと、お内儀《ないぎ》のお春《はる》さんだ。笹屋《ささや》の旦那のご紹介で、我々のことをお知りになったそうだ」

笹屋とは、せんだっての駆け落ち娘の親元だ。

近松万始末処に依頼をするには、少しばかり面倒な決まり事が必要になる。先ほど、少将が懐から見せた財布がそれで、矢絣の財布と、そのなかに菊の紋様の銀《ぎん》簪《かんざし》と、手付け銀に、身元を明かした願い文。

それを間違いなく揃えることが、一種の符丁なのだ。

手付けの金額もきっちり決まっており、一文《いちもん》でも違えば近松は引き受けないから、一見の客が依頼するのは難しい。自然、以前の依頼人の紹介が必要になる。

それでも、近松の名が世間に通っているせいもあってか、口から口へ評判は伝わり、今のところは依頼が続いている。

一通りの挨拶が済むと、近松は表情を改め、夫婦を促《うなが》した。

「さて……では、改めてご依頼をうかがいましょうかな。確か、依頼文にはこう書いておられた。無実の罪に陥れられた知人を助けたい、と」

「は、はい……」

夫婦揃ってうなずき、互いに顔を見合わせた後、旦那の喜助が強張った顔で切り出した。

「お願いです。どうぞ、あの御方を――牧原《まきはら》様をお助けください。このままでは牧原様は切腹になってしまいます。何も悪いことなどしたはらへんのに……」

「切腹？　ということは、お武家様ですか」

「へえ、東町奉行所のお役人様です。お優しい方なんです。金と出世のことしか頭にない他のお役人とは性根の違う、仏さんみたいな御方です。……そやけど、そのせいで、あんなことに……」

　声を震わせる喜助の隣で、女房のお春が小さくうなずきながら、こらえきれなくなったようにぽつりと一粒、涙をこぼした。

　喜助はぎりと一度、歯がみをした後、くやしげに続けた。

「牧原様は三日前、蟄居《ちっきょ》の処分を受けました。お犬様を斬った咎《とが》で……」

あ、と虎彦は小さく声をあげそうになった。さっき聞いたばかりの話だ。

「罠《わな》にかけられたんです。わざと、犬をけしかけた者がおるんです。牧原様のことを邪魔やと思う連中がやったに決まってます。牧原様を陥れるため、か弱い年寄と一緒にいるときを狙って、手の付けられん暴れ犬を……。お願いです。どうか、牧原様をお助けください。牧原様に罪はないと御奉行様が認めてくださるよう、なんとか……なんとかお願いします」

5

「本当やとしたら、何から何まで胸くそ悪い話や。わざわざ犬を使うやて……」

店を出て、まずいちばんに虎彦が言ったのは、その一言だった。

門の前で行儀良く待っていた鬼王丸の姿を見た瞬間、言わずにおられなくなったのだ。

斬ってしまった役人も災難だが、斬られた犬はそれどころではない。暴れ犬だというが、犬は理由もないのに暴れるものでもない。それが、誰かの悪意に利用されたせいで、命を落とすはめになった。

「そうだな」

少将もうなずき、ちらりと門のうちを振り返った。

梅木屋の夫婦と近松は、まだ部屋に残り、食事を続けている。虎彦と少将だけが一足先に食べ終え、出てきたのだ。

場所が料亭なのだから飲み食いはつきものだが、急を要する依頼を受けた立場で、だらだらと飲み食いしているわけにもいかない。

依頼人とじっくり時間をかけて話すことも大事ではあるが、それは世慣れた近松に任せておけばいい。現場担当は、最低限の情報を得た後は、さっさと動くに限る。時間は貴重だ。

だまされて引きずり込まれた始末処の仕事ではあるが、やるからにはきちんとやると、虎彦は決めている。人助けは悪いことではないし、金の面でも不満はない。相棒の得体がしれないことだけは少々——いや、かなり不満があるが、まあ、我慢できないほどではない。もしも、近松が真正面から手伝いを頼んできたとしても、ちゃんと引き受けただろうとも思う。

ただ、実際にはそうでなかった。そのことを、少なからず根に持っているだけだ。

(爺さん、本当のところをおれには喋ってへんかった――てことやからな)

始末処に引き込まれて以来、近松の言葉や態度のすべてに、何か裏があるのではないか、また何か隠し事をされているのではないか――と考えてしまう。それは虎彦のせいではなく、近松の自業自得だ。

――とはいえ、そういう事情は、依頼を受けるにあたっては、関係ないことだ。

鬼王丸も加わって、二人と一匹が向かう先は、三日前に事件のあった堀江新地《ほりえしんち》のはずれ。

船着き場近くで人の出入りが多く、あまり品が良いとは言えない界隈だった。

同心の牧原はそこへ、手先も連れず、一人で出かけていたという。

喜助は辛そうに顔を歪《ゆが》めながら、その理由を話してくれた。

「実は牧原様、とある事件の探索をしたはりました。一月前の辻斬《つじぎ》り事件です。玉《たま》水町《みずちょう》の炭問屋三河屋《みかわや》の手代《てだい》と丁稚《でっち》が斬られ、持っていた金百両を奪われました。日暮れの長堀端《ながほりばた》でのことです。下手人はまだ捕まってまへん。その手代の新八《しんぱち》っちゅうのが実は……家内の弟なんです」

「お内儀の……」

さすがに近松も驚き、喜助の隣でうつむいているお春に目を向ける。お春は小さくうなずくと、袂《たもと》で目をぬぐった。

「それはお気の毒なことで……。しかし、妙ですな。そのような事件、耳にした覚えがありません。ひとが二人も命を落とし、百両もの金が奪われたとなれば、大事件でしょうに」

　近松は訝り、虎彦も同じ疑問を抱いた。町の噂にはそれなりに敏感なほうだと自負しているが、聞き覚えのない話だ。

「へえ、それが、初めは新八が金を持ち逃げしたと思われてまして。いつになっても店に戻らん上に、先方に金も届いてへん。三河屋の旦那が家内のところに怒鳴り込んできたときには、本当に驚きました。なんでも、その金っちゅうのが、旦那が新地の女を身請けするために用意したもんで、家付き娘のお内儀にばれんように、まずはいったん、新八と丁稚だけで、女と暮らす予定の家に運ばせてたそうで。そやさかい、奉行所に届けて騒ぎになったらまずい、そやけど百両もの金を諦《あきら》めるわけにもいかん、こうなったからには、弟の代わりに姉が払え、それが筋や、と言うてきたんです。新八の身内は、今は家内だけやさかい……」

　梅木屋夫婦も、驚き、信じがたいと反論はした。一方で、もしも本当に新八が盗みをしたのであれば、できる限りの償《つぐな》いをしなければとも考えた。

「けども、翌朝、長堀に新八の亡骸《なきがら》が浮かびました。背中には刀傷があって、どう見ても辻斬りの強盗に違いない。丁稚のほうは、亡骸こそ見つからへんかったけども、血で汚れた腹掛けは川底から出てきまして……。すぐに奉行所で下手人の探索が始まりました。私らも、新八が殺されたんは本当に悔しいし悲しいけども、仇《かたき》はきっと御上がとってくれはる、無念を晴らしてくれはる、そう信じてました」

　そこで喜助はいったん言葉を切り、悔しげに膝で拳《こぶし》を握った。

「……そやのに、三日後、三河屋に奉行所の遣いが来て、探索の打ち切りを言い渡したんです。辻斬りっちゅうことは下手人は武士や、武士を捕まえるんは町方の仕事と違う、探索はここまでや……そういう理屈を言いながら、実際には脅しまがいのことも口にしたそうです。三河屋のほうでも、身内の話と違《ちご》て奉公人が死んだだけ。それに、生前、新八がお春にこぼしとったとおり、もともと奉公人に情の深い店とは違たもんで、御上に逆ろうてまでどうこうしようっちゅう気なんぞあらへん。黙って引き下がってしもて、事件はそれきり放り出されてしまいました。それどころか、新八が死んだんは酔っ払って堀川に落ちたせいやと奉行所のお手先衆《てさきしゅう》が言いふらしたせいで、事件があったことさえ揉み消され……」

　お春が堪えきれぬように嗚咽《おえつ》をもらす。

　近松も顔をしかめた。

「それは酷い。奉行所が武家がらみの事件から逃げたがるのはいつものことですが、しかし、人死にまで出ている事件ですからな。あまりに理不尽。……もしや、何か厄介な事情が裏にあったのでは……」

「へえ、実は私もそう思てますのや。たとえば……下手人の見当はついてるけども、それが手を出せんような身分のある御方や……とか」

「ありそうなことです」

「本当にそうやとしたら――」

喜助は声を荒らげた。

「新八も、まだ小さかった丁稚の弥吉《やきち》も、とうてい浮かばれまへん。酷すぎます。――私らのそんな気持ちを思てくれて、上役に逆らうて探索を続けてくれはった方が、お役人のなかに一人だけいたんです。牧原様です。牧原様は、自分の一存でやることやからとお手先衆も連れず、お一人でこっそり下手人捜しを続けてくれはりました。弥吉の亡骸も、諦めずに捜したはって……。弥吉は孤児《みなしご》で、身内がおらんのです。葬式を出す者すらおらん。それで、心優しい牧原様は余計に親身になったはったようです」

「そういうことでしたか。それで、そのご立派なお役人が、罠にかけられて追い詰められている、と」

「へえ。お犬様を斬ってしもた日も、牧原様はお一人きり。……っちゅうことは、あの事件を調べたはったに違いありまへん」

犬殺しの騒ぎを知った後、牧原の手先をつとめる若者太助《たすけ》が、泣きながら梅木屋に話しに来たのだと喜助は言った。殺生は罪だが、牧原はただ年寄をかばおうとしただけ。自分がついていればこんなことにはならなかった、犬なんぞ蹴り飛ばしてやったのにと、悔やんでいたそうだ。

なるほど、と近松はうなずいた。

「お犬様殺しが新八さんの事件の探索中に起きたこととなれば……その騒ぎ自体、殺しの下手人と関わりがあるかもしれない――喜助さんはそうお考えなのでしょう?」

「……へえ、その通りで」

神妙に、喜助は言った。

「新八殺しの下手人が、こんな汚い手を使て、牧原様まで亡き者にしようとしとんのやったら、こらもう絶対に許せまへん。どうにかして、とっつかまえんと……」

喜助は言葉に力をこめ、身を乗り出して近松に訴えた。

しかし、近松は腕組みをし、黙り込む。

「ううむ……」

そのまま、なかなか口を開こうとしない。

もしかすると依頼を断るつもりかもしれないと、虎彦は思った。

闇が深そうな事件だ。駆け落ち者の人捜しなんぞとは、厄介さが桁違《けたちが》いだ。正直なところ、断ったほうがよさそうだ。

しかし、それでは、まっとうに事件に取り組んできた誠実な同心の命は絶たれ、人殺しと、それをかばおうとする奴らだけが得をするということになる……。

「――判りました、お引き受けしましょう」

近松のその一言を聞いたとき、虎彦は思わず大きく息を吐いた。安堵《あんど》なのか、不安のゆえか、自分でも判らなかった。厄介なことを引き受けてしまったのは確かだが、断らなかった近松を、さすがやと見直しもした。二枚舌の爺さんではあるが、世のため人のための始末処だと言った言葉には、嘘はなかったようだ。

梅木屋夫婦は、おおきに、おおきにと涙ながらに何度も頭を下げる。

虎彦はちらりと少将に目を向けた。

少将はいつもと同様、落ち着き払った顔をしていた。日頃はうさんくさく感じるその涼しげな表情が、今は少々、頼もしく感じた。こいつがやる気でいるなら、やれないことではないのかも……。

「まず、我らで事件の現場に出向いてみましょう。当日、何があったのか、実際に見ていた者に聞いてみなければ判りませんから」

すぐにそう言ったのも少将で、虎彦はうなずいて同意を示す。

「おおきに。どうぞ、よろしゅうお願いします。——あ、あと、もう一つ」

喜助がためらいがちにつけたした。

「実は、斬られた犬がその後、どないなったんかが判らんのです。ことされたんを見たひとは仰山いるけど、騒ぎでばたばたしてる間に、亡骸はどこかへ消えてしもたそうで……。できれば、見つけて供養したいと思てます。牧原様の名前で死んだお犬様を手厚う弔えば、悪意があっての殺生やなかったと世間様にも判ってもらえまっしゃろ」

立派な石造りの墓を建ててやるつもりだと、喜助は言った。

（なんや、それ）

阿呆らしいと正直、虎彦は思った。犬がそんな扱いを喜ぶはずもない。が、御上がそれで納得するのなら、まあ意味がないともいえない。

それに、亡骸がどうなったのかを調べること自体は、無駄な話でもなさそうだった。犬の体に、何か細工がほどこされていた可能性があるからだ。

たとえば馬ならば、尻に小刀でも突き刺せば、痛みで暴れ出す。犬の亡骸に、そういう痕跡《こんせき》が残っていたなら、罠をしかけた者の手がかりになる。誰かが亡骸を持ち去ったのだとしたら、それを懸念したのかもしれない。

「判りました。お望みのままに」

少将は微笑とともにうなずいた。

6

犬殺しの現場となったのは、幸町《さいわいちょう》一丁目、亀屋《かめや》という宿の軒先。入り組んだ路地にある、小さな店らしい。

幸町に着き、路地木戸を入るところで、虎彦と少将はいったん別行動を取ることにした。

手分けしたほうが効率はいいし、何より、少将と連れだって場末の町を歩くことを、虎彦は避けたかったのだ。仕立て下ろしのような着物や漆塗り拵えの刀は、こういう場所では無駄に人目を惹いてしまう。

「すまないな。では私は、表通りで聞き込みをするとしよう」

少将にも自覚はあったようで、すんなりとうなずき、離れていった。判ったことは夜にでも竹本座で、とだけ約束しておく。

残った虎彦は、鬼王丸だけ連れて歩きだした。

路地の両側に並ぶ店の看板を一つずつ確かめながら行くと、二筋ほど進んだところで、亀屋と書かれた行灯《あんどん》看板を見つけた。

予想していたよりは小綺麗な宿だが、雰囲気から見て、いわゆる連れ込み宿らしい。表が飲み屋で、その気になったら奥の部屋にしけこめる店だ。まだ明るい内から男一人で出向く場所ではない。

そんな宿に、馴染みのない顔がいきなり現れ、事件のことをあれこれ訊ねたところで、相手にされるとは思えなかった。虎彦は奉行所の手先でもなんでもない、ただの花売りなのだ。

どうするか……と思案していると、いきなり鬼王丸がうぉんと啼いた。そのまま、激しく吼え続ける。

「おい、どないした。何かあったんか」

慌ててなだめても、しずまらない。

虎彦は焦った。お犬様の刃傷沙汰《にんじょうざた》が起きたばかりの場所だ。まわりの者は、犬には過敏になっているに違いない。そんなところで騒ぎたてて、犬嫌いの者に何かされたら……。

「おい、また野良犬や」

「あんた、追い払って。水や水」

「おう、桶《おけ》寄こせや」

店のなかから声が聞こえると同時に、ざばりと水がかぶせられた。

「げっ……」

「うわ、兄ちゃん何してんねや」

慌てた声をあげたのは、店のなかから桶を抱えて出てきた親爺だ。犬だけでなく人までいたのに驚いている。後ろで中年女も目を丸くしていた。

「何してんねやはこっちの科白や。いきなり何じゃ」

さすがに恨みがましい声が出た。

腹から下は、ほぼ、ずぶ濡れだ。寒い季節ではないから凍えることはないが、いきなりこんな目に遭わされて、怒らずにいるほどお人好しでもない。

「水かける前に、ちゃんと確かめろや」

「いや、すまん。もう暴れ犬はこりごりやと思て、つい……」

「堪忍やで、お兄ちゃん。なか入ってんか。今、手ぬぐい持ってくるさかいな」

宿屋の夫婦は慌てている。ぎろりと睨む虎彦の目つきの悪さや額の傷痕に怯んだようだ。

「お犬様も、すまんかったな」

とってつけたように、鬼王丸の機嫌までとろうとする。

その鬼王丸はといえば、体を一振りして水を振り飛ばした後、さっきの興奮はどこへやら、すっかり落ち着いた様子で尻尾を振っていた。

（まさか、こいつ……）

虎彦が宿の者と話をするきっかけを作るため、わざとやったのだろうか。だとしたら、お手柄ではある。もう少し穏やかな方法を選んで欲しかった気はするが。

ともあれ、この機会を逃す手はなかった。

思いっきり不機嫌に舌打ちをしながら、虎彦は鬼王丸とともに宿屋の暖簾《のれん》をくぐった。

土間は飯台と腰掛けが並び、安酒の匂いがぷんぷんしている。だいたい予想していた通りの店だ。目立たないところに奥に続く廊下があり、先にはお楽しみ用の部屋、という造りだろう。

客の姿は一人だけ。小上がりの座敷の奥に横になり、ぐうぐうといびきをかいている。

他には、目の前の夫婦と虎彦のみ。

虎彦は濡れ鼠《ねずみ》のまま、腰掛けにどかりと陣取った。

「本当、すんまへん。これ、使てください」

女房に渡された手ぬぐいで手足を拭《ふ》きつつ、再度、大袈裟《おおげさ》に舌打ちをする。怒っているのだと態度で示したほうが良い。

が、あまりやりすぎると、奥から用心棒が出てきたりしかねないから要注意だ。

こちらにまったく非がないわけでもない。

「すまんなあ、兄ちゃん。本当、悪かった。どうも犬の声に苛々しとってな……いろいろあったばっかりやさかい」

親爺は頭をかきながら、もう一度頭を下げる。

虎彦はなおもむっつりと手ぬぐいで体を拭いていたが、内儀が詫びがわりに湯飲みを運んできたところで、やや態度を和らげた。湯飲みのなかみが、酒だと判ったからだ。これを飲み干す間は、話に付き合わせることができる。

「いろいろっちゅうのは、こないだのお犬様殺しのことか？　確か、この辺りやったな？」

湯飲みに口をつけつつ話を向けると、親爺はうまく乗ってきた。

「そうそう、それや。実は、あれ、うちの軒先でのことでなあ。大変やったでえ」

「へえ、どんな風やったんや？」

「それがな。わしはたまたま、ここでお客と話しとってな。お役人さんがうちの前を通ったはんなあと思てぼうっと見てたら、向こうの路地からすごい勢いで真っ黒い犬が飛び出してきて、いきなり暴れ始めたんや。確か、初めはお役人さんに飛びかかった。振り払われた後は、まわりの者にもめちゃくちゃに吼えかかっとったかなあ。とにかく大騒ぎで、何がなんだか……」

「そないに酷い暴れ方やったんか」

「そらもう、すごいもんやった。近頃、質の悪い野良犬は多いけども、あんなんは見たことあらへんな。人で言うたら酔っ払い、とびきりの大虎みたいなもんや。どっか箍《たが》が外れたみたいな暴れようやった」

……ということは、やはり、何か犬が冷静さを失うような仕掛けを施されていたのだろうか。だとしたら、おそらく、痛みや苦しみを伴うものだっただろう。どうにも憂鬱《ゆううつ》な話だった。

「まわりはみんな、おろおろするだけでな。昔やったら取り囲んで棒で殴ることもできたけども、今はそうもいかんやろ。どうしようもなくなって、とうとう最後には、お役人さんが刀抜いた……ちゅうわけや」

「でっかい犬やったんか？」

「兄さんの犬よりはでっかいやつやで。けども、でかさっちゅうよりは、そらもうおっかない顔してな。牙剝《きばむ》き出しで」

思い出しても身震いするわと、親爺はおおげさに言った。

「役人は年寄をかぼうて刀抜いたっちゅう噂も聞いたけど……」

「うーん、どないやろな。あんときは、年寄もおったし子供もおったし、とにかく大騒ぎやったさかい、細かいことまで覚えてへんわ」

「その犬、誰かの飼い犬か？」

思ったより量の少なかった酒を飲み干しながら、虎彦はなおも話を続ける。

「以前、ここの裏長屋の大工の爺さんが餌《えさ》やってた犬や。世話好きな爺さんで、腕のええ職人やったんで、暮らしもまあ、かつかつっちゅうわけでもなかったしな。

けど、爺さんは去年、死んでしもて、後に遺された者は犬を養う余裕なんぞあらへん。腹減らすようになって、近頃はうちの裏でも時々、客の残したもんあさってたわ」

「騒ぎの前に誰かが犬と一緒におったたってことは――」

「なあお兄ちゃん、やっぱり着替えたほうがええわ。濡れたままでは体に悪い」

そこでいきなり、内儀が割り込んできた。

「水もしたたるええ男が、そんなびしょ濡れで座り込んでたらあかんわ。まずは着替えてくださ い。良かったらうちのひとの貸すさかい」

そう言う割りに、奥へあがるように促すでもなく、着替えを取りに行くでもない。空になった湯飲みを盆に載せたが、おかわりを持ってくる様子もない。

要するに、そろそろ追い払いたいのだと、虎彦は察した。

虎彦がぎゃあぎゃあと因縁を付ける質でないと察し、これ以上の詫びは必要無いと判断したのだろう。

だったら長居をされたくないと考えるのは当然だが、他に何か理由が――たとえば、お喋り亭主がべらべら話をすることを警戒したとか――あるのかどうか……。

「これ、お詫びに受け取ってんか。本当にすんまへんでした」

つっけんどんな言葉とともに懐につっこまれたのは、懐紙に包んだ小銭だった。なるほど、一応、最後まで下手には出ておこうということらしい。

「ほなら、また。近くに来たらいつでも寄ってくださいや」

そう言う顔はにこやかだが、暖簾をめくりあげて追い出そうとする態度は極めてそっけない。

「……ああ、また」

一瞬、迷ったが、虎彦は、とりあえずは退《ひ》くことにした。

少しは気になる話も聞けたから、まずは良しとしよう。予想外に手に入った小銭は、遠慮なくいただいておくことにする。夕飯代の足しにはなる。

「そういえば……」

土間を出るところで、何気ないふりでもう一つだけ、虎彦は訊ねた。

「斬られた犬っちゅうの、どないなったんやろ？　誰か、墓でも建ててやったんやろか」

そんな阿呆な……と内儀は声をたてて笑った。

「誰がそないなこと。野良犬の死体なんぞ、そのうち他の犬の餌になるだけ。それで終わりでっしゃろ」

「……そらそやな」

そんなものだ。町でもしばしば、行き倒れた犬を見るが、わざわざどこかへ運んだりしない。将軍様のお膝元である江戸では、すべての野良犬に小屋を与えたり墓を建てたりとの試みもあるようだが、この大坂は、そこまでではなかった。

ほなどうもと言い置いて、虎彦は亀屋を出て往来に戻った。

しかし、歩き出してみると、濡れそぼった腹掛けはべっとりと肌に張り付いて気持ちが悪いし、見栄えも悪い。

うっとうしいなと舌打ちしつつ、辺りを見回し、そこで虎彦は首を傾げた。

「――鬼王？　どこや？」

そういえば、いつのまにか店から姿が消えていた。

いったいどこへ行ったのだろう。

また何か勝手なことをするつもりかと、慌ててもう一度、周辺に視線を走らせる。

そろそろ日の傾き始めた往来は、先ほどよりも人が増え、白粉《おしろい》臭い女も辻に立ち始めていた。

斜向かいの蕎麦屋の路地から、小さな山吹色の顔がのぞいているのを虎彦は見つけた。

地面に鼻をつけて、熱心に臭いを嗅いでいる。

名を呼ぶと、顔を上げて虎彦を見たが、そのまま、ふいと路地の奥へと入っていってしまう。

「おい、待て」

虎彦は慌てて追いかけた。

揺れる尻尾を追って路地を進み、次の通りも越えていく。

「いったいどこまで行く気や」

鬼王丸が行く先には、古びた板塀と木戸があった。躊躇《ちゅうちょ》なく、鬼王丸は中へと入る。しきりに地面の臭いを嗅いでいる様子からは、何かをたどっているようにも見えた。

行く手に、じきに、一目で空き家と判る、大きめの仕《し》舞《も》た屋が現れた。まわりはぼうぼうに草が生え、壊れた桶が転がっている。人気はまったくない。

鬼王丸は空き家の裏へと歩いていく。

虎彦が後に続くと、荒れ果てた庭の片隅で、ようやく鬼王丸は足を止めた。虎彦を見て、こっちに来いというように一声啼いた後、地面の一点を見つめている。

虎彦は歩み寄った。

鬼王丸の視線の先に、百合の花があった。虎彦がこのところ売っているのと同じ、白百合だ。

こんな空き地にまで咲いているようでは売れないのもしかたない――そう思いかけて、すぐに気づく。

百合は生えているわけではない。切り花だ。三本の切り花が、地面に置いてある。誰かが、買った花をここに置いたのだ。

改めて、足下を見直してみる。

百合の置かれた辺りだけ、土の色が濃かった。畳半畳分くらい、あきらかに、最近、掘り返した形跡がある。

「お前、何の臭いを追いかけてたんや……？」

鬼王丸に問うが、むろん答えはない。物言いたげに虎彦を見上げているだけだ。

だが、たとえば、亀屋の辺りに斬られた犬の臭いが残り、それがここへとつながっていたのだとしたら……。

虎彦はしゃがみ込み、百合を手に取った。茎の切り口と花びらの開き具合をじっと眺める。さほど古くはないが、切り立てでもない。切ったのは、おそらく今朝《けさ》。今日の朝から今までの間に、花を供えに来た者がいる。この土の下にいる、何者かのために。いったい、何がここに埋まっているのか……。

――刹那《せつな》、虎彦ははっと身を強張らせた。

背後に気配を感じたのだ。

土を踏む音に交じって、耳障りな音も聞こえた。腰のものがふれあう音。侍《さむらい》だ。気配はすでに裏庭まで入ってきている。

近い。

虎彦は、しまったとほぞをかんだ。

手元には今、得物の一つもない。

少し、なめてかかりすぎていたようだ。自分が今関わっているのは、辻斬りに端を発する事件だ。人の命を平気で奪う者と接触するかもしれないと、考えておくべきだった。

気配の主は歩調を緩めた。こちらを警戒しているのが判る、間合いを確かめるような近づき方だ。つまり、相手も、こちらと友好的にやる気はないのだ。

こういうときは先手を取る――それが喧嘩の鉄則だ。

「お侍様も、あの犬を供養しに来られたんで？」

虎彦は、しゃがみ込んだまま、視線も向けずに言った。

後ろの奴がはっと息を呑み、立ち止まるのが判る。

すかさず、虎彦は百合を手にしたまま立ち上がり、さりげなく数歩、後ずさりながら振り返った。

立っていたのは、編み笠で顔を隠した男だ。藍の着流しはくたびれてはおらず、浪人者ではなかろう。しかし、それ以上は何も判らない。

虎彦はへへと笑いながら、百合の花を侍に差し出した。

「三日前に斬られたお犬様がここに埋められたて聞いたんで、念仏でも唱えたろかと思て来たんですわ。おれ、犬好きなもんで。お侍様も、どうぞ、手向《たむ》けたってください」

すべてはったりだ。この土の下に何があるかなど、想像でしかない。

男が笠の内からじっとこちらを見ているのを、虎彦は感じた。何かを確かめるかのように、全身を眺めている。顔が強張りそうになるのを、なんとか堪えた。ここはあくまで、通りすがりの気楽な若者を演じなければ。

「おぬし、あの犬の飼い主か」

「へ？　……いや、そういうわけと違うけど」

予想していなかった問いに、虎彦は戸惑う。

ここがあの犬の墓であることを、相手は否定しなかったが、知っていてのことか、虎彦に合わせただけかは判らない。

「そうか。――いや、花はいい。おぬしが弔ってやるといい」

侍はそれだけ言うと、踵《きびす》を返した。

去っていく背を引き止め、もっと何か訊いたほうがいいと思ったが、できなかった。迂闊《うかつ》に近づくのはまずい。かなりの遣い手かもしれない。

「――ちっ」

侍の姿が消えたところで、虎彦は舌打ちし、足下の石を蹴った。

ここにいたのが少将であったなら、あの程度の侍に怯むことなく、とっつかまえて何か吐かせることができたかもしれない。

だが、虎彦は刀も持たないただの破落戸上がりの若造で、正体不明の侍とやりあえる自信などなかった。

クソッと吐き捨てて頭をかきむしった後、虎彦は再びしゃがみ込み、百合の花をもとの場所に戻した。

一つ息をついて、つぶやく。

「……すまんな。けども、お前の仇、なんとかとったるさかい」

無残に斬られた犬のことを思い、虎彦は手を合わせた。

7

その晩、少将が竹本座に戻ってきたのは、亥《い》の刻《こく》も過ぎた深夜だった。

「すまなかったな、虎御前。遅くなってしまった。だが、聞き込みの成果は上々だ」

そう言った少将は酒の匂いをまとわりつかせてはいたが、酔った様子はなかった。

飲んでも酔わない質だと以前に聞いたことを虎彦は思い出した。何から何までふてぶてしい男で、さほど酒に強くない虎彦としては、おもしろくない。

まわりを気にせず話せる場所を考え、昼間は上客が居並ぶ、舞台わきの桟敷席《さじきせき》に陣取ることにした。

むろん、今は辺りに誰もいない。

花売りで日銭を稼ぐようになるまで、虎彦は半年ほど竹本座に居候しながら下働きを手伝っていたから、内部の事情はだいたい判っている。一座のなかでも浄瑠璃語りの太夫や人形遣いの親方たちは夜は家に帰るが、金のない下っ端は小屋のあちこちに寝泊まりする。だだっぴろい客席は落ち着かないからか、あまり寝床としての人気はなかった。

また、今時分に小屋のなかをうろついている者は、みな、虎彦や少将とは顔馴染みだ。近松の営む始末処のことも知っているから、二人の姿を見ても、「ああ、またあの先生の道楽か」と心得て、好きにさせてくれるので、気は楽だった。

ちなみに、近松は夜更けには竹本座になどいない。日頃は京都住まいでなかなか大坂には現れないため、たまに来たときには贔屓《ひいき》客に宴席に呼ばれ、楽しくやっている。それも浄瑠璃作者として大事なおつとめだ、拒めないのだと本人は言っているが、拒む気など初めからないのは明らかだった。基本的に、ちやほやされるのは大好きな爺さんだ。

「牧原があの日捜していたのは、どうやら新八殺しの下手人ではないようだ」

土産《みやげ》だと小さな包みを差し出しながら、少将は言った。どこで調達したのか酒に猪口《ちょこ》まで持参している。

素直に受け取って虎彦が包みを開くと、なかから美味そうな稲荷ずしが出てきた。稲荷ずしは虎彦の好物だ。少将が知っていたとも思えないが、喜んでいただくことにする。ほおばりながら、虎彦は問うた。

「どういうことや。牧原は辻斬り事件の探索をしとったんやろ？」

「事件がらみではあるのだがな。捜していたのは新八と一緒にいた丁稚の弥吉らしい。それが生きているのではないか、事件の後、あの近くに逃げてきたのではないか――牧原は、そう考えていた節がある」

「生きてた？　斬られて川に捨てられたんと違て、か？」

「そうだ。死体はあがっていないと梅木屋も言っていただろう？　そして、事件の晩、見慣れぬ子供を見たという証言が、亀屋の近くであったらしい。牧原はそれを、大きな手がかりと見たようだ」

「そらそやけど……でも、おかしいやろ。現場はあそこから遠い。あそこまで逃げるよりは、三河屋のほうがずっと近い。なんでとっとと奉公先に戻らへんねん」

「それが、私にも不思議なのだ。弥吉には二親がいない。逃げ帰る先は三河屋しかないはずだ。なのに、いったいどこにいるのか」

少将も首をひねっている。

「……いや、そう不思議とは違うな、よう考えたら」

虎彦は自分の問いに、自分で気づいて答えた。

「弥吉は丁稚や。丁稚て言うたら、店ではいちばんの下っ端。朝から晩までこきつかわれんのが当然。飯もろくに喰《く》わせてもらえずに、働きづめに働かされる。耐えられんと逃げ出す――ちゅうのも、ようある話や。そやから、この機会に店から逃げよ思たとしても、おかしなこととは違う。怖い目に遭《お》うて、もう嫌になって逃げ出したんかもしれん」

「……丁稚とはそういうものなのか」

「ああ、そうや。まだ子供やし、自分が逃げたせいで事件の探索がどうこうなんぞとは、考えへんやろしな」

そうか、それは思いつかなかったと、少将はしきりにうなずいている。意外と世事には疎《うと》いところがあるようだ。実は名のある武家の若様か何かで、世間知らずに生きてきたのかも――と、いつもうすうす思っていることを、改めて虎彦は考えた。

「……けどなあ。ひっかかんのは、弥吉が孤児やっちゅうとこや。逃げるにしても、親元はあらへんわけやし……あの辺りに誰か、頼れる親戚でもおったんやろか」

「いや、それが、近くの者はみな、誰も弥吉のことなど知らなかった。あの町に縁のある子ではなかったようだ。知っていて匿《かくま》っている様子もなくてな……。それでも牧原は執拗《しつよう》に弥吉を捜していたようだから、探索の途中で何か重要な手がかりを手に入れ、それが弥吉がらみだったのかもしれん。そして、実際のところ、牧原の読みは当たっていたのではないかと思う。探索中に罠をしかけられたのだからな」

「弥吉を見つけられたらまずい——そう思て敵さんが焦ったってことか。やとしたら、敵さんのほうも、弥吉の行方《ゆくえ》は気になってるってことになる。弥吉はやっぱり、生きてんのかもしれんな。……となると」

うむと虎彦は腕組みをする。

「……牧原が動けん今、かわりにおれらが弥吉を捜してみたらどないやろ？　殺しの下手人にたどりつけるかもしれん」

「悪くはない案だ。しかし、我々は依頼人の頼みで動いている。牧原を助けることを優先するなら、弥吉捜しよりも先に、暴れ犬事件の真相を究明すべきだ。そこをあえて、我らの考えで動いていいものか、依頼人に確認したほうがいい」

「……まあ、そやな」

それが筋ではあった。ならば明日、二人で話をしに行こうと決める。

続いて、虎彦が少将に、亀屋近くでの出来事をすべて話した。

「その侍……何者だろうな」

当然ながら、少将がいちばん関心を示したのはそのことだ。

「さあ、まったく判らん。なんであそこに来たのかも判らん。何も判らん」

判らないままに去られてしまったのがやはり悔しく、虎彦はつい投げやりな口調になってしまう。

「花売り道具、持ってってたらよかった。天秤棒があったら、二本差《にほんざし》相手でもなんとかなったんやけどな……」

精一杯嘯《うそぶ》いてみても、どうにもみっともない。

「なに、大丈夫だ、虎御前。向こうは虎御前の顔も姿も見ているから、そのうち虎御前を斬りに来るのではないか？　役人すら始末しようとする輩《やから》だからな。きっと会う機会はある。焦ることはない」

「――は？　お前、何をさらっと言うてくれて……」

物騒な物言いに、さすがにぎょっとする。

始末処に命までかけたないわとつぶやいた――その直後のことだ。

ひゅっと空を切る音がして、何かがごつんと虎彦の頭のてっぺんに当たった。

「うお……」

頭を押さえながら、すばやく辺りを見回す。いったい何が起きたのだ。

すぐ脇に、見慣れないものが落ちているのが目に入った。

「なんや、これ」

拾いあげ、しげしげと眺める。手のひらに載るほどの、竹細工の鳥……に見えたが、少々、不細工な鳥だ。

ぱたぱたと足音が近づいてきた。

「堪忍、そっちに飛ぶと思てへんかった」

「あさひ。お前のんか」

軽やかに虎彦の前に駆けてきたのは、竹本座でからくり細工修業中の、顔見知りの少女だった。

括《くく》り袴に結わえただけの髪、櫛《くし》も簪もつけず、化粧っけ皆無のそばかす顔は、十二、三のガキにも見えるが、実際の歳は、確か、虎彦の四つ下。十五だったはずだ。

十三の歳にからくり細工師に憧《あこが》れ、女なんぞモノになるかと親方に追い払われてもしつこく竹本座に通い詰め、執念で弟子入りを勝ち取ったらしい。

今では親方夫婦の家で子守奉公を手伝いつつ、修業に精を出している。道具の修繕などのため、竹本座に泊まり込むことも多いようだ。ともかく頭のなかはからくりのことでいっぱい、細工作業のしすぎで常に両手は傷だらけという、なんとも変わり者の娘だ。

「からくり細工か、これ」

「うん。鳥みたいに飛ばそうと思て練習しててんけど……」

「飛ばす？　これをか？」

「そう。こうやって……」

と、細工の鳥の胴体部分に、竹串のようなものを突き刺す。それを手のひらですりあわせるようにして回せば、鳥が舞い上がる……らしいのだが、実際には見当違いのほうに飛んでいっただけだ。

眉間に皺《しわ》を寄せながら鳥を拾いに行き、また飛ばす。また予想外のところへ飛び、また追いかける。人のいない客席を、ぴょんぴょんと飛び回るあさひが子犬のようでおかしくて、虎彦はつい笑ってしまった。

「客の頭にぶつけたら洒落《しゃれ》にならんぞ。そんなん作るより、本物の鳥でも馴らして飛ばしたほうが早いんと違うか」

「何言うてんの。生きてるもんなんか使うたら、人形浄瑠璃にならんやろ。そんなことも判らへんの？」

　唇を尖らせて、あさひは反論した。

「どんだけ馴らしても、生きてるもんは人の思う通りにはならん。自分の体でさえもそうや。自分の思い通りには決して動かん。そやから、人形芝居には人では出せん味が出る。隅々まで思い通りに動く人形やからこそ、できるもんがある。――近松先生が言うたはったことや。そやから、これも、なんとかして成功させんと」

　強い口調でそう言いながらも、あさひは本当は、上手《うま》くいかない細工に少々、落ち込んでいるようだ。しょんぼりと肩が落ちている。虎彦もさすがに言いすぎたかと慌てたのだが、

「難しそうだが上手くいけばおもしろいしかけだな。楽しみだ」

　横から少将が言ったとたん、あさひの顔にはさっと朱が差す。

「……おおきに」

「だが、もう夜も遅い。あまり無理をしないほうがいい」

「はい……」

　真っ赤な顔でうなずき、あさひはそのまま、舞台の奥へと駆け戻っていく。

なんやねんアレと、小さく虎彦はつぶやいた。

あんなガキにまで愛嬌を振りまく少将も少将だが、男前に声をかけられただけでのぼせているあさひもあさひだ、ガキのくせに。

なんとなくむくれていると、笑いながら少将は立ち上がった。

話も終わった、これから帰ると言うから、虎彦は驚いた。

「もう町木戸も閉まってしもたやろ。……お前の家て、この町内やったんか？」

「いや、まあそういうわけではないが、なんとかなる」

曖昧《あいまい》にごまかして去っていく少将に、虎彦は舌打ちをした。

確かに芝居町界隈には一夜の宿を貸してくれる店はたくさんある。もちろん、独り寝をする場所ではない。そういう下世話な場所が似合わないようにも見えて、誰よりも似合いそうな気がするのも少将だった。

虎彦は少将が置いていった酒を飲み干し、桟敷の畳にごろりと横になった。上客が大金を払わないと座れない場所に、ただで寝転んでいるのだ。こういうのが金ではできない贅沢だ。

そう自分に言い聞かせながら目を閉じる。

うとうとし始めたころ、隣に寄り添う気配に気づいた。確かめなくても判る。鬼王丸だ。

あったかいなと思っている間に、もう虎彦は眠りに落ちていた。

8

翌日、昼過ぎに淡路町で虎彦——むろん鬼王丸も一緒だ——は少将と落ち合った。これから梅木屋に行くのだ。

朝のうちは別行動で、少将は昨日に引き続き、騒ぎのあった日の牧原の行動について調べに行った。

虎彦のほうは、亀屋の近くに縄張りを持つ花売りに会いに行った。昨日見つけたあの百合を供えた者が判れば、何かの手がかりになるのではと考えたのだ。

少なくとも、あそこが本当に犬の墓かどうかは判る。犬の供養をしたいというのは、依頼人からの頼みの一つだから、意味のないことではない。

日頃、花屋どうしでつながりがあるわけではないが、村方の仕入れ先で馴染みの親爺に聞いたところ、すぐに花売りの名前を教えてくれた。界隈に花売りは少なく、近所の者はみな、その花売りから買うらしい。

ちなみに、虎彦自身は、今日も百合の花を仕入れはしたが、ぜんぶ竹本座に置いてきた。売る暇がないからだ。

ちょうど出くわしたのがあさひだったから、束で手渡したところ、目を丸くし、絶句した後、花束を抱えてばたばたと逃げていってしまった。からくり一筋の娘だから花に興味なんぞなかったのだろうが、まあ無駄に枯らしてしまうよりはいい。

「それで、百合を買った者のこと、判ったのか」

並んで歩きながら、少将が訊ねた。

「ああ。亀屋の裏の長屋の婆《ばあ》さんやった。買ったっちゅうか、古い馴染みやさかい、運ぶ途中で傷みかけたような花を、ただみたいな値段で分けたってるらしい。百合っちゅうのは売れへんさかい、その花売りんとこでも、買うた者は昨日は誰もおらんでな。そやさかい、間違いあらへん。――ただ、な……」

「何か気になるのか」

「婆さん、犬の騒ぎがある前からお供えの花は買うてたそうや。少し前に旦那をなくしてるそうやし、そのための花違うかて花屋に言われたわ。やとすると、おれが見た花は、近所の者が供えたもんとは違うことになる」

進展があったとは言えんなと虎彦は肩をすくめた。

「で、お前のほうはどないや。何か判ったんか」

「実は、奉行所の内部に伝手のある知人に頼んで、新八事件が探索中止になった事情を探ってもらっている。強引に探索の打ち切りを命じた本当の理由が判れば、下手人の見当はつくだろうと思ってな」

「なるほど……」

確かにそうだ。それが判れば、かなり裏事情に食い込める。

（けども……）

奉行所内部に伝手のある知人、などという言葉がさらりと出てくるのが、少将のうさんくさいところだった。

だが、その知人というのが誰なのか、どういう知り合いなのか、聞いたところではぐらかされるだけだろう。そのあたりも、虎彦は判ってきていた。

「で、ちょっとは判りそうなんか？」

「まあな。ある与力《よりき》が関わっているらしい、というところまでは。まあ、詳しい話はまた夜にでもしよう」

「そうやな。判った」

話しているうちに、梅木屋の目の前まで来てしまっていたのだ。

梅木屋は、虎彦が想像していたよりは大きめの店だった。

夫婦で小さな店を切り回しているのかと思ったが、間口も広く、帳場には恰幅《かっぷく》の良い番頭が座って客と話をしている。

鬼王丸を店先で待たせ、暖簾をくぐって少将が告げる。

「杉森の隠居の遣いで参ったのですが……」

一瞬、怪訝《けげん》そうな顔をした番頭は、すぐにはっとなり、二人を奥へ通してくれた。

杉森というのは近松門左衛門の本名で、始末処の仕事に使う符丁なのだ。依頼を受けた際に、喜助夫婦には伝えてあった。

主人の喜助は商用で出かけており、会うことができたのは内儀のお春だった。

弥吉のことを告げると、お春は声を震わせた。

「もし、その弥吉が見つかったら、新八の仇が誰か判るかもしれへんのですね。ぜひ、捜してください。お願いします」

「ええ、我らもそう思っています。ただ、弥吉のことと、牧原さんを助けることとは、別の話になります。どちらを優先したいのか、お考えを聞かせていただきたいのですが……」

少将が率直に訊ねると、お春は戸惑いを見せた。

「どちらて言われても……」

弟の仇は捜したいが、牧原はなんとしてでも助けたい。どないしたらええんでしょうと逆に訊かれたが、こちらから答えるわけにもいかない。

しばらく待ったが、お春は決められないようだ。虎彦は少将に目配せを送った。ここはいったん、引き揚げたほうが良い。

少将もうなずき、お春にそう告げようとした、そのときだった。

「おかみさん、おかみさん――」

いきなり大声が割り込んできた。

廊下を走る足音がして、男が一人、部屋に駆け込んでくる。

店先にいた番頭だった。

先ほどとは打って変わって慌てた様子で、虎彦や少将には目もくれず、番頭はお春に告げた。

「たった今、知らせが来ました。御奉行様のお許しが出るかもしれまへん。牧原様が助かるかも……」

「え……」

「お犬様を斬ったんは大罪やけども今回はしかたがなかった、あのお犬様はかわいそうに、ひとを襲いたくなる病にかかってた、牧原様が斬らんでも命は後わずかやった——そう言うて、与力の斉藤《さいとう》様が御奉行様を説得してくれはったそうです。今ならまだ間に合う、すべてを内々に済ませ、江戸表にも報告はせんと済ませられる、そのほうがええ——て。正直な話、御奉行様は着任してまだ一年やけど、斉藤様は町廻《まちまわ》り方《かた》の与力をもう何年もやったはります。奉行所のなかでの実質的な力は斉藤様のほうが上。そやさかい、このまま上手くいくはずやと、町会所《まちかいしょ》の者が知らせてくれました」

「本当に？　——ああ、上手くいってくれたらええのやけど。……そうや、うちでやるつもりのお犬様の供養、できるだけ早《はよ》うしたほうがええんと違うやろか。そのほうが、御奉行様の心証もようなるかも」

「確かにその通りです。ほなら、さっそく手配を……」

お春と番頭は、その場であれこれと相談まで始めた。虎彦たちのことなど、すっかり忘れてしまっている。

虎彦は少将と、顔を見合わせた。

「——ま、上手く片がつくんやったら、それはそれでええわな」

苦笑気味に、虎彦はつぶやく。

屋根に上がった途端に梯子《はしご》を外されたような気がしないではないが、牧原を助けたいというのが、梅木屋からの依頼のおおもとだ。叶うのであれば、それに越したことはない。

新八殺し事件も、難航するかもしれないが、牧原が自由の身になれば、自力で探索を続けるだろう。虎彦や少将がやるよりも、これまで真摯《しんし》に打ち込んできた牧原が続けてやったほうが、良い結果になるに違いない。

「——さて、どうだろうな」

返ってきた少将の声音は、意外なほど冷ややかだった。

驚いてその顔を見やれば、声音だけでなく、表情も先ほどまでと違う。いつも飄々《ひょうひょう》としている少将には珍しい、硬い顔だ。どうしたのかと訝る虎彦に相談もせず、

「お内儀。今日のところは失礼いたします。また後日」

短い挨拶とともに少将は立ち上がり、返事を待たずに部屋を出ていく。お春はまだ、番頭との話に気を取られているようで、曖昧に応えただけだった。

そのままさっさと梅木屋を後にする少将を、慌てて虎彦は追いかけた。

「なあ、何が気になってんねや、お前」

往来を歩き始めたところで、虎彦は訊ねた。少将の様子は、あきらかにおかしい。

「許されるはずがないのだ」

「——は?」

「今の御時世、犬を殺した者が無罪放免などありえない。——よほどのことが無い

限りは」

「いや、よほどのことやったんやろ。それに、そんなこと言うたら、初めから今回の依頼……」

「無理だと思っていた、本音を言えばな。できるはずがないと」

少将は身も蓋《ふた》もないことをさらりと言った。おいおい、と虎彦は慌てる。

「お前、そんなこと思とったんか。あんだけ自信ありそうな顔しといてからに」

「現状を鑑《かんが》みれば至極まっとうで冷静な判断だと思うが」

「いや、それやったら引き受ける前に言うとか……おれには一言いうとくとか、なんかあるやろ。なんでやる気まんまんな振りしとんねん」

なんだか本気で腹が立ち始め、虎彦は詰《なじ》ったが、少将はまったく動じず、

「爺やが引き受けたそうにしていたから、断ることなどできなかった。まあ、無罪は無理でも、少しでも殺しの事件を解決に近づけることならばできると思ったからな」

「……なあ、今さらやけど、お前、なんでそこまであの爺さんに義理立てすんねん。なんか、弱みでも握られてんのか？」

「それは今はどうでもいいことだな。問題は奉行所の動きだ」

「……そらそうやな」

硬い顔のままで言われ、しかたなく虎彦は引き下がる。

「……思たんやけど、お武家さんてのは、自分の配下から死罪の者なんぞ出したな

いやろ。それで、着任してまだ間もない御奉行さんが、部下の説得に負けたことにして、見て見ぬ振りを決めたんと違うんか。江戸表への報告を握りつぶすってのは、そういうことやろ」

奉行所のやることだから、それなりに計算尽くではあるはずだ。

虎彦なりに考えてそう言ったのだが、少将はきっぱりと首を振った。

「奉行が面倒事を嫌がるのは事実だが、さっきの番頭が言っただろう。奉行を動かしたのは、与力の斉藤という男だ。鍵《かぎ》はそいつだ。だが――」

少将はそこで、いったん言葉を切る。

「斉藤というのは、新八殺し事件の探索を強引に打ち切らせた与力、本人だ。これは間違いがない」

「え――」

「無理を通して探索を中止した男が、その命令を聞かずに探索を続けていた熱心な部下を、無理を通して守る。どう考えても妙だ」

「……確かにな」

「このおかしな図式が成り立つということは、何かが――我々の把握している何かが間違っているということになる。早急に確かめる必要がある。私がなんとかするから、虎御前、いったん竹本座に帰って待機してくれないか。まっすぐに竹本座に帰ってくれ。いいな。必ずだ。これは少し……警戒したほうが良い。くれぐれも、一人で動くな」

「……ああ、判った」

少将の真剣な眼差《まなざ》しに気圧《けお》されるようにして、虎彦はうなずいた。

9

しかしながら、少将と別れた後、虎彦はすぐには竹本座に帰らなかった。向かったのは炭問屋の三河屋、新八と弥吉の奉公先だった店だ。

奉行所内部のことは確かに気になる。だが、それ以上に、虎彦は昨夜から、弥吉のことがどうにも気にかかっていた。

親をなくし辛い思いをしていた子だ。

生きているとしたら、なんであの町に逃げ込んだのか。今、どこにいるのか。少しでも、手がかりが欲しかった。

三河屋は事件との関わりを避けたがっているようだが、身寄りのない弥吉のことを調べるには、やはり三河屋に行くしかないのだ。

すぐ帰れとは言われたが、帰りの寄り道くらいなら構わないだろう。

とりあえず、虎彦は、死んだ弥吉の遠縁と名乗って店を訪ねてみた。生前、弥吉が世話になったようだから旦那さんにご挨拶を……などと、神妙に口にしたのだが、

「弥吉……でっか」

帳場の番頭は露骨に顔をしかめ、裏口にまわるように言った。

裏口で待っていると、現れたのは、弥吉の世話をしていたという年増女中だった。

主人に取り次ぎなどできないと高飛車に言った後、女は一気にまくしたてた。

「あの子がうちにおったんは、半年足らず。それやのに、亡骸を捜す手伝いをしろだの、弔いの金を出せだの、あれこれ言われて、大迷惑や。虎彦さんて言いましたな。本当に遠縁なんやったら、まずは旦那様にきちんとお詫び、しはったらどないです。御身内として、当然でっしゃろ」

「いや、それはその、おれはしばらく、江戸のほうへ行ってたもんで……」

「ああ、そう。そやさかい、知らんふりでもええとお考えで？　その失礼な物言い。さすが、あの恩知らずの遠縁やわ。そもそも、弥吉の二親、うちに奉公に入ってから二月もたたんうちに病で死んでしもてな。その葬儀のお金を出してあげたんも、うちの旦那様です。前借りした弥吉の給金みんな、薬料で無《の》うなってすっからかんやて言うさかい、旦那様が情けをかけたげはったんや。それだけでも大層な恩やったっちゅうのに、何ひとつ恩返しもせんうちに妙な死に方してくれて、本当に店に損ばっかりかけて、恩知らずにもほどが……」

「恩知らずでも人でなしよりはましじゃ、あんたみたいな、な」

堪えきれず、虎彦はさえぎって怒鳴った。な……と絶句して目を剝く女中に、構わず続ける。

「弥吉が酷い目に遭うたんは、あんたとこの店のせいやないか。若い手代とガキとに大金持たせてふらふら歩かせて、盗人《ぬすっと》に狙《ねろ》うてくれと言うてるようなもんやないか。二人を殺したんは、ここの主人じゃ」

「な、何を……」

「もうええ、邪魔したな」

怒りがおさまらず、裏口の木戸を思い切り蹴りつけ、虎彦は三河屋を後にした。

――判ってはいた。腹を立てたところで、しかたない。

自分の見た目がうさんくさかったのも、悪いのだ。きっと三河屋は、破落戸が金をたかりに来たとでも思ったのだ。だから、わざとあんな態度をとった。いくらなんでもあれが本心なはずがない。おれがしくじっただけだ。

自らに言い聞かせようとしたが、どうにも気持ちは治まらなかった。

あんな連中のなかで、弥吉は奉公をしていたのか。

「そら、逃げたくもなるわな……」

なんとかして弥吉を捜し出し、まともな暮らしをさせてやりたいと強く思った。

親のない子に世間は冷たい。まっとうな大人として日々を暮らしている者たちは、自分の暮らしてきた道からはずれた子供を好きにはならない。可哀想《かわいそう》にと口では言うが、それは、もう自分たちと同じ場所にはいられないねと憐れんでいるだけ。

二親を相次いでなくした八つの虎彦が、自分の身で思い知った世間の真実だ。幼い虎彦はまっとうな暮らしには戻れず、破落戸になるしかなかった。

それが世間というものなのだ。

鬱々とした思いで路地を歩く虎彦の前に、鬼王丸が回り込んできた。行く手をさえぎるように立とうとするから、舌打ちをして横をすり抜ける。

わん、と後ろで鬼王丸が啼いた。

「ええから、付いてこい」

苛々と言いながら、振り返る。

そこで、虎彦は気づいた。路地を走ってくる者がいる。腹掛け姿の丁稚だ。

「待ってください、あの……そこのお客さん……」

妙な呼びかけが、どうやら自分に向けられているようだと、虎彦は気づいた。

「なんや、おれに用か」

「へ、へえ。あの……」

駆け寄った丁稚は、息を切らし、辺りを気にしている。たぶん、黙って店を抜けてきたのだろう。

丁稚はおずおずと虎彦に何かを差し出した。小さな貝殻だった。法螺貝《ほらがい》を小さくしたような形だ。表は白く、ちらりとのぞく内側は綺麗な桜色。

「弥吉が大事にしてたもんで……庭で拾たて言うてたから、たぶん、うちのお嬢さんの昔の玩具《おもちゃ》か何かやと思います。弥吉のもん、それしかあらへんねん。他のもんは……着るもんとかは、おれが使うてるし……」

「……これしかないのに、おれにくれるんか」

「お客さん、弥吉の遠縁やて聞いたし……」

丁稚は神妙にうなずいた。

そうか、と虎彦は手のなかの貝殻を見つめた。

炭問屋のお嬢さんにとっては大したことのない玩具だったかもしれないが、丁稚の弥吉には宝物に見えたに違いない。

「弥吉とは仲良うしてくれてたんか？　名前、なんていうんや？」

「蓑吉《みのきち》。弥吉とは奉公始めたんが同じくらいやったから、よう喋ってた」

もじもじしながら、丁稚は答えた。

「そうか。一緒にがんばってたんやな。弥吉、どんな奴やった？　おれは赤ん坊のころの弥吉しか知らん。教えてくれへんか」

身をかがめ、蓑吉に視線を合わせるようにして、虎彦は訊ねた。

「ん、と……おれよりずっと賢かった。算盤《そろばん》もようできたし、読み書きも……泣き虫やったけど。あ、それから、犬が好きやった」

「犬……？」

「うん。店のみんなは犬嫌いやさかい、内緒やでって、おれにだけ教えてくれた。昔、可愛がってた犬がおって、そいつのことが本当に好きやってんて」

「それは親元に住んでたときの話か？　弥吉の家、どこやったんや」

問うてから、そんなことを親戚が知らないのは妙だと思われないか懸念したが、蓑吉は訝ることもなく答えた。

「あちこち引っ越したて言うてたけど……その犬がいたんは、ほんのちょっとだけ厄介になってた長屋らしい。弥吉のお父っつあんが大工で、その親方んとこに世話になったことがあったんやて。そこん家の犬が弥吉にえらい懐いて、一月だけやけど、ずっと一緒にいたて言うてた。黒くてでっかい、頭のええ犬やってんて。また会いたいて、弥吉はずっと言うてた。特に番頭さんにきつう怒られたときなんか、クロに会いたい、あったかくて気持ちええクロの腹の上で眠りたい、それができたらもう死んでもええて、泣きながら言うてた」

虎彦が急ぎ足で竹本座に帰ると、少将の姿はまだなかった。
だが、悠長に待っている気には、どうしてもなれなかった。
今すぐに、確かめたいことがある。
小屋の裏手にまわり、物置の片隅に置かせてもらっていた花売り道具の、天秤棒
を手に取った。こいつがあれば、なんとかなる。侍のように剣術など習ってはいな
いが、ガキのころから賭場で生き抜いてきたのだ。腕っ節には自信がある。
「虎彦、どうしたん。どっか行くん?」
めざとく見つけて声をかけてきたのは、あさひだった。振り向くと、妙に心配そ
うな顔で見ている。
「いや、まあ……」
適当にごまかそうとしたとき、あさひの手の中の、細工物の鳥に目が向いた。作
り物の鳥。生きてはいない鳥。

同時に、昨日あさひが口にした、近松が言ったという言葉が、虎彦の耳に蘇《よみがえ》る。

――どんだけ馴らしても、生きてるもんは人の思う通りにはならん。自分の体でさえもそうや。自分の思い通りには決して動かん。

この事件、実は大事なのはそれだったのではないのか。

生きているものは、人の言いなりにはならない。

そうだ。犬には犬の意思があるのだ。それを見失ってはいなかったか。

自分の目で見て、確かめなければだめだ。

「――これから、ちょっとややこしいとこへ行く。少将が来たら言付けてくれ。昨日のとこへ行った、て」

「虎彦……え、ちょっと」

あさひの不安げな声が追いかけてきたが、虎彦はもう駆け出していたから、続いて何を言ったのかは判らなかった。

10

息せき切って虎彦が駆けつけたのは、昨日、鬼王丸が見つけた、路地裏のあの荒れ果てた家だ。犬の墓だと思った、あの場所だ。

崩れた壁を乗り越え、荒れた庭に入ると、鬼王丸が一声啼いて、先に立って歩き出す。

見はりを買って出てくれたようだ。こういうときに、鼻の利く相棒は頼もしい。

昨日の場所には、まだ同じ百合が置かれたままだった。新しい花はない。

ここに、いったい何が埋められているのか。

辺りを見回し、さらに、空き家のなかも確かめてみる。何か手がかりがないかと思ったのだ。人のいた痕跡。誰かがここに隠れていたような痕跡。

あって欲しかった。

だが、何も見つからない。

しつこくうろうろと歩いていると、わんと鬼王丸が啼いた。

虎彦を呼ぶように駆け寄ってきたかと思うと、急に身を翻《ひるがえ》し、やや離れた雑草の茂みへと走る。そこに何かあるのかと後に続いた虎彦は、すぐに気づく。

足音だ。誰か、庭に入ってきた者がある。

虎彦は鬼王丸とともに雑草の茂みに身を潜めた。

昨日の侍でないことは、すぐに判った。もっと弱々しい足音だ。片足をひきずるようにして、ゆっくり近づいてくる。辺りに漂う、かぎ慣れた匂い。百合だ。

やがて、虎彦の視界に現れたのは、白髪の婆さんだった。手には新しい花。

ゆっくりと歩いてきた婆さんは、不自由な足を苦労して曲げ、昨日の百合の残る場所へとしゃがみ込む。

新たな花を丁寧に供えた後、しばらくの間その場で手を合わせ、婆さんは熱心に念仏を唱えていた。じきに、その皺だらけの頰《ほお》を涙が伝う。

虎彦は息を潜めて婆さんの背を見つめた。近づいて声をかけなければと思うが、背を丸めて祈る真摯な様子に、ついためらってしまう。

「……悔しいなあ、クロ」

ようやく婆さんが目を開け、震え声でつぶやいた。

「あんたらの仇の役人、お許しが出るそうや。クロが命がけで弥吉の仇とろうとしたのになあ……本当にこの世は血も涙もあらへん」

婆さんの言葉を聞きながら、虎彦は茂みのなかで歯を食いしばった。そうでないと、声が出てしまいそうだったのだ。

「堪忍してや、弥吉。せめてお坊さんにお経でもあげてもらえたらええねんけど……うちには息子も孫もおってなあ。人殺しの侍が怪しんでうろついとるなかで、どないもしてやれん。こんなとこでごめんな。せめて極楽で、クロと一緒になあ……」

涙で声を詰まらせた婆さんが、再び念仏を唱え始める。かすれた声で続く念仏が終わり、婆さんが立ち上がった後も、虎彦は声をかけることができなかった。

まぶたの裏には、亀屋の親爺から聞いた、亀屋の軒先での出来事が浮かんでいた。役人に飛びかかり、尋常ではない様子で暴れまわったという黒い犬。まわりの誰もが止めることのできない勢いだったという犬。

最期《さいご》には、無念にも斬られてしまった犬……。

呆然《ぼうぜん》としゃがみ込んだままの虎彦を、促すように鬼王丸が鼻先で突《つつ》く。判っている、婆さんを引き止めて話をしなければ。あんたはクロを可愛がっていたという大工の女房なのか、弥吉のこともよく知っていたのか——そう確かめねば。

そう思いながらも、現実から目を背《そむ》けたい思いで、虎彦はなおも目を閉じ、動かずにいた。

——その一瞬の油断を、敵に突かれた。

「そうか、ここに埋められているのは、犬ではなく、弥吉だったか」

ふいに、男の声が聞こえた。

虎彦ははっと顔をあげた。

いきなり目の前に現れた人影に、立ち去りかけていた婆さんが驚愕《きょうがく》する。

「あ、あんた……誰や」

編み笠を被った着流し姿の侍だった。昨日の男だ。

すぐに虎彦は天秤棒を握り直した。鬼王丸が小さく唸る。知らせていたのにと、

不服を訴えているのだ。悪かったと目線で虎彦は謝った。そうだ、うちひしがれて

いる場合ではない。

「弥吉はいったいどこに隠れているのかと捜し回ったが、すでにくたばったのなら

安心だ」

喋りながら近づいてくる男に怯《おび》え、婆さんは後ずさろうとするが、強張った体と

不自由な足ではどうにもならない。足下がふらつき、その場に倒れてしまった。

ふふと、男は笑った。

「そう怖がるな。まず聞いておきたいことがある。弥吉は死ぬ前に何を喋った。あの夜に見たことを、お前の身内にも話したのか？　お役人様が恐ろしいことをしたのを見た、と話したのか？」

「し、知りまへん。な、何にも……」

「ほう。だが、普通、行き倒れの子供がいれば町会所に届け、死ねば町役人に弔いを頼むであろう？　それをせず、こっそりとこんなところに埋めたのはなぜだ？」

「……そ、それは……」

「弥吉が何か、恐ろしいことを話したのだろう？　それを知ってしまったとなると、口封じに殺されるかもしれない。それならば、いっそすべてなかったことにしよう。どうせ身よりのないガキひとり、人目を避けて埋めてしまえばいい——そう思ったか？　罪の深いことだな。死人を御上に届けずに埋葬するのは御法度破りだと、知らなかったか？」

嬲《なぶ》るように男が言う。婆さんは蒼白で、もう息も満足にできないほどだ。

「まあいい。答えないなら、それでも構わん。いずれにしろ、口封じはさせてもらわねばな」

独り言のような言葉が終わると同時に、男の右手が刀にかかる。

迷わず、虎彦は飛び出した。

躊躇なく刃《やいば》を抜き、婆さんに振り下ろそうとする男の喉元《のどもと》に、天秤棒を思い切り突き出す。

男は寸前で気づき、ぎりぎりで躱《かわ》したが、虎彦は続いて、棒の先をすくい上げ、男の編み笠を撥ね飛ばした。

あっと声がして、男の顔があらわになった。

虎彦は息を呑む。

男の顔は、右半分が酷い傷に覆われていた。刀傷ではない。肉を抉《えぐ》るような傷痕がいくつもある。

獣の牙の痕だった。

男は一瞬、うろたえ、虎彦から傷痕を隠すように一歩引く。

だが、すぐに余裕の滲《にじ》む笑いを浮かべ、

「昨日の破落戸か。礼を言うぞ。この辺りを見はり続けていたところ、怪しげな犬連れのガキがあれこれ穿鑿《せんさく》していたようだから、気になって後をつけたら、ここにたどりついた。おかげで、弥吉が死んだと確かめられた。もう捜し回らずにすむ」

「黙れ――牧原」

はっきりとその名を口にすると、さすがに男は怯んだ。

「やっぱりお前が牧原か。その傷、クロがやったんやな。命までは奪えんでも、そこまでやったたっちゅうのは立派なもんや。世間の腐った侍なんぞより、よっぽど忠義者や。クロには判ったんやな。弥吉を斬った刀の臭いが。犬っちゅうのは人間様の何倍も、鼻が利くさかいな」

きっとクロのもとにたどりついたとき、弥吉は酷い傷を負っていたに違いない。

幼気《いたいけ》な子供の最期をみとった忠義の犬は、その命を奪った刃の臭いを、その刃をふるった者の臭いを、忘れていなかったのだ。

虎彦は天秤棒を構え直しながら、婆さんをかばうように立った。逃げろと振り向かずに言うと、這《は》いずりながら遠ざかろうとする気配があった。

「お前が弥吉を捜してたんは、自分の顔を見られたからやったんやな。上役の力で探索は中止にできたけど、始末しそこねた弥吉が出てきてしもたら一巻の終わり。そやさかい、一人で探索を続ける優しい役人のふりして、本当は目撃者を殺すために捜してた。上役もそれを黙認した。――いや、上役のほうが主犯か？　こんな極悪な真似、下っ端同心一人でできることとは……」

「黙れ！」

男――牧原は声を荒らげて遮った。

「それをつきとめてどうするつもりだ？　お前のような破落戸のゴミ屑《くず》が何を言ったところで、誰も聞く耳をもたんぞ。御奉行様だとて、我らには手を出せん」

「ふん、斉藤って与力の力か。――そういちいち驚くなや。これでもちょっとはあれこれ調べてから来とんねん。奉行所が内側から腐ってることなんぞ、とうに承知じゃ」

はったりをきかせて喚《わめ》くと、牧原の顔に血の気が上る。

「そうか――では、お前も生かしては帰せんな」

吐き捨てると同時に、正眼《せいがん》に刀を構えた。

虎彦は顔をしかめる。役人にありがちな腰抜け剣術でないのは一目で判る。

だが、負ける気なんぞなかった。

天秤棒を下段に構え直す。間合いで考えれば長い棒のほうが有利だ。剣術を恐れる必要はないはずだ――。

――瞬間、鬼王丸が駆け出した。

牧原に襲いかかるのかと思いきや、虎彦の脇をすり抜け、崩れた板塀の陰に一直線に飛び込む。

「ぐわ……」

悲鳴があがり、抜き身を手にした中年男が慌てふためいて姿を現す。牧原の加勢に、隠れていたのだ。鬼王丸はすかさずそいつの手首に嚙みつき、刀を落とさせた。

「鬼王、ようやった」

手柄を褒めながらも、虎彦は腹の底が冷えるのを感じた。

鬼王丸に手首を嚙まれた男に続いて、さらに一人、現れたのだ。二人とも頰被《ほおかむ》りで顔を隠し、腰には二刀だ。三対一。これはまずい。

「犬を気にしている場合ではなかろう」

牧原の刃が正面から来た。天秤棒で小手を狙うが躱され、いったん棒を引く。

その瞬間、牧原がまたも打ち込んでくる。虎彦は片手に持ち替えて棒をぶん回し、臑《すね》を狙ったが、また躱された。間髪《かんはつ》をいれずに再び打ち込まれ、はねのけた天秤棒が嫌な音をたてる。次は、叩き割られるかもしれない。

「牧原殿――」

加勢の男が駆けてくるのが見えた。

その足を止めようと鬼王丸が食らいつく。

先ほど噛まれた男が刀を拾い、その背に斬りかかるのが見えた。

「逃げろ、鬼王――」

虎彦は叫んだが、鬼王丸は男の足を放さない。虎彦は思わず、鬼王丸に駆けよろうとしたが――その瞬間だった。

鬼王丸の背に落ちる寸前で、刃は何者かにはね返された。素早く走り込んできた影があったのだ。何の気配も感じさせず、近づいてきていた。

「なに――」

驚きの声をあげた男は、続いて胸元に突きを受け、ふっ飛ばされる。

何が起きたか判らず、みなが一瞬、動きを止める。

虎彦だけは、その隙《すき》を逃さなかった。その男がいきなり現れるのには慣れている。

そういう奴なのだ。気配を器用に消しやがる。

でも、頼りになることは判っている――。

思い切り身を沈め、今度こそ確実に牧原の臑を打つ。ぐらりと体を泳がせた牧原の首筋に、続いて一撃を入れた。声をたてず、牧原が倒れる。

「少将――」

振り返って確かめるまでもなく、少将は二人目も、あっというまに地面に叩き伏せていた。

そういえば、少将が荒事をやるのを見たのは初めてだった。見かけだけではなく、腕もあるらしい。何から何まで完璧な男でしゃくに障るが、今回は助けられた。

虎彦は大きく息をつき、改めて、駆けつけてくれた相棒を見つめた。

「悪い、少将、助かっ――」

「どういうつもりだ、虎御前。待っていろと言ったはずだ」

いきなり真顔で怒鳴られ、虎彦は息を呑んだ。

いや、その――と言いかけて、呑み込む。少将の怒声は初めて聞いたし、本気で怒った顔も初めて見た。

「わ、悪かった……その、本当のことが確かめたくて焦ってしもた。……ちゃんとお前を待つべきやった」

「……待っていればひと一人の命が失われただろうからな。結果的には良かった」

長い、気の詰まる沈黙の後、少将はようやく口を開いた。

その視線の先で、怯えきって動けない老婆の顔を、鬼王丸がぺろぺろとなめ、慰めている。

かたわらに、まだ新しい百合の花が見えた。

虎彦はその百合の下に埋められている者を思い、深い息を吐いた。

11

十日後、大坂東町奉行所与力斉藤八右衛門《はちえもん》、同心牧原甚大夫《じんだゆう》、ならびに浪人石原《いしはら》半左衛門《はんざえもん》、中川源兵衛《なかがわげんべえ》が切腹を命じられた。

罪状は、生類憐れみの令違反。お犬様を殺害した咎での処罰である。

ただし、それが建前に過ぎないことは、すでに町の者には知れ渡っていた。

というのも、いったんは無罪放免の噂が出ていた牧原甚大夫が、なぜかある朝、髷《まげ》を落とされ身ぐるみ剝がされ、しばりあげられた格好で長堀端に放り出されていたのだ。浪人者二人も同様の形で転がされていた。

三人のかたわらには、「怨《えん》」と一文字だけ書かれた紙と、炭のかけらが散らばっており、誰もが同じ場所で一月前に起きた事件を思い出さずにはいられなかった。

三人は駆けつけた奉行所手先衆にすぐに助けられたが、町の者の口に戸は立てられない。

「そういえば、一月前に堀からあがった亡骸、炭問屋の手代やったな」

「酔っ払って川に落ちたて言われてたけど、あのころから噂はあったたんや。侍に斬られたらしい、て」

「あのとき、実は殺された手代が大金持っとってな。それが、新地の女の身請けの金で、その女に実は奉行所与力の殿さんが岡惚《おかぼ》れしてたっちゅう噂も……」

どこまでが真実か判らない噂が、町にはじわじわと広がっていく。

日に日に尾ひれのついていく噂話を、特に積極的に語っていたのは、大坂の旦那衆が行き交う道頓堀の花売りに、人形浄瑠璃竹本座の木戸番、宴席に呼ばれることの多い太夫や人形遣い、三味線の師匠——大勢の者たちだ。

道頓堀は大坂のおもろい話が生まれる町。そこの者たちが広める話を、町の者が厭《いと》うはずがない。

日頃は富商から賄賂《わいろ》をせびり、奉行に取り入り、町の者を虐げて好き放題に振舞っていた与力が、想う女が自分になびかないことに腹を立て、身請けの金を奪って憂《う》さ晴らし——そんな醜聞を浪花雀たちはおもしろおかしく、町のあちこちで噂をし続けた。

同じころ——町で話題になった芝居があった。

外題を、『摂州忠犬鑑《せっしゅうちゅうけんかがみ》』。

質の悪い野良犬の増えた昨今だが、元来、犬は忠義者。子犬のころにほんの一月だけ一緒に過ごした主が非業の死を遂げたと知り、命をかけて仇を討った犬がいる。これぞ、忠犬の鑑。あっぱれ、あっぱれ。そのりっぱなお犬様を大事にせよという御公儀の、なんと正しきことよ——。

寺社の境内などで開かれる小さな芝居小屋がいくつも、いっせいにその犬の芝居をかけたのだ。

見る者の胸を打ち涙をさそう美しい忠犬の物語。近年起きた別の事件を想起させる内容ではあったが、なんといっても生類憐れみの令を褒め称えて終わる芝居ゆえ、公儀も文句が付けづらい。

　この見事な物語の作者はいったい誰かと話題にもなったが、絵看板には名は書かれず、世間に明かされることはなかった。


「……これでよかったんやろか。死んだ弥吉も新八も、少しは気持ちが晴れたんやろか。なんや、すっきりせんねんな……」

　一件落着の数日後、久しぶりに竹本座に現れた近松門左衛門を囲み、虎彦と少将は杯《さかずき》を傾けていた。場所はがらんとした竹本座の桟敷席。むろん、夜更けのことゆえ、小屋はとっくに閉じられている。

　酔いに紛れ、虎彦がぽつりと本音をもらすと、近松は悟ったような顔で言った。

「さてそれは判らんが、我らは思いつく限りのことはやった。それだけだ」

　少将は相変わらずの飄々とした顔で、黙って酒を飲んでいる。

「梅木屋から報酬もろてええんかどうかも気になるし……」

「うむ。それはそうかもしれん。梅木屋が初めに持ってきた依頼は、まったく果たせておらんからな」

　喜助とお春が信頼していた牧原は正体を暴かれて切腹となり、新八殺しの下手人が公に処罰されることはなかった。

「だが、それでも納得したから、約束通りの金を払ってくれたのだ。こちらが気にすることではない。新八の仇は死んだ。その仇を追いつめた犬の供養はできた。悪いことばかりではなかろう」

「まあ……な」

命がけで牧原に襲いかかり、結果としてすべてを暴くきっかけを作ったクロに、梅木屋の夫婦は感謝し、当初の予定よりもさらに立派な供養をした。

その折に、むろんのこと、傷ついた身でクロのもとに逃げ込み、力つきて死んだ弥吉も一緒に弔った。

虎彦は、蓑吉から預かった弥吉の宝物を、一緒に墓に入れてやった。蓑吉が、ぜひそうしてくれと言ったからだ。

その蓑吉が、梅木屋の丁稚になったのは、虎彦にとって嬉《うれ》しいことだった。

炭問屋三河屋は、手代の死にまつわる醜聞に巻き込まれ、すっかり客を減らしてしまい、商売が傾き始めたのだ。奉公人も減らされることとなり、その機会に乗じて、近松の口利きで、蓑吉は奉公先を移ることができた。

主人が替わったからといって、丁稚の暮らしが見違えるほど楽になるわけもないが、それでも、

「あの三河屋よりはうちのほうがずっとましです。奉公人を大事にしてます」

お春は憤然と言い、蓑吉のこともきちんと面倒を見ると約束してくれた。

牧原にまんまとだまされていたことを知り、その直後は床に伏すほどこたえてい

たお春だったが、商家の内儀がいつまでも寝込んでもいられない。

今ではまた、亭主の喜助とともに、商売に精を出している。

弥吉の死を公儀に届けなかった老婆とその一家は、厳密には罪に問われるべきところだったが、奉行所はこの件をこれ以上掘り返す気はなく、知っている者は限られている。

虎彦としても、老婆たちを詰る気にはなれなかった。人殺しの役人に狙われるかもしれないとなったら、怯えるのは当たり前。老婆の手向けていた花は、彼女の良心の呵責《かしゃく》のあらわれだ。

クロと弥吉の物語は芝居として、ひとびとの心に残る。

その芝居について、虎彦は気になっていたことを近松に訊ねた。

「爺さん、あれ、評判ええやないか。爺さんの名前、出してもええんと違うんか？」

「いや、それは無理だ。今の私は都座の専属。都座の許しを得ずに他の小屋のために作品を書くことはできないし、都座の者たちは、あのような町の事件をもとにした下世話な話は認めない」

少し残念ではあるがな、と近松は肩をすくめる。

「だが、いつか、ああいう当世物を、竹本座でできればいいと考えているのだ。何百年も昔を舞台にした古典ばかりではなく、昨日、今日のできごとを描いた芝居を、人形浄瑠璃でできないか、とな。……まあ、うまくいくかどうかは判らないが」

「ふうん。ま、がんばれや」

おれには浄瑠璃のことはよう判らんと肩をすくめた後、虎彦は続けて問うた。

「ところでな、爺さん、こいついったい何者やねん」

指差した少将は、自分では決してその問いには答えない。だが、そういえば、近松に訊いたことはなかったと思いついたのだ。

「おや、言っていなかったか。昔の知り合いだよ」

あっさりと近松は答えた。

「昔っちゅうと……もしかして、武家やったころか？　それとも、その後の、公家奉公してたころか？」

「さて、どうだろうな」

「……やっぱりとぼけんのか。まーそーやと思たけどな。えーけどな、別におれだけが知らんでも」

だんだん酒がまわって、ろれつがおかしくなってくる。少将が涼しい顔で笑っているのがしゃくに障る。男前で誰にでも愛嬌を振りまく嫌な野郎だ。まあ頼りにならんこともないけど……。

「あとな、爺さん、あれ、小屋で使うつもりか？　あさひが作ってた鳥の細工」

「あれか。……さすがに宙を飛ぶからくりはな。難しい」

「そやけど、あいつ、必死にやっとったやないか」

「それはそうだが、からくり人形というのは、そう簡単にできるものではないのだ。十年、二十年と修業をし、ようやく新しいものを作れるようになる。あさひでは、まだまだだ。——それにな」

近松はなぜか、にやりと笑って続けた。

「あさひは今、妙な細工ものに凝《こ》っておるようだぞ。虎も知っているだろう？」

「へ？　……あ、ああ、あれか。あれ、本気にしとんのかな、あいつ」

犬殺しの一件が落ち着いたころ、妙に真剣な顔のあさひに声をかけられたことがあるのだ。

——なあ、始末処の仕事て、危ないん？　うちも何か、手伝えたらええのに。

いや、お前には無理やろ。反射的にそう返しそうになった虎彦は、なんとか呑み込んだ。

そして、代わりに言ったのだ。

「せやな。そのうち、何か役に立つもん、からくりで作ってくれや。仕込み武器でも、なんでもええで。お前ならできるやろ」

とたん、あさひは顔を輝かせ、うんやってみると言った。からくりの話になると眼をきらきらさせるのだから、奇妙な娘だ。おそらくは、男前の少将の役に立ちたいなどとも思っているのだろうが、さて、本気でからくりの武器など作ってくるのかどうか。

——まあ、作ってきたら、使たってもええけども……。

そんなことを考えているうちに、本格的に眠くなってきた。

近松も少将も平然と飲み続けているのに、どうにも不甲斐ない。

だが、限界を感じ、虎彦はその場にごろりと横になった。

小屋のどこかから、浄瑠璃を語る声が聞こえてくる。若手が練習でもしているのか、やや拙《つたな》い節回しの語りは、聞き覚えのある『天鼓《てんこ》』の大団円だ。

楽人の家に生まれた美しい姫が、親から授かった千年狐の皮を張った鼓《つづみ》を守るため、数々の災いに巻き込まれながらも、狐たちに助けられ、健気に生き抜く話だ。作者は近松門左衛門。

最後の場面では、窮地を脱した姫と、その仲間たちが、不思議な力を持った狐に導かれ、再び巡り合っていく。

美しい姫と、よりそう狐。脳裏に思い浮かべたその姿が、いつしか、痩せた少年と大きな黒い犬に変わっていく。

ずっと一緒におれよ——とその背につぶやいたとき、ふいに、自分の隣にも馴染みのあるふわふわとしたものが寄り添ってきたのを感じた。

虎彦はそのぬくもりをぐいと引きよせ、熱くなった目頭をぬぐった。

第二章

仇討ち

1

見覚えのある顔が目の端を過ったように思い、虎彦は足を止めた。

順慶町《じゆんけいまち》の得意先に花を届けた帰り、早めの夕飯を食べようかと、屋台の並ぶ表通りを歩いていたところだった。花籠は竹本座に置いてきたから、注文の鉢を届けてしまえば、身は軽い。供はいつもの通り、鬼王丸だけ。

振り向いた虎彦の視線の先にいたのは、紺羽織の生真面目《きまじめ》そうなお店者《たなもの》と、着流しで髭面《ひげづら》の二本差。お店者のほうはそれなりの店の手代といった風体だが、二本差は浪人者と一目で判る荒れた身なりだ。

虎彦は目を瞬《しばた》いた。

初めは別人かと思った。

しかし、浪人者の頭抜けた長身と大きめのほくろが二つ並んだ顎《あご》は、他人と間違えようがない。しかも、眉間には小さな傷痕。三日前、虎彦がつけた傷だ。

すでに酔っ払っている様子の浪人者は、お店者の肩に手を回し、上機嫌だ。お店者のほうも、とまどいがちではあるが、さほど嫌がっているようには見えない。

「千之助《せんのすけ》、おぬしは意外に話の判る奴だな。なかなかいいぞ。気に入った」

「へ、へえ……おおきに。私も惣次郎《そうじろう》さんのこと、気に入ってまっせ」

「そうか、そうか。武士と商人でも気が合えば友人だからな。なあ、そうであろう?」

「へえ、そらもう、惣次郎さんがそう言うてくれはるんやったら……へへへ」

なんやねん、あいつら――と虎彦は呆れた。

いったい、いつの間に、仲良くなったのだろう。あんなに揉めていたくせに。


虎彦がその二人に出会ったのは、三日前の昼下がり。いつも通り、竹本座前で花を売っていたときのことだ。

梅雨《つゆ》に近い時季、花屋商売の目玉は紫陽花《あじさい》で、値のはる鉢植えを買う客が多いため、虎彦の懐は一月前とは打って変わって潤《うるお》っている。これならば、始末処の稼ぎなどなくてもいいと思うくらいだ。――まあ、虎彦がそう思ったからといって、足抜けできる仕事でないのだが。

道頓堀は目の肥《こ》えた客が多いから、鉢の仕入れには気遣いが必要だが、花の色、枝の形だけでなく、素焼きの鉢の微妙な風合いまで吟味して仕入れた鉢が、予想外の高値で売れたときの喜びは格別だった。

その日も、木戸奥から流れてくる三味線を聴きながら、顔馴染みの女客に紫陽花の鉢を選んでやっていた。

並べた鉢植えの前にしゃがみ込み、花を見比べる虎彦の隣で、鬼王丸も機嫌良く、山吹色の尻尾をさかんに振っている。

夫婦で手習い処を営み、つましく暮らしているため高いものは買えないが、長屋の子供たちにも花を見る楽しみを教えてやりたい、できるだけ長持ちするものがいい。そう言われたため、小ぶりだが根のしっかりした一株をすすめた。迷っているようだから、ちょっと思い切った値引きもした。

「おおきに、ほなら、これにします。……本当にええ色やわ。うちの人も気に入ると思います」

嬉しそうにうなずいた女が、荒縄で持ち手をつけた鉢を虎彦から受け取った――そのときだった。

「なんだと、貴様、今なんと言った！」

罵声《ばせい》とともに、何やら激しい音がした。

同時に、こちらへ飛んでくる黒い影。

「危ない、おたねさん」

虎彦はとっさに客の女を突き飛ばしながら、足を振り上げ、それを蹴り返す。

向かいの屋台から吹っ飛んできた置き看板だと、蹴った後で気づいた。虎彦に蹴り返されたそれは、屋台の隣の柳の木に当たり、ばらばらに壊れた。

ひええ、とまわりから怯えた声があがる。

おたねは脇にいた夫婦者に抱き留められ、なんとか倒れずに済んだが、何が起きたのかを察して真っ青になっている。あんな看板が直撃していたら、大怪我《おおけが》は間違いない。

「おい、誰や、何すんねん」

大声で怒鳴りながら辺りを見回した虎彦は、向かいの飯屋の屋台の前で、青ざめた顔のお店者に摑みかかる若い二本差に目を留めた。

薄汚れた着流しに髭面で、一目で浪人者と判る侍だ。そいつが癇癪《かんしゃく》を起こし、看板を蹴りとばしたようだと、まわりの反応から察した。

浪人は虎彦の怒声になど気づいていない様子で、額に青筋を立て、襟《えり》を摑んでお店者を締め上げている。

「おい、もう一度言ってみろ、貴様！」

「す、すんまへん、そやけど、お侍様に言うた言葉と違います、人形浄瑠璃の話をしてましたんや。そこの竹本座で前にやった、曽我兄弟の仇討ちの……」

二十三、四と思われるお店者は、うろたえながらも必死に弁明をする。かたわらには白髪の年寄と、その供らしき丁稚がおり、揃っておろおろしていた。

「うるさい、命をかけた仇討ちを馬鹿馬鹿しいなどと、武士の誇りを傷つける言い様だ、断じて許すわけにはいかん！」

「そ、そんな阿呆な……。芝居の話でっせ。曽我兄弟の仇討ち話は有名で、芝居や浄瑠璃でも仰山あるけども、当たり外れが大きい、一昨年《おととし》の近松先生の『百日曽我《ひゃくにちそが》』は、評判にはなったけども、内容は前の『団扇曽我《だんせんそが》』の焼き直し、よう考えたら馬鹿馬鹿しい話やった――と、こう話してただけで……」

「黙れ、つべこべ言うな！」

怒鳴り散らす浪人は、かなり酔っているようだ。お店者を往来のまんなかに突き飛ばした後、驚いたことに刀にまで手をかけた。

地面に尻餅《しりもち》をついたお店者はひいっと声をあげ、まわりの者たちも息を呑む。

（こら、あかん――）

虎彦はすばやくかがみ込み、足下の小石を拾いあげる。

ためらわず、浪人に向けて投げつけた。

石はあやまたず浪人の眉間に当たる。

浪人は顔を押さえて呻《うめ》いた。

（ちょっと強う投げすぎたか……）

しまったと思ったが、しかたない。

「……誰だ……」

呪詛《じゅそ》のような声とともに顔をあげたときには、浪人の眉間からは血が流れ、赤ら顔が怒りでどす黒くなっていた。

往来の者たちは悲鳴をあげ、我先にと逃げ出した。

虎彦は、木戸脇に立てかけていた天秤棒を手に取った。花籠を担ぐための天秤棒は、虎彦の大事な喧嘩道具だ。酔っ払いの振り回す刀くらい、これさえあればどうにでもなる。

騒ぎを起こしたいわけではないが、放ってもおけなかった。

それに、正直なところ、かなり腹は立っている。

大事な客に怪我をさせられそうになったばかりでなく、驚いた拍子におたねは花を落としてしまったようで、鉢は割れ、枝も折れてしまっている。せっかくの良い株が台無しだ。

ちょっとはこらしめたっていいはずだ。往来で刀を抜くような腐れ侍なんぞ、ぶん殴っても誰も咎めない。

腹をくくって浪人の前に出ていこうとした、そのときだった。

おろおろと成り行きを見ていた屋台の主人が喚いた。

「お、お役人や。お役人が来たで！」

「本当や、町方の旦那や」

「こっちでっせ、旦那、こっちこっち」

往来のあちこちから、続いて声があがる。

道頓堀は、町方同心《どうしん》がしょっちゅう歩いている町だ。堀端に並ぶ芝居小屋は、どこも十手持《じつても》ちからは木戸銭をとらないから、見廻りと称して芝居見物を楽しむ者が多い。

浪人もそれを思い出したのだろう。忌々《いまいま》しげに顔をしかめ、舌打ちとともに刀から手を離す。

お役人様、早う早う——と声の行き交うなか、慌てて踵を返し、腰を抜かしたお店者を放ったまま、足早に去っていった。

浪人の姿が角を曲がって消えたとたん、辺りの者はいっせいに安堵の息をついた。

「……まったく、質の悪い酔っ払いや」

「阿呆くさ。血の気が多いわりに腰抜けやないか」

「ああいう浪人、最近増えたなあ」

口々にぼやきながら、互いに顔を見合わせる。

もちろん、役人なんぞ来はしない。飯屋の主人のとっさのはったりに、みなが調子を合わせただけだ。町の者なりの知恵だ。

虎彦も初めから判っていた。

すぐに天秤棒をもとの場所に戻し、急いで自分の客へと駆け寄る。

怪我がないことを確かめ、鉢を落としたことを詫びるおたねに、代わりの新しい鉢を渡した。金はいらない、いや払わせてくれと押し問答を続けていると、背中から声がかかった。

「虎彦、見とったで。怖いもん知らずやのう」

「お前、度胸あんなあ」

機転を利かせてくれた飯屋の主人と、隣の蕎麦屋の主人だ。虎彦もよく飯を喰わせてもらっている。

「あの、おかげさまで命拾いしました。おおきに、ありがとうございます」

「虎彦や、すまんかったのう」

斬られかけていたお店者と、一緒にいた年寄も、挨拶に来た。よく見てみれば、年寄は竹本座の常連で、虎彦の花を買ってくれたこともある造り酒屋の隠居だった。芝居を見に来た帰り、たまたま顔見知りと出会い、道ばたで立ち話をしていたところをからまれたのだと隠居は言った。

「道頓堀で芝居の話をしただけで、まさか殺されかけるとは……世も末や」

嘆《なげ》く隠居に、飯屋の主人は言った。

「あの侍、少し前からこの辺りで見かけるようになった奴やけど、いっつもあの調子や。たいして飲みもせんのにすぐに酔って、ぎゃあぎゃあ騒ぐ。さすがに刀まで抜こうとしたんは初めてやったけど」

今度来たら追っぱらったる、と鼻息荒く言う。

「やっぱり御浪人さんで？」

と確かめたのは、お店者だ。

「そらそうでっしゃろ。あの薄汚い格好やしな。――内緒やけど、もしかしたら、仇持《かたきも》ちと違うか思てますんや」

飯屋の主人はやや声をひそめて言った。

つまり、誰かから仇と付け狙われている、ということだ。

「今日もそうやったけど、やたらに仇討ちの話、気にかけてましてな。そういう話を小耳にはさむたび、怒鳴ったり、騒いだりしよる」

「あー、そういえばそうやな」

蕎麦屋の主人もうなずいた。

「うちでも、『百日曽我』の話であれこれ盛り上がっとる連中に、いきなりいちゃもんつけとった。仇討ち話が嫌いなんやろな」

曽我十郎、五郎の兄弟が、源頼朝《みなもとのよりとも》が行った富士《ふじ》の巻狩《まきがり》において、親の仇である工藤祐経《くどうすけつね》を討ち、自らも命を落とした故事は、「曽我兄弟の仇討ち」として、浄瑠璃や芝居にしばしば登場する。

そのよく知られた仇討ち物語に手をくわえ、兄弟それぞれを愛した女性が十郎の遺児を守って奮闘する物語を『世継曽我』として世に出したのが近松で、その後も、竹本座ではしばしば、曽我兄弟ものの浄瑠璃を上演する。『百日曽我』もその一つだ。

――ちなみに、その女性たちの名は、大磯の虎と化粧坂の少将。二人と協力して遺児祐若《すけわか》を守る家臣の名は、鬼王。虎彦にとっては、馴染みがあるような、あまり馴染みたくないような、複雑な気持ちになる作品だ。

ただ、今の話の流れは、虎彦には少し、ひっかかるものがあった。

「いや、それ、ちょっとおかしいやろ。さっきはあの阿呆、仇討ちを馬鹿にすんなて怒鳴っとったぞ。武士の誇りやとか何とか……。どっちかっちゅうと、仇討ちをしたいと思とるように見えたな」

「ふうむ、言われてみればそうやな。……ま、どっちにしても酔っ払いの言うことや。まともに聞いてもしかたないわな」

「ま、そらそやな」

虎彦はうなずき、その後、隠居とお店者は連れだって去り、紫陽花を買ったおたねもしきりに礼を言いながら帰っていった。

浪人者が戻ってくることもなく、虎彦も騒ぎのことはそれきり、忘れてしまっていた。

まさか、そのたった三日後に、騒ぎの張本人二人が連れだって歩く姿を見るとは。

虎彦はあっけにとられ、しばし二人を目で追った。

浪人——惣次郎という名らしい——は、すこぶる楽しげで、あの日、斬り殺そうとしたお店者——千之助をしきりに飲みに誘っている。

「よいではないか。むろん、おぬしの奢《おご》りだぞ。友人なのだ、そのくらいよかろう？」

恥ずかしげもなくねだる相手に千之助は苦笑気味だが、それでも拒みはせず、おとなしくついていく。

友人というよりは、良いカモにされているようだと、虎彦は案じた。

三日前の件で顔を覚えられ、どこかで会って再びからまれ、金づるにされた——などといういきさつならば、少々、気の毒に思う。

（まあ……おれがどうこう言う筋合いもあらへんけど）

千之助がどこの店の者なのかも、虎彦は訊いてはいない。そもそも、女子供ならばともかく、いい年をした男が誰に金をたかられていようが、知ったことではない。自力で解決すればいいのだ。

虎彦は肩をすくめ、気を取り直して踵を返した。

「鬼王、行くで。その辺で飯でも喰おう」

声をかけると、鬼王丸もわんと小さく啼いて、虎彦の後ろについてくる。

――と思ったのだが、鬼王丸はいきなり、地面に鼻を付け、匂いを嗅ぐような仕草を見せた。続いて、尻尾を振って駆け出す。

「おい、鬼王、どないした」

慌てる虎彦を置いて、鬼王丸は通りを曲がり、南へと駆けていく。つまり、道頓堀のほうへ、だ。

その姿を見ながら、虎彦はもしやと思った。

鬼王丸は気づいたのでは。しばし前、ここを歩き、南へ向かった者の匂いに。

そして、鬼王丸が喜んで迎える者といえば、本来の飼い主か、その飼い主に縁の深い者……。

はたして、鬼王丸を追いかけ、竹本座の木戸前に駆け戻った虎彦は、そこで予想通りの人物を見つけた。

向かいの蕎麦屋の屋台で、呑気に一杯ひっかけている美丈夫。仕立ての良い艶《つや》めいた黒の着流しと黒漆拵えの高そうな刀は、数十文の安い蕎麦を売る屋台には、まったく似合わない。その上、猪口を口に運ぶ仕草ひとつまで無駄に上品なのだから、目立つことこの上ない。往来の通行人がみな、気にかけ、じろじろと眺めて通る。

鬼王丸は一目散にその足下に駆け寄り、愛想良く尻尾を振った。

にこにことその頭を撫でた美丈夫は、続いて虎彦に目を向けると、優雅に笑って言った。

「鬼王丸は今日も元気が良いな。変わりないようで何よりだよ、虎御前」

「……その呼び方は止めろ。おれの名前は虎彦やて言うてるやろ」

「おや、これは失礼」

仏頂面の虎彦を、美丈夫――少将と呼ばれたがる謎《なぞ》めいた男は、平然といなす。

虎彦は小さくため息をついた。

2

夕刻、虎彦と少将が連れだって向かったのは、日本橋筋《にっぽんばしすじ》にある宿屋だった。

「爺やは一足先に向かっているよ。私は虎御前を待っていたのだ」

そう言いながら、ちらりと懐から矢絣の財布を覗《のぞ》かせた少将に、

「やっぱりそれか」

判ってはいたけども、と虎彦は肩をすくめる。矢絣の財布は、近松万始末処への依頼に欠かせない決まり事のひとつだ。

だいたい月に一度、京都住まいの近松門左衛門は大坂にやってきて、来るたびに一件、始末処の仕事を受ける。

前の仕事から、そろそろ一月だから、来るころだとは思っていた。

「忙しい売れっ子作者さまが、くそ真面目に月に一度のお成りか。本当、金儲けには熱心な奴《やっ》ちゃな、あの爺さん」

こっちは花屋商売が忙しいのに、と虎彦はぼやく。

始末処の仕事にとりかかれば、おそらく数日、下手をすれば、十日以上も、花屋商売はお留守になる。

せっかくの儲け時を逃すのは悔しかった。——恩人の頼みなのだから逆らえないのは承知の上だが、愚痴《ぐち》くらいは言わせてもらわねば気が済まない。

「それは爺やもすまながっていた。だが、つれないことを言わずに爺やに手を貸してくれ。爺やは心底から人助けが大好きなのだ」

「……おれより、お前はどないやねん。爺さんの金儲けに毎回付き合うてるけど、他にすることないんか。日頃、何して暮らしてんねん」

「私は爺やの役に立てるなら、他のことはどうでもいいのだよ」

さりげなく探りを入れた虎彦の問いはきっちりとはぐらかし、少将は笑う。

二人の一歩先では、鬼王丸が自信満々に案内役をつとめている。

いつもの始末処の仕事の、始まりだった。


ほどなくたどり着いた宿、松乃屋《まつのや》は、日本橋筋の二丁目にあった。

こぢんまりとした宿だが、表に客引きはいない。常連や知り合いからの紹介だけで部屋を埋められる、安定した商売の宿らしい。

「宿におるてことは、依頼人は大坂の者と違うんか」

暖簾の前で、虎彦は今さらながら問うた。

「江戸らしい。俳諧《はいかい》仲間から紹介された、江戸の武士だそうだ」

「は？　武士？」

思わず声が大きくなった。

これまでに虎彦が関わってきた依頼人はすべて、大坂の町の者だった。近松の顔が広いのは知っているが、江戸くんだりの、しかも武士から依頼が来るとは思っていなかった。

（……金、ちゃんと払《はろ》てくれるんやろな）

侍とはケチで貧乏くさいものだと、虎彦は認識している。賭場での経験から学んだことだ。金にこだわるのは賤《いや》しいことだなどと言いながら、懐から財布を出すのを何より嫌がるのが二本差だ。

（そういうたら、近松の爺さんも武家の出やったな……そのわりに商人なみに金儲け大好きやけどな）

鬼王丸を外で待たせ、少将についてなかに入った虎彦は、依頼人の待つ部屋へ足を踏み入れた瞬間、目を瞬いた。

（武士って、こいつか……？）

八畳の客間にいたのは四人。

一人はむろん、近松門左衛門だ。見慣れた渋茶の羽織袴姿で、ぴしりと背筋を伸ばし、鷹揚《おうよう》な笑みを浮かべて虎彦たちを迎えた。

その隣に、四十そこそこの男女。男は総髪で、くくり袴に羽織。一目で——いや、正確には一嗅ぎで、医者と判った。体から、いろんな薬種の混ざったような匂いが漂っているのだ。身なりを見るに、薬種商人ではなさそうだから、医者だろう。

隣に座る女は、おそらくその女房で、まだ新しそうな縞木綿《しまもめん》の小袖《こそで》から、貧乏ではないが贅沢もしていない堅実な暮らしぶりがうかがわれた。どこか緊張した面持ちで虎彦と少将を見ている。

問題は上座だった。

確かに武士がいた。

仕立て下ろしのような紺袴。よく日に灼《や》けた顔に、意志の強そうな眼をした、潑《はっ》剌《らつ》とした少年。

前髪はすでにあげているが、まだせいぜい十二、三歳に見えた。近頃は十五を区切りに元服することが多いから、少々早めに大人になったということだ。

（それにしても……）

妙な取り合わせだった。

親子ほど歳が離れているが、夫婦は明らかに武家ではない。顔も、夫婦は揃って生真面目そうな四角い顔だが、少年は細面で、まるで似ていない。

虎彦が無遠慮に依頼人の観察をしている間に、少将はそつのない笑顔で挨拶をすませ、近松が続いて、虎彦と少将の名を告げ、腕利きの二人組だの頼りになる探索方だのと調子の良い紹介をする。

「虎と少将……というと、曽我兄弟ですな」

　洒落ていますなと短く世辞を口にした後、男は自ら名乗った。

「江戸の麹町《こうじまち》で医業を営んでおります、大森佑斎《おおもりゆうさい》と申します。こちらは内儀のつね。それに倅《せがれ》の……あ、いや、遠縁にあたる長瀬孝太郎《ながせこうたろう》……」

「養父上《ちちうえ》。何をそのように他人行儀な。名乗る名字は替わったとしても、私は養父上の息子。これまで通り、倅と呼んでください」

　挨拶の途中で口ごもった佑斎に、横から少年が口を挟む。

「そうか。うむ……そうだな。倅の……孝太郎です」

　佑斎が言い直すと、隣のつねが辛そうに口元をおさえてうつむく。どうにも事情のありそうな親子だ。

「では、改めてご依頼の件についてお聞かせください。願い文によれば、人捜しをお望みだとか」

　近松が促すと、佑斎はうなずいた。

「はい。……実は、この孝太郎の、兄にあたる人物を捜していただきたいのです。先だって大坂で姿を見かけたと聞きましたので、近くにいるのではないかと」

「兄……と言われると、佑斎殿のご子息ということで？」

「いや、我らに実子はおりません。孝太郎は養子で、兄というのは孝太郎の生家のご子息、長瀬源一郎《げんいちろう》殿です。といっても、こちらも長瀬家の養子なのですが……」

　長瀬家は、さる大名の家中で、由緒ある家柄。しかし、長く跡取りが生まれなかったため、実子を諦め、武芸に優れた少年を養子にもらった。その二年後、予想外に実子が生まれてしまったが、すでに跡取りは養子源一郎と定めていたため、実子である孝太郎は遠い姻戚《いんせき》である江戸の町医者、大森家の養子として家を出された――と、佑斎は説明した。

つまり、目の前にいる少年の実の両親の養子であり、少年の血のつながらない兄にあたる男を捜せ、ということだ。

「その長瀬家の源一郎殿ですが……実は十年前、仇討ちのために国元を離れ、それきり行方が判らないのです」

「仇討ち……」

思わず、虎彦はつぶやいた。先ほど見かけた二人を思い出したからだ。このところ、仇討ちがらみの話に縁があるらしい。

佑斎は表情を曇らせ、続けた。

「昨年以来、何かと仇討ちが話題にのぼる世の中ですが……実際には芝居のようにうまくはいかないもので……」

「確かに派手な仇討ち話は浄瑠璃でも人気ですが、現実にはなかなか……。昨年の赤穂《あこう》の件にしても、世間は囃《はや》し立てますが、実際には難しいものでしょうな」

近松が調子を合わせる。

昨年の赤穂の件とは、昨年の春に江戸城内で起きた刃傷沙汰のことだ。

赤穂の大名、浅野内匠頭《あさのたくみのかみ》が江戸城松の廊下で吉良上野介《きらこうずけのすけ》に斬りかかり、即日切腹、家名断絶となったのだ。浅野の家臣は主君を失い、浪人となって諸国へ散ったが、彼らのなかには一味同心し、亡君の無念を晴らすため、吉良上野介を討たんとする者がいると、世間ではもっぱらの噂だった。曽我兄弟ばりの華々しい仇討ちが今の世にも起きるのではと、待ちわびる者も多い。

「それで、その源一郎殿は、いったいどなたの仇討ちに出られたので？」

「はい、話せば長くなりますが、ことの発端は十一年前。孝太郎が二歳のときのことです。長瀬家の当時の御当主、隠居を間近に控えた源大夫《げんだゆう》殿が、同じ家中の下士《かし》に斬られて命を落とされました。お役目上の叱責《しっせき》を根に持った卑劣《ひれつ》な闇討ちでした」

斬られた源大夫は、孝太郎の実父の兄にあたる人物だと佑斎は説明した。

「源大夫殿は一粒種の跡取りを病で亡くされた後、弟の源之助《げんのすけ》殿を跡取りと決めていました」

兄を殺された源之助は、すぐに仇討ちを主家へ願い出た。下手人の顔も名前も判っていたし、逃げた先も亡妻の国元である近江《おうみ》と見当がついていた。これで仇を見逃せば、家名に傷が付く。家督《かとく》を継ぐのは兄の仇を討った後にと主家へ許しを求め、源之助は年若い養子の源一郎を家に残し、国元を離れて旅立った。

「そして、一年後、討つはずだった仇に、返り討ちにされてしまったのです」

「それは……さぞご無念でしたでしょうな」

「はい。長瀬家にとっては、兄弟ともに一人の相手に殺されたことになります。二重の仇でもあるその男、白石吉之助《しらいしきちのすけ》を、なんとしても討ち取らねば面目が立ちません。それゆえ、養父の悲報を受け取ってすぐ、跡取りの源一郎殿もまた、白石を討つために国元を離れたのです。長瀬の家は当主がいないまま源一郎の養母殿が守り、源一郎殿が帰り次第、再び主家でしかるべき役職を与えると、殿からもお約束していただいた上でのこと。しかし……十年が過ぎた今、源一郎殿はまだ、戻ってきてはいません」

「ですから、私は兄を捜し、二人で力を合わせ、宿願を果たしたいのです。そのために、いったん長瀬の家に戻り、こうして武士として元服もしました」

横から続けたのは、孝太郎だ。決意のみなぎる眼差しと熱の籠《こ》もった口調だった。

「立派なお志ですな」

近松の褒め言葉には、少年らしく嬉しそうにうなずく。

しかし、佑斎はといえば、小さなため息をついた。

「長瀬家のことは、本来ならば、すでに家を離れた孝太郎には関わりのないこと。仇討ちをする筋合いはありません。むしろ、町人の身で仇討ちなど差し出たふるまいと、咎められるべきもの。……ただ、世間とは身勝手なものでしてな。昨年来、仇討ちが何かと世の話題に出るようになると、孝太郎に対しても、血のつながった父の仇を養子に任せ、年老いた母ひとりに家を守らせ、実の子が安穏としていると は恥ずべきこと、武家の誇りを持てなどと言う者が現れました。ことに、孝太郎の顔が実父に生き写しだとのこともあってか、長瀬の家を忘れるべきではない、家に戻って兄の助太刀《すけだち》をすべきだなどと、これまで何のつきあいもなかった遠縁の者ま

で が、年端もいかない孝太郎を責め立てる始末。大坂で蔵屋敷の者が源一郎殿を見たとの噂まで伝わってまいり、とうとう抗いきれず……」

「養父上。どうぞ、そのことはもう仰いますな。これは私自身が選んだ道。必ずや、兄とともに仇を討ち取ります。その後、大森の家に戻り、養父上、養母上に孝行いたします。それまでの我《わ》が儘《まま》を、どうぞお許しください」

健気な孝太郎の言葉に、佑斎の顔はさらに曇る。内儀のおつねも、暗い顔でうつむいたままだ。

（なるほど……）

事情が判ったと、虎彦は小さくうなずいた。

佑斎の言う通り、仇討ちとは基本的に、目上の親族を殺された武士が、公儀の許しを得て行うもの。町人には許されないことだ。

だが、現実には、町人であっても、親を殺された者が仇を殺せば孝子《こうし》と褒めたたえられる。御法度通りとはいかない。曽我兄弟の芝居がもてはやされ、赤穂の浪士に期待の目が向けられるように、世間は派手な仇討ち物語が大好きなのだ。

世間にたきつけられ、仇討ちに乗り気になってしまった少年と、納得できずにいる養父母――。

なかなか面倒な依頼人だ。

近松はどうするだろう。

願い文を受け取った後、最終的に引き受けるかどうかを決めるのは、依頼人と顔合わせをした後のことだ。

そっと虎彦が表情をうかがうと、近松は難しい顔をし、考え込んでいる。

引き受けても依頼人のためにはならない依頼だ。むしろ、目の前の少年を不幸にするだけの仕事だ。今度の依頼は、断るかもしれない――。

「近松殿。虎殿、少将殿。どうか、力をお貸しください」

孝太郎が、身を乗り出すようにして言った。

「私と兄とは血のつながりはありませんし、顔を合わせたことも数えるほどしかありません。ですが、確かに我らには兄弟の縁があります。巡り合えたあかつきには、曽我兄弟のように力を合わせ、父と伯父《おじ》の仇を討ちたいのです。……ただ、私は大坂のことには詳しくありません。頼れる相手は誰もいない。兄を捜し出す手伝いを、ぜひとも、お願いいたします」

頭をさげる孝太郎に、近松はまだ応えない。

「その源一郎という御仁《ごじん》の手がかりはあるのですか。大坂にいるということ以外に。たとえば、見かけの特徴か何かでもいい」

近松の代わりに、少将が口を開いた。割り込むような物言いは珍しいことだ。

はい、と孝太郎はうなずいた。

「兄は今年で二十九歳。背は高く、六尺ほどもあるそうです。それから、顎に大きめのほくろが二つ」

――う、と虎彦は思わず、声をあげそうになった。

「文武に秀で、ことに武芸は、十四、五のころからすでに家中でも評判だったそうです。きっと今はさらに腕に磨《みが》きをかけ、仇討ちのために日夜、心身を鍛えておられるに違いありません。早くお会いしたいものです」

そう語る孝太郎は、まだ見ぬ兄を思い、きらきらと目を輝かせている。

だが、虎彦の脳裏には、思い浮かぶ姿があった。

だらしなく飲んだくれ、町人に酒をたかり、仇討ちという言葉を耳にするだけで自棄《やけ》になって暴れていた、あの浪人。あいつも歳は三十路前ほどで、背が頭抜けて高く、顎に二つほくろがあった……。

「判りました。お引き受けしましょう」

近松が言った。

え――と驚く虎彦に構わず、近松は真摯な声音で続けた。

「私も武家の出ですから、家名を何より大事に思う気持ちはよく判ります。武士の誇りを忘れず、命を賭して仇を討とうとする孝太郎殿の心根にうたれました。仇討ちのお手伝い、させていただきましょう」

3

翌日の昼過ぎ、虎彦は少将と連れだって、本町筋《ほんまちすじ》の古手屋《ふるてや》へと向かった。もちろん鬼王丸も一緒だ。

花売り道具は持たなかった。花籠を担ぐための天秤棒は、刀を持たない虎彦にとっては大事な武器でもあるが、今日のところは出番があるとも思えない。

目的の古手屋美濃屋《みのや》は、千之助と呼ばれていた例の手代の奉公先である。

竹本座前での騒ぎの折に、千之助が造り酒屋の隠居と一緒だったことを思い出し、朝のうちに虎彦一人で訪ねていって、身元を聞き出したのだ。千之助に会えば、あの飲んだくれ浪人の居場所も見当がつくだろうと考えてのことだ。なにせ、二人は友人になったようだから。

お喋り好きな酒屋の隠居は、気軽にあれこれと教えてくれた。千之助の生まれや苦労話まで長々と語ってくれたため、時間がかかったのは計算違いだったが、今の居場所は判ったのだから、順調に飲んだくれの惣次郎——長瀬源一郎らしき男に近づいてはいる。

（けどな……）

虎彦は今回の仕事に関して、どうにも屈託を抱えていた。

「虎御前、あまり気が進まないようだな」

心中を見抜いたように、隣を歩く少将が虎彦に声をかけてきた。

仏頂面のままで応えずにいると、

「爺やも言っていただろう。まずは、虎御前が見た浪人が、本当に長瀬源一郎なのかを確かめる。後のことは、それから考えればいい」

「……判ってる。けどな……」

源一郎らしい浪人を知っている。虎彦がそれを近松に告げたのは、依頼人親子の元を辞した後のことだ。

さすがに近松は驚いた顔になったが、すぐに言った。

――そうだったのか。だとしたら、今度の仕事は簡単に片付くかもしれんな。うむ……よかった。

――よかった、てな、爺さん。おれの話をちゃんと聞いたんか。相手は飲んだくれの破落戸やぞ。

虎彦は慌てて言い足したのだが、近松はしらっとして言った。

――だとしても、その者が正真正銘、孝太郎殿の兄であれば、すぐに見つけてやるのが我らの仕事。仇討ちの手伝いができるのはいいことだよ。

その近松の言葉が、虎彦にはどうにも、納得できなかった。

「なあ、少将。武士にとって、仇討ちっちゅうのは、そんなに大事なもんなんか？

――おれにはどうしても、納得できんのや。あの飲んだくれ、十年も仇討ちに必死になってたせいであないになってしもたのは一目瞭然や。このままやったら、依頼人のガキも、同じようになるだけと違うんか？　本当に世のため人のためを思うんやったら、そうなる前に仇討ちなんぞ止めろと言うてやるのが、筋なんと違うんか」

虎彦としては、近松にはそういう対応をして欲しかったのだ。

なのに……。

「虎御前はやさしいな。孝太郎殿を案じているのか」

少将は微笑を浮かべて言った。

「いや、やさしいとか、そういうのと違て、ただ納得できん――」

「だが、こういう考え方もある」

虎彦の反論をさえぎるように、少将はさらに続けた。

「武家の誇りなどというつまらぬものに取り憑《つ》かれてのぼせ上がった馬鹿な子供には、仇討ち者の惨《みじ》めな末路を見せつけるのが一番だ。みっともない飲んだくれを目の当たりにすれば、家名だの武士の意地だのにとらわれた生き方がどれほどくだらないか、意味のないものか、いくら馬鹿でも気づく。これが我々にできる精一杯の親切だ――と」

「お前……」

思わず歩調をゆるめ、虎彦は少将の顔を見つめた。

「どうした、虎御前」

「いや……お前、武士やと思てたんやが……違うんか？」

「武士だとしたら、何なのだ？」

「武士やのに、誇りも家名もくだらん……か？　近松の爺さんは、武家の出やから気持ちが判るて言うたのに……」

「ああ、そういうことか」

少将は肩をすくめた。

「爺やのことはともかくとして……私にとってはくだらないものだな。道ばたの馬の糞《くそ》ほどの価値もない。馬の糞のほうが畑の肥やしになるだけましだ」

「馬の、て――」

虎彦は目を瞬いた。

常に優雅な振る舞いを崩さない少将が、品のない言葉を使ってまで何かを貶《おとし》めることがあろうとは。

絶句している虎彦に構わず、少将は先へと歩いていく。

困惑しつつ、虎彦は少将を追いかけ、話を続けようとした。せっかくだから、この際、少将の素性について、さらに探ってみようと思ったのだ。

そのときだ。

虎彦の隣にぴったりとついて歩いていた鬼王丸が、いきなり、うぉんと啼いた。

「どうした、鬼王」

問いかける虎彦に、合図のように尻尾を一振りしたかと思うと、方向を変えて走り出す。

往来を逸《そ》れ、路地に入っていった。

「おい、鬼王、待て」

虎彦は慌てて追いかけた。

少将も気づき、すぐに踵を返して後をついてくる。

狭い路地を、鬼王丸は二度、三度と曲がりながら駆けた。

見失わないように、虎彦も走った。

ぴたりと鬼王丸が足を止めたのは、ごみごみとした長屋の前を通り過ぎ、一筋向こうの通りへ抜ける手前でのことだ。

ちょうど店の雪隠《せっちん》の陰《かげ》で、あまり人目につかない場所だ。そこに、人影があった。何やら、話し声も聞こえる。

「あ、あの……今日のところはこれで勘弁してください、頼んます」

「何やと、舐《な》めとんのか。たったこれっぽっちで済むと本気で思とんのか」

「す、すんまへん。そやけど、今、用意できるお金はそれだけで……」

「……ふうん、ほなら、あの天満《てんま》の浪人のこと、何もかも美濃屋の主人に話してもええんやな？　お前さんが店の金持ち出して一緒に飲み歩いてる、大事な大事な友人のこと、お堅い古手屋の旦那が知ったらどないなると思う」

「そ、そんな……」

店の板塀にもたれ、手にした徳利《とっくり》からぐびぐびと酒を飲む小汚い破落戸と、その向かいで、しきりに頭を下げている男。

一瞬、あの飲んだくれ惣次郎ではと期待した虎彦だったが、顔が違う。

しかし、気配に気づいて振り返った、もう一人の男は……。

「千之助……」

思わず虎彦が名前を口にすると、千之助はぎくりとしたように袖で顔を隠す。

「ど、どなたはんで……」

おどおどと、おびえた様子だ。

虎彦は改めて二人を見直す。人気のない裏路地で脅しの言葉を口にする破落戸と、びくびくしているお店者。

「あんた、前におれが会《お》うたときにも飲んだくれの浪人に因縁つけられとったけど……もしかして、その手の阿呆に目ぇつけられやすい質なんか？」

半ば呆れながら、虎彦は言った。

「なんじゃ、このチビ」

破落戸が怒鳴った。

「大事な話をしとんのじゃ。邪魔すんなや」

「誰がチビや。昼間っから強請《ゆす》りたかりとはええ度胸やないか、糞野郎」

「なんやと――」

「お止めください、井原《いはら》様。――申し訳ありませんが、今日のところはこれでお引き取りください。また、後日……」

千之助は睨み合う虎彦と浪人の間に割り込み、ぺこぺこと頭を下げる。

「……まあ、ええ。続きはまた、近いうちにな」

浪人は、意外にあっさりと退いた。

虎彦に怯んだわけではなく、おそらくは、その背後から現れた少将を警戒したのだろう。

チビの破落戸にしか見えない虎彦と違い、少将は見るからに武術の心得がありそうな男だから、並の破落戸であれば、たじろぐ。しゃくではあるが、事実だ。

「……どうもご面倒をおかけしました」

浪人がいなくなると、千之助は顔を背けるようにして一礼し、そのままそそくさと場を去ろうとする。虎彦は慌てて、その腕を摑んだ。

「おい、待て」

「な、何か……」

千之助は焦ったように虎彦の手を振り払い、

「すんまへん、急いでますんで……」

「いや、待て、て。あんたな。あっちでもこっちでも破落戸のええようにされて、どないするつもりや」

「……」

「今の話に出てきた天満の浪人っちゅうの、こないだ竹本座の前で揉めた、あの背の高い飲んだくれのことやろ。昨夜も一緒におったの見かけたけども――やっぱり奴に金たかられてるんやな。しかも、それをネタにまた他の破落戸にまで脅されて……なあ、ええんか、そのままで。えらい苦労して手代にまでなった奴やて、酒屋の隠居は褒めとったのに」

「え――」

千之助はぎょっとして顔をこわばらせた。

「な、なんでそこまで知って……あんた、いったい何者……」

「おいおい、まさかと思うけど、おれを覚えてへんのか。竹本座の前で騒ぎになったとき会うたやろ。あんたの恩人の花売りや」

「あ、あのときの……」

ようやく思い出したようだが、千之助はさらに訝しげになった。

「なんで、道頓堀の花売りがここに……」

「それは、まあ……ただの通りすがりや。けど、ここで会うたのも何かの縁。あいつに金たかられて困っとんのやったら、おれが話つけたってもええぞ。天満のどの辺に住んどんねん、こないだの浪人」

さりげなく、話をそちらへ持っていこうとしたのだが、

「どうぞ、お構いのう。放っといておくれやす」

千之助はかたくなだった。

「いや、そやけど――」

「何も知りまへん！　わ……私は関係ない。放っといてください」

上ずった声で言い捨てると、虎彦をつきとばさんばかりの勢いで、往来へと去っていってしまう。

一瞬、追いかけようとした虎彦だったが、すぐに諦めて、舌打ちをした。

話の切り出し方を間違えた。自分がただの破落戸に見えることを失念していた。千之助には、惣次郎やさっきの破落戸と同じ類《たぐい》にしか思えなかっただろう。これ以上しつこくしても、何も答えてはくれまい。

「お目当ての浪人は天満にいるようだな。予想外にことが早く進んだ」

少将はそう言ったが、虎彦はどうにもすっきりしない。

「どうした。何を気にしている、虎御前」

「……あの千之助な。孤児やったらしいんや。おれと同じで」

旅の途中に強盗に襲われ、命からがら逃げはしたが、傷を負った親は道中、息を引き取った。千之助も野たれ死にしかけていたが、通りすがりの美濃屋の旦那に拾われ、店に引き取られた——酒屋の隠居はそう言っていた。

「今も、右手首から肘《ひじ》辺りまで、大きな傷があってな。強盗に斬られた痕らしい。そのせいで、初めは字を書くのも算盤をはじくんも上手くいかんかったけど、稽古して稽古して、今では美濃屋の出世頭やそうや」

そんな男が、つまらないことで人生を棒にふるのは気の毒に過ぎる。

「そうか。虎御前と似た育ちなのだな」

「——いや、どこも似とらんやろ。あいつはおれみたいなろくでなしにはならんかったんや。親を亡くした後、ちゃんと生きてきた。そやから……これからも、ちゃんとまっとうな道、歩くべきなんや」

「そうだな。やはり虎御前と似ている。誠実な男だ。——この仕事が終わったら、その酒屋の隠居に相談してみたらどうだ。力になってくれるんじゃないのか」

「……せやな」

身の破滅になる前に、なんとか助けてやりたい。……まあ、柄ではないかもしれないが、袖振り合うも多生の縁だ。たまには世のため人のためになることをするのも――近松に引きずり込まれた始末処の仕事ではないところで、だ――悪くはない。
そう決め、自分を納得させた後、虎彦は足下にじゃれついてくる鬼王丸を、頭を撫でてねぎらってやった。

4

惣次郎は天満にいる。

――とはいえ、大坂の町は通称、大坂三郷《さんごう》と呼ばれ、大川《おおかわ》以南を南北に分けて北組、南組とし、大川より北側はすべて、天満。つまり、広い市中の三分の一が天満なのだ。まだまだ、先は簡単ではなさそうだった。

少将は、役人がらみの伝手からたどってみると言った。

「あちこちで喧嘩騒ぎを起こすような浪人で、見かけもそれなりに人目につく男となれば、役人がすでに目をつけているかもしれんからな」

虎彦のほうは、足で勝負することにした。盛り場を中心に、鼻の利く賢い相棒を連れて駆け回るのだ。きっとなんとかなる。

――と、思っていたのだが。

三日が過ぎても、それらしい人物には行き当たらない。

三日目の夜、竹本座に戻った虎彦は、先に戻っていた少将の姿を見つけ、ため息とともに歩み寄ってこぼした。

「もっと簡単にいくと思てたんけどな。おれはともかく、鬼王にまで見つけられへんとはなあ」

頼りにしてたのに……と愚痴っぽく続けた虎彦に、足下の鬼王丸がすまなそうにくぅんと啼く。

咎めてるわけと違うぞと撫でてやり、ほんでお前のほうは——と少将に訊ねようとしたところで、虎彦は気づいた。

客が帰った夜の小屋では、芝居と呼ばれる筵《むしろ》敷《じ》きの席や、贔屓客の座る桟敷席を、明日に備えて掃除するのだが、忙しく立ち働く小屋の下っ端たちに交ざって、どう見ても場違いな者が一人、うろついているのだ。

袴姿の少年だ。腰に刀を差したまま、物珍しそうに小屋の隅々まで見物している。

依頼人の長瀬孝太郎だった。

「おい、あいつ、ここで何してんねん」

少将に訊ねると、苦笑して答えた。

「今日は朝から、母親のおつねさんと桟敷席で浄瑠璃を楽しんでいたそうだよ。せっかく大坂にいるのだし、もうこんな機会はないかもしれないから、と爺やが招いたそうだ。夕飯も、佑斎殿の知り合いの医者に招かれているそうだが、虎御前がじきに戻ってくると爺やが教えたら、坊やだけはここで待つと言ったのだ」

「へえ……そら、待たせて悪かったな」

残りわずかかもしれない家族の一時を、少しでも削ってしまったのは申し訳ない。

――とは思ったが、一方で、こっちが朝からずっと駆けずり回っていた間、のんびり芝居見物かよ、とも思った。まあ、向こうは金を払う側、こちらはもらう側なのだから、立場は違って当たり前なのだが。

「あ――虎殿」

孝太郎がそこで虎彦に気づき、声をあげて駆け寄ってきた。

「お世話になっております。兄上のこと、何か手がかりが見つかりましたか？」

「……あー、まあ、そこそこな」

武士とはいえ子供相手に敬語を使う気にもなれず、虎彦は適当に答えた。

「そこそこ、とは……？」

「そこそこは、そこそこや。……どうやら、天満にいるらしいっちゅう話でな」

一応、進捗状況は話しておく。

「もうそんなところまで判ったのですか。それは心強い。さすが、大坂にお詳しい近松万始末処の方々だ。続きもどうぞ、よろしくお願いいたします。一刻も早く兄と会い、仇を捜しに行きたいのです」

「……ああ、判った」

短く応えながらも、虎彦は妙な気分になった。孝太郎は素直で邪気のない少年だ。苦労知らずで世間知らずで、悪い男ではない。

だが、このやりとりは、なんだかおかしくはないか。

お前の仇討ちなんだろう、おれたちにばっかり頼らず、もう少し真剣になったらどうだ——思わずそう言ってやりたくなり、慌てて、思い直す。

いやいや、こちらは仕事だ、しかたない。それに、今の孝太郎にとっては、母親との芝居見物のほうがずっと大事なことだ。じきに離ればなれになるのだから。

とはいえ、やはり何か割り切れない。これ以上、話をしないほうがよさそうだ。

「明日の支度で忙しいんで。悪いな」

そっけなく手を振り、少将には目配せで合図をし、虎彦はとっととその場を離れようとした。

「あ、虎彦。来てたんや」

聞き慣れた声がした。舞台のほうからだ。

顔を向けると、大きな武家姿の人形が歩いてくるのが見えた。

ぎょっとして息を吞んだ虎彦は、一呼吸の後、気づいた。

「あさひか。何や、そのでっかい人形」

見習い細工師のあさひの声だ。小柄な娘が、ひとの上半身が隠れるほどの人形を抱えているから、まったく顔が見えないのだ。

「ええやろ。親方が試しに作った新作。立派な若武者やろ？　うちも少しだけ、手伝わせてもろたんや。やっとできあがったとこ」

人形の陰からひょいと顔を出したあさひは、寝不足なのか、目の下に隈が見え、少し痩せたようにも見えたが、人形を見つめる目は疲れを感じさせないほど、いきいきと輝いていた。本当に人形細工が好きなのだなと感心してしまうほどだ。

「これは見事なものだ」

少将にも愛想を言われ、あさひはさらに嬉しそうに目を細め、頰を朱に染める。

「立派は立派やけど、大きすぎやろ。どないして動かすんや」

率直な疑問を、虎彦は口にした。竹本座で見慣れている人形の、倍ほどはある。とても一人の人形遣いで操れるとは思えない。

「今の竹本座は一人で一体の人形が当たり前やけど、これは三人一組で遣う人形なんや。頭を動かす人と、足を動かす人と、手を動かす人がいるさかい、全部を一人で動かすよりも大きい人形が遣えるし、ずっと細かい動きができる。手の先まで動く。ほら、見て」

あさひは自慢げに、白ぬりの綺麗な指先を動かして見せた。肘のあたりに動かすための糸が見え、それが指先までつながっているらしい。

「竹本座ではまだやけど、他所《よそ》の小屋では遣《つこ》てるとこも増えてきてるんやて。近松先生が竹本座でも試してみたいて言わはるさかい、親方が作らはったんや」

「へえ……」

一座の者も、あれこれと新しい仕掛けを考えているようだ。落ち目の竹本座を立て直すには、今のままの人形芝居を続けていても駄目だと判ってはいるのだろう。

「すごい……」

横から、声が割り込んできた。孝太郎だった。

「こんな大きな人形が動くとは。ぜひ舞台で見てみたいものです」

見惚れる孝太郎に、あさひも気をよくし、にこにことしていたのだが、

「しかし……有名な竹本座だというのに、町の女子が人形作りの手伝いとは驚きました。もちろん、他にちゃんとした男の職人もいるのでしょう?」

そう続いた言葉を聞いたとたん、顔が強張った。

あさひはまだ若く、一人前の職人ではない。

だが、女であることを理由に何度も弟子入りを断られ、今も何かと苦労しながら修業している身だ。孝太郎の言葉は、とうてい聞き流せるものではなかったようだ。

「……この人、もしかして、近松先生とこの頼み人さん?」

怖い顔のまま、虎彦に訊いてくるから、虎彦はまあなとうなずく。

「ふうん……仇討ちの助っ人頼まれたてことだけは先生に聞いてたけど、自分では何もできんようなか弱い女の人の頼みなんかと思てたわ。ちゃんとした男の人なんや。まあ、男でも刀も持てへんようなひょろひょろもいるし、仇討ちが他人任せでもしかたないけど」

「な……」

絶句した孝太郎の顔が、わずかの後に、みるみる真っ赤になっていく。

「ぶ、武士にそのような侮辱を……」

上ずった声で言いかけたが、あさひは無視し、虎彦に向かって話を続けた。

「そうや、虎彦に見てもらいたいもんがあるんや。前に言うてた、始末処の仕事に使う仕込み武器。試作品、ちょっと重いかもしれへんけど、虎彦なら平気やと思う。

後で試しに使てみて」

「お前、本当に作ったんか」

虎彦は目を丸くした。確かにそんな話はしていたが、冗談だと思っていたのだ。見習い細工師に、そんなものができるとも思っていなかった。

「芝居の細工と違うねんぞ。本当に使えんのか？」

「似たようなもんやと思うけどな。芝居のなかでも、人形の腕のなかに刀隠したりするし」

そこで、舞台のほうからあさひを呼ぶ声がした。人形細工の親方の亥蔵《いぞう》だ。

はい、すぐにと返事をし、あさひは慌てて、人形とともに去っていく。一歩後ろで見ていた少将には会釈を忘れなかったが、孝太郎はきっぱりと無視していった。

孝太郎は、まだ真っ赤な顔をし、口元をふるわせながら立ち尽くしている。

（……ガキどうしで阿呆らしい）

孝太郎も気遣いのない馬鹿だが、あさひも負けん気が強すぎる。

とても相手になっていられない。

虎彦はそっと場を立ち去りかけたのだが、

「虎殿」

孝太郎が声をかけてきた。

「おう、なんや」

「明日、私も天満へ一緒に参ります。連れていってください。ともに兄を捜します」

予想外の言葉に、今度は虎彦が絶句する。

「いや、何をいきなり……」

「私の兄です。私の親の仇討ちです。私も自分の足で捜さねば、意味がありません」

「そらそうやけども」

今さら何を、という気分だった。

自分でせねばと言うのなら、そもそも始末処になど頼むなというのだ。やる気になったのはいいことだが、勝手にやってほしい。一緒に行動するなどごめんだ。

虎彦は舌打ちを抑えながら少将に目を向けた。少将が適当に言いくるめてくれるのではと期待してのことだったのだが、優雅な微笑を浮かべた少将は言った。

「それはご立派なお志です。ちょうど良かった。長瀬源一郎殿によく似た御浪人を、天満九丁目で見かけたとの噂を耳にしたところです。明日、ぜひ、お確かめになってください。うちの虎御前が一緒に参りますゆえ」

5

くだんの浪人は、二月前から天満九丁目あたりをうろつくようになったという。現れた当初から喧嘩沙汰が多く、すぐに町方の手先に目をつけられた。

少将に情報を伝えたのも、その町方からの伝手だそうだが、ただ、少将が今日、自分の足で九丁目界隈を歩き、探ってみたところ、そんな浪人は見たことがないと話す者が多かったらしい。

「町方からの知らせが間違っていたとも思えないのだが……そのあたりも含め、虎御前が改めて調べてみてくれないか。孝太郎殿と一緒に」

孝太郎を宿へ送り返した後、少将は改めて虎彦にそう言った。

「お前が行けばええやろ」

「むろん、私も行く。だが、他にも少し、調べたいことがある。後から合流しよう」

「調べたいことて、何や」

「収穫があったら話す」

「……適当なこと言うて、単にあのガキをおれに押しつけたいだけと違うんか」

「まあ、それもあるな。私は子供は嫌いなのだ」

悪びれず、少将は言った。

「よう言うわ、同じ子供でも、あさひにはちゃらちゃら愛嬌ふりまいとるやないか」

「おや、虎御前はお気に召さなかったのか。悪かった。以後、あさひと話すときは気をつけよう。……では言い直す。私はああいう愚かな子供が嫌いなのだ。爺やの仕事には最善を尽くすが、子守は虎御前に任せた。昔から、犬を懐かせる者は子供の扱いも上手いと言うからな」

「阿呆か、初耳や、そんなん」

虎彦とて子守は好きではない。

だが、結局のところは、少将の言うとおりに動くことにした。

依頼人の意向は無視できないうえに、

（ああいう愚かな子供、て――）

その言葉を口にしたときの少将が、どこか苛立《いらだ》っているようで、気になった。日頃の少将は、そういう感情を表には出さない男だ。珍しい表情だった。

翌朝、虎彦と鬼王丸は宿へ孝太郎を迎えに行き、連れだって天満へ向かった。

東横堀川《ひがしよこぼりがわ》に沿って船場《せんば》を突っ切り、大川を天神橋《てんじんばし》で渡れば、天満九丁目だ。天満宮の参詣者が集まる屋台街からは一筋外れているが、それでも人通りは多い。

こういうところで人捜しとなれば、やり方は一つだ。賑わっている店に入り、手軽なものを飲み食いしたり買ったりしながら、店の者に訊く。

「背の高い浪人？　……さあ、近頃は、浪人さんも増えたしなあ。いちいち覚えてへんわ」

「は、人捜し？　知らん知らん、商売の邪魔や、とっとと団子喰って出てってんか」

「ここらは天神さんの門前やろ。お侍も仰山通んねん。一人ずつじろじろ見たりせえへんわ」

――どこに行っても、まったく相手にされなかった。

世話焼きが多い大坂の者にしては珍しいほど、みながそっけない。

九丁目ではないのかもしれないと、少しずつ範囲を広げてもみたが、手がかりは見つからない。

「本当に兄上は近くにおられるのでしょうか……」

大川端の茶店で縁台に腰掛け、甘酒を飲みながら、孝太郎はため息をついた。

すでに界隈を歩き始めて二刻。少々、疲れてきた。

「……なんかの間違いやったんかもな」

鬼王丸がまったく手がかりを見つけられないことも、虎彦は気になっていた。鬼王丸は惣次郎の匂いも知っているから、当てにしていたのだ。

賢い鬼王丸の鼻にも判らないのであれば、少将の情報は初めから間違っていたのかもしれない。

(いったん帰って、少将に文句言うか)

そんなことを虎彦が考え始めたときだった。

「――源一郎、です」

女の声が、背後から聞こえた。

思わず振り返った虎彦の目に、薄茶の小袖を着た女が映った。茶店の入り口で、主人と何やら話をしている。

「お願いします、どんなことでもいいのです」

頭を下げ、繰り返す女は、娘というにはややとうのたった二十二、三。

武家の女だった。贅沢な身なりではないが、上品な出で立ちだ。上級の蔵役人の子女あたりだろうか。

隣に、十四、五歳の娘もいる。顔立ちが似ているから、姉妹だろう。

「長瀬源一郎という名です。何かご存じでしたら、どんなことでもよろしいのです。どうか――」

え、と思わず声をあげかけた虎彦よりも先に、

「兄上のことを、ご存じなのですか」

いきなり喚いたのは、虎彦の隣にいた孝太郎だ。

姉妹は怪訝そうに、孝太郎を見た。

「あなたは……」

「長瀬源一郎の弟です。兄を捜しているのです」

そう言いながら、孝太郎は姉妹に駆け寄った。

詰め寄らんばかりの勢いに、店内の者たちの目も集まる。

もうちょっと静かにやれよ――と、虎彦は思わず頭を抱えそうになったが、

「あなたは長瀬源一郎を知っているのですか」

姉娘のほうが、さらに大声をあげ、逆に孝太郎に詰め寄った。

「知っているのなら、教えてください。その者はいったい、どこの誰なのです」

「――え？　いや、今、あなた方も捜していた……」

「違います。私どもは、長瀬源一郎を捜していた者たちを、捜しているのです」

「――は？」

「いったい何をしでかした男なのです、長瀬源一郎とは。ご兄弟ならば、ご存じの

はず」

「いや、その……」

孝太郎は目を丸くし、困惑している。

「しでかしたと言われても、兄、長瀬源一郎は文武に秀でた立派な侍で……」

「兄様を返して！」

孝太郎の言葉を遮って、叫んだのは妹娘だ。

「兄様は長瀬という男と間違われたんです。そのせいで行方が判らなくなり、もう五日も家に帰っていません。兄様にもしものことがあったら……」

「これ、お市《いち》……」

泣き声をあげる妹を、姉がなだめて抱き寄せる。

「……虎殿、これはどういうことなのでしょう……」

うろたえきった顔で、孝太郎は虎彦を見たが、虎彦は困惑のままに首を振った。

「いや、おれに訊かれても……」

いよいよ話がややこしくなってきたようだ。


とりあえず場所を変えようと、先ほどの茶屋はいったん離れた。人目を引きすぎて、とても込み入った話はできそうになかったのだ。

川端を少々歩き、改めて腰を落ち着けた天神橋のたもとの茶店で、武家の姉妹は改めて、虎彦たちに事情を話した。

姉妹は、天満九丁目に暮らす浪人原口兵右衛門《はらぐちへいえもん》の娘、繁《しげ》と市と名乗った。

「私どもの一家には少しばかり事情があり、身元を伏せて暮らしております。近所の方々も、それをうすうすお察しくださって、あまり私どもに関わらぬよう、私どものことを他所《よそ》の方に話さぬよう、気を使ってくださっています。わが兄も、日頃は偽名を使って暮らしていました。しかし、そのせいでか、兄のことを別の人物と思い込む、怪しげな者たちが現れ、兄をどこかへ連れ去ったようなのです」

姉妹も少々、混乱しているようで、そこまで言って口をつぐみ、途方に暮れたように息をつく。

「なあ、一応、確かめとくけど、あんたらの兄さんてのは、背が高くて顎にほくろが二つあって、しょっちゅう道頓堀だの順慶町だのをぶらついて揉め事を起こしてた、飲んだくれの破落戸浪人か。惣次郎っちゅう名の」

「……はい」

姉の繁がうなずく。

「飲んだくれ？　そんなのは兄上じゃない。別人です」

喚いたのは孝太郎だ。

「ですから、別人だと申し上げております」

「その別人の飲んだくれ惣次郎が、長瀬源一郎と間違われ、そのせいで家に帰ってこんようになった、どっかに連れていかれたらしい――そういうことか？」

「そうに違いないと思っております。やっと見つけた、これで始末できる……そう話していた者がいると、教えてくれた方もいるのです」

「始末……」

虎彦は眉をひそめた。どうにも穏やかでない話だ。

（それにしても……）

飲んだくれ浪人惣次郎は、本当に天満にいた。が、その男が長瀬源一郎ではなかったとは。

「おれらの他にも勘違いした奴がおるっちゅうことは、惣次郎は誰から見ても長瀬源一郎によう似てるわけやな」

「兄上が、飲んだくれの浪人と似ているなどと……」

まだそこにこだわっている孝太郎に、繁は険しい目を向けて言った。

「よしんば貴方様の兄君、長瀬源一郎様が、わが兄と違い酒を好まぬ御方だったとしても、怪しげな者たちにつきまとわれていたことは確か。しかも、ご兄弟にすら居所を知らせていない。——もしや、故郷で何か罪を犯し、お逃げになっている方なのでしょうか」

「何を言われる。兄上は罪人などではありません。父の仇を追って、辛い旅を続けておいでなのです。文武に秀でた立派な武士です」

「……仇」

憤然と言い返した孝太郎の言葉を聞き、繁の表情が揺れた。妹の市と顔を見合わせた後、改めて孝太郎に問う。

「長瀬源一郎様とは……まさか、仇討ちをなさっているのですか」

「そうです。父と伯父の仇を追っているのです」

孝太郎は胸を張るようにして答えたが、繁はさらに、驚いた顔になった。

「あの兄様が、よりによって他の方の仇討ちに巻き込まれるとは……」

そうつぶやいた繁を、妹の市も辛そうに見ていたが、やがて、何かに気づいたようにはっとなって言った。

「仇討ちの途中の長瀬様を、始末したいと思う者がいる……姉様、これはもしや……」

「あ……」

姉妹は顔を見合わせ、揃って表情を強張らせた。どうしよう、と市がかすれ声をあげる。

訝った虎彦も、遅ればせながら気づいた。

まずい、と、つい声が出た。

「何がまずいのです？」

孝太郎は首を傾げている。

「兄様……あれだけ仇討ちを嫌がっておられたのに、他所の仇討ちに巻き込まれるなんて」

泣きそうな声で、市が言った。

「……っちゅうことは、お繁さんらの家の事情も、やっぱり仇討ちなんやな？」

　仇討ちという言葉に異様なこだわりを見せていた惣次郎を思い浮かべながら、虎彦は訊ねたが、

「申し上げることはできません」

　繁は即答だった。

　だが、その頑なさが逆に、虎彦の問いを肯定しているように思われた。

　そもそも、日頃から仇討ちについて考えている者でなければ、若い娘たちが今の短い会話から、深刻な事態の予測などできないだろう。

　その証拠に、孝太郎など、

「いったい何の話をしているのです。なぜ、人違いなのに私の仇討ちに関わるなどと言うのです」

　未だにまったく状況が理解できていない。

　虎彦は孝太郎に向き直り、苛立ちを抑えながら言った。

「ええか、孝太郎。お前さんの兄、長瀬源一郎は仇を追ってる。お前さんの身内――て言えるんかどうかは知らんが、ともかく長瀬家の者を二代続けて殺した、憎い相手をな。それはお前さんも知ってるな」

「当たり前です。私が虎殿に話したことではありませんか。憎むべき仇、白石吉之助。どれだけ武芸に秀でた男であろうと、決して逃がしはしません。どこまでも追いかけます」

「お前、それがどういうことか、本当に判って言ってんのか？」

「むろんです。兄とともに仇を討つために、江戸から来たのです」

「……それで判ってるつもりか」

はあ、と虎彦はため息をついた。

「お前の頭んなかには、文武に秀でた立派な兄上とともに仇を討ち取って、主家に戻って讃《たた》えられる――そんな場面しか浮かんでへんねやろ。芝居の大団円みたいな。そやから、この期《ご》に及んで状況が吞み込めへん」

「……そんなことは」

「ええか、孝太郎。長瀬家の仇、白石吉之助っちゅうのは、仇討ちに来た相手を返り討ちにするような奴や。二人続けて殺した長瀬家の、三人目が追っかけてきたとなれば、おとなしゅう殺されるはずもない。もう一回、返り討ちにしようと思うやろな」

「承知の上ですが……」

「仇を狙う者は、その仇からも常に見はられ、狙われていると覚悟しなければなりません」

横から、繁が口を挟んだ。

「憎い仇を討つと心に決めたのであれば、自身は当然、身内までもが身を慎み、警戒を怠《おこた》らずに暮らさねばならないのです。こちらが仇を憎むように、相手もまた、こちらを憎んでいると思うべきです。仇討ちをする者は、常に仇に付け狙われる恐れがあるのです」

「……だから、それがなんだと……」

苛々と声を荒らげかけた孝太郎は、そこでようやく、思い当たったらしい。

あっと声をあげ、

「長瀬源一郎を捜し、付け狙う者がいるとしたら……それは長瀬家の仇、白石吉之助であるかもしれない……と」

「やっと判ったか。——ということはな」

うなずいた虎彦は、念を押すように続けた。

「そいつはお前のことを知れば、当然、一緒に始末しようとする。向こうかて命がけ。しつこく追っかけてくる長瀬家の男なんぞ、根絶やしにしたいと思てるはず。お前みたいなぼんぼんの首、あっというまに取られるぞ」

絶句した孝太郎の顔が、見る間に青ざめていった。

6

「惣次郎が消えたんは五日前、か。鬼王丸が天満界隈で匂いを見つけられんかったんも、そのせいやな。こんだけ人通りが多いと、五日前の匂いなんぞ消えてまう。……いや、待てよ」

虎彦が順慶町で惣次郎を見かけたのが、五日前。

そのときには、惣次郎は千之助と一緒に、呑気に飲み歩いていた。少なくとも、まだ生きていたし、誰かに捕まってもいなかった。

そう告げると、繁はすがるように言った。

「その千之助という方に、会わせてもらえませんか。兄の居所の手がかりが判るかもしれません」

「……けどなあ」

惣次郎はかなり千之助に迷惑をかけていたようだと付け足したが、それでも繁は退かなかった。

「お願いします。他に兄を捜す手がかりがないのです。このままでは、兄は人違いで殺されてしまいます。その白石という人物は、すでに一人、返り討ちにしたほどの遣い手なのでしょう？　それに、長瀬源一郎を捜していたのは、がらの悪い破落戸のような男だったとも聞いています。おそらく、その白石という男の仲間なのでしょう。兄は武芸を嗜《たしな》んではおりますが、質の悪い相手に罠にかけられたら……」

そら、あの飲んだくれでは太刀打ちできんやろな――と言いそうになったが、虎彦は口には出さなかった。繁や市も、それが判っているからこそ、いい年をした男のことを、懸命に捜しているのだろう。

切羽詰まった顔の女にすがられては、虎彦としても、断りづらい。とりあえず、千之助には引き合わせてやることにした。

「それでええな？　お前さんの仇討ちにも関わることや」

孝太郎に許可を求めたのは、一応、依頼人だからだ。

「むろんです。もしかしたら、そこから仇を……あの白石吉之助を、捜し出せるかもしれません。私が兄の代わりに白石吉之助を討てば、長瀬家の仇討ちは終わります。私も大森の家に戻って医者になることができます」

言葉だけは威勢のいいことを言っている孝太郎だが、顔はまだ青ざめたままで、膝の上に置いた指は小さく震えている。

「……そらまあ、うまくいけばな」

虎彦はため息交じりにつぶやいた。

現実の問題として、すでに人を二人斬っているような男を、孝太郎が討てるはずがない。

（――となると、この場合……）

虎彦や少将が助太刀する――というのが、成り行き上、自然ではある。

だが。

（んなもん、やる義理あらへんやろ）

手練《てだ》れの武士となんぞやり合いたくない。始末処の仕事で、そこまで体をはりたくはない。

だが、だからといって放っておいて、数日後に孝太郎の亡骸が町のどこかで見つかったりしたら、さぞ後味の悪いことだろう。

（あー、もう……何もかも爺さんのせいや）

近松がおかしな依頼を引き受けるからだ。すべて、それが悪いのだ。

——とはいえ、今はそんなことを言っていてもしかたがない。

鬼王丸をその場に残して少将を待たせることにし、虎彦と孝太郎は武家の姉妹を連れ、千之助のいる美濃屋へ向かった。

しかし、たどりついた美濃屋で、千之助に会うことはできなかった。

「千之助は行方が知れまへん。昨夜から」

美濃屋の座敷に通された一行に、初老の主人は硬い声で告げたのだ。

手代が一晩、戻らなかっただけとは思えないほど、美濃屋の顔は険しかった。

「あんた、竹本座んとこの花売りはんでっしゃろ？　あんたが千之助を捜してたて酒屋のご隠居から聞いてな。話を聞きに行こうと思てたとこでしたんや。もしや、千之助の身に何かあったんやろか。あれは私に断りもせんと店を空けるようなことは、決してやらん男やさかいな」

いい年の男のたった一晩の外泊を、これほど真剣に心配するのも妙だと虎彦は思ったのだが、

「さっき近所のもんから、妙な破落戸が、千之助と一緒にいたのを見たて言われましたんや。——まさかと思うけど、千之助が昔の賊《ぞく》の一味にどうにかされたんのと違うかと心配で……」

「昔の賊？」

またおかしな話が出てきたと、虎彦は訝る。

「十年前に千之助の親を殺した賊ですわ。その一味が追いかけてくると、昔の千之助はよう怯えてました」

「ああ、その話やったら、酒屋のご隠居からおれも聞きました」

顔を見られた賊が口封じに来るようなことがあれば美濃屋に迷惑がかかると、しきりに心配していた時期があったらしい。賊に追われる夢を見て、夜中うなされることも多かったそうだ。

「けども、今の話はそれとは関わりありまへん」

千之助と惣次郎の関わりを、虎彦は説明した。長瀬家の仇討ちと孝太郎の事情もかいつまんで話すと、美濃屋の主人は、ほっとしたように言った。

「そうでしたか。まあ、よう考えたら、千之助は賊と会《お》うた近江も離れて生き直しとるのやし、斬られた右手の傷かて今はほとんど判らんほどや。十五のときに会うた賊に、万が一、出くわすことがあったとしても、判るはずがありまへん」

「おれもそう思います。ただ、それよりも……」

別の事件に巻き込まれている可能性はある。

今このときに千之助まで行方を絶っているのは、惣次郎の事件とは関わりないのだろうか。長瀬源一郎を狙う者の企《たくら》みの、巻き添えになったということはないか。

いや、それにしては、日にちが合わない。惣次郎がいなくなったのは五日も前だ。それよりは、またぞろ、どこかの破落戸にからまれたと考えるほうがいいか……。

「十年前に十五で、近江にいた……のですか。その千之助という方は」

孝太郎が、なぜか眉をひそめながら聞きかえした。

「そのうえ、右手の怪我……。あの、念のためですが、その千之助という方、まさか、武家の出だということは……」

「確かに元は武家やが……それがどうかしましたか」

いきなり口をはさんできた孝太郎に訝りの目を向けながら、美濃屋は聞きかえす。

「武家だったころの名は……？」

聞きかえした孝太郎の声が、強張っていた。

その様子を不審に思ったようで、美濃屋もすぐには答えず、聞きかえす。

「昔の名前を、なぜ気にしたはるんで？」

「実は……長瀬家の仇である白石吉之助には、息子がいます。生きているなら、二十五歳。私の実父が、近江の宿で返り討ちにされたとき、父は白石親子それぞれに一太刀は浴びせたそうです。しかし、どちらもとどめを刺せず、その後、親の吉之助に斬られて命を落としたと聞いています。すべてを見ていた宿の者の証言によれば、白石吉之助の傷は脇腹。倅の傷は右手。その後……親も子も、行方は知れません」

孝太郎の話を聞いた後、しばし美濃屋は黙っていた。

目を伏せ、何かを考え込んでいる。

やがて、みなの視線が集まるなか、美濃屋はゆっくりと口を開いた。

「……千之助の死んだ父親の名は吉之助と聞いてます。芸州浪人白石吉之助。しかし、その名は決して外にもらしてくれるなと、千之助は私に言っていました」

7

「美濃屋の千之助――いや、白石吉之助の倅の千之助は、惣次郎を長瀬源一郎だと思い込み、友人になったふりをして近づき、連れ去った。そういうことだろうな」

ほどなく美濃屋にたどりついた少将は、虎彦たちと合流し、一通りの話を聞くと、すぐに事情を察して言った。

「ああ、たぶんそうや。竹本座前の騒ぎのときに惣次郎の顔を見て、こいつは長瀬源一郎やと思い込んでしもたんやろ」

青くなって震えていた千之助は、ただ斬られかけたというだけではなく、自分を仇と狙う者が目の前に現れたと勘違いしたからこそ、あれほど怯えていたのだ。

「何や、本当にややこしい話やけど……まあ、千之助もガキのころから仇持ちとして怯えて暮らしとったんやろから、冷静ではおれんかったんやろな」

「となれば、すぐに二人を捜し出さねば、千之助は勘違いしたまま、惣次郎を殺しかねないな。惣次郎が消えたのが五日も前だから、すでに手遅れかもしれないが、千之助のほうは昨日まで普通にしていたというのであれば、まだ、決定的な過ちは犯していないのかもしれない」

「ああ。今なら、まだ希望はある」

少将の言葉に、虎彦もうなずいた。

「捜すなら、私も行きます」

孝太郎が言った。

「阿呆。足手まといや、大人しゅう竹本座で待ってろ。ことは一刻を争う」

虎彦は拒否したが、孝太郎は退かない。

「ですが、私の仇です。私が討ち取らなければ」

虎彦は大きくため息をついた。

「あのな。よう考えろ、孝太郎。千之助が本当に白石吉之助の息子やとしたら、親の吉之助はもう死んでる。殺したんは、お前さんの親父や。相打ちやったんや。十年前、長瀬家の仇討ちは終わっとったっちゅうことや。お前が出張る必要は、もうあらへんやろ」

「しかし、その千之助というひとは、兄に殺意を抱いているのでしょう？　だとしたら、まだ仇討ちは続いているのと同じです」

「そんなことを言うてたら、いつまでたっても終わりはない。お前、それで本当にええんか？　阿呆らしいと思わんのか。そもそも、お前は初めに殺された長瀬家の当主のことかて、ろくに知らんやろ。兄やと言うてる男も、顔もほとんど知らん相手やないか」

「そ、それはそうですが、武家の仇討ちとは、そういうもので……」

「いいだろう、ついてくればいい」

孝太郎の言葉を遮るようにして、少将が割り込んできた。

おい、何を——と虎彦が言い返すより先に、少将は続けた。

「家名のために覚悟を持って臨んだ仇討ちだ。誇りに恥じない道を選べばいい。それが武士というものだ」

「あ、ありがとうございます、少将殿」

頭をさげた孝太郎に、ただし、と少将は付け加えた。

「美濃屋の千之助は、今は商人だが、貴殿とは覚悟の違う男のようだ。貴殿は間違いなく、殺されるだろう。勝てるはずがない」

うっと孝太郎は言葉を詰まらせる。

追い打ちをかけるように、少将は言った。

「それでも家名を守ろうと刀を抜くのならば、筋を貫けばいい。止めはしない。——ただ、こちらを当てにされても困る。私はいっさいの助太刀はしない。家名だの誇りだののために人を斬ることは二度としない。そう決めているのでな」

え——と、虎彦は思わず、少将の顔を見直した。

(二度と——てことは……)

孝太郎も、何も言えないまま、青い顔でただ少将を見返している。

「——虎彦はん」

静まった場を動かしたのは、じっと黙って聞いていた美濃屋の主人だった。

「千之助の素性がどういうものやとしても、私はあれをよう知ってます。親を亡くした後は、家名も刀も手放し、うちの店のために骨惜しみせず働いてくれました。武家生まれの子が、どれほどの覚悟を持って名を捨てたことか。……今の千之助は、大事な美濃屋の手代です。そのうちに暖簾分けもして、一人前の商人にしてやるつもりでした。千之助の親が何をしでかした男だったにせよ、千之助にはその罪を背負う義理はありません。親の代の仇討ちにしばられるなど愚かなことだと、ちゃんと話してやりたい。――そのためにも、どうか千之助を連れ戻してください。お願いします。この通りや」

座敷の畳に額をこすりつけんばかりにして言う。

「ああ、判ってる」

うなずいた後、虎彦は小さく息を吐いた。

「……今やっと、今回の件を引き受けてから初めて、おれにでも判る理屈を聞いたわ。誇りや家名やて言われても、おれにはさっぱり判らんからな。阿呆らしいとしか思えへんのや。けどな。千之助は、絶対に美濃屋に連れて帰ったる。仇持ちになったんは千之助のせいと違う。悪いのは親や。その親を亡くして世間から放り出されたガキが、苦労して一人前になったんや。そういう奴がうまく生きていけへん世の中は、間違ってる。おれみたいな破落戸とは違う、ちゃんとした奴なんやからな。この先も商人として生きていくべきなんや。くだらん仇討ちなんか、忘れてしもたらええんや」

そう言って、虎彦は立ち上がった。

そのまま、ついてくる者を確かめることもなく、美濃屋の店先から往来へ出る。

「虎御前」

そこで、背中から呼び止められた。

「これを。必要だろうと思って持ってきたのだ」

振り向いた虎彦に少将が差し出したのは、天秤棒だった。美濃屋の店先で、預かってもらっていたようだ。

「おお、おれの得物やないか。すまんな、わざわざ」

これから修羅場に向かうのであれば、確かに武器があったほうがいい。

しかし、手に取った虎彦は、思わず声をあげた。

「なんや、これ。重い……」

花籠がぶら下がっているわけでもなく、天秤棒だけだというのに、手に持ち重りがするのだ。

少将は笑って言った。

「あさひ特製の仕込み天秤棒だそうだ」

使い方も聞いてきた、と説明してくれた。

「あいつ、本当に作りよったんか」

「三日も寝ずに作ったと言っていたな」

「……阿呆か。からくりの修業で忙しいやろに」

なんなんやあの阿呆、と、ぶつぶつとつぶやきながら、右手、左手と何度か棒を持ち替え、手に馴染ませてみる。重さは増したが、振り回しにくいほどではない。

よし、とうなずき、虎彦は改めて歩き出した。

先導は鬼王丸だ。

その後に虎彦、少将、そして、孝太郎もついてきている。

鬼王丸には先ほど、千之助の前掛けの匂いを嗅がせてあった。

頼むぞと言った虎彦に、うぉんと一声応えた鬼王丸は、すぐに通りを西へと歩き始めた。

そのまま、自信満々に歩き続ける。

路地をいくつか抜け、隣町を通り過ぎ、ようやく足を止めたのは、順慶町のはずれ近くまで行った後だった。

虎彦を見上げ、うぉんうぉんと合図をする。

「ここか……」

小さな宿だった。

軒先には色あせた暖簾が掛けられ、往来から見える帳場には、胸元を大きく着崩した女が婀娜《あだ》っぽく座っている。

ただの宿ではなく、女を置き、奥では賭場なんぞもやっていそうな店だった。

「あの、虎殿……」

不安げな声を出した孝太郎に、虎彦はうなずいて見せた。

鬼王丸の鼻は信頼できる。千之助は間違いなく、ここにいる。

だが、真正面から踏み込むのは良策とは思えなかった。

「とりあえず、おれが行ってみる。お前らはここで待っててくれ」

虎彦一人であれば、こういう場所でも馴染む。目立つこともない。まずは探りを入れてみようと考えたのだ。

と、そこで、店のなかから出てきた者がいた。

「——ほな、また夜にな。仰山、金ふんだくってきたる。自分とこの奉公人の不始末や。世間にばらすて言うたら、お堅い古手屋、いくらでも払いよるわ」

土間まで見送りに来た女ににやにや笑いで言いながら、酒の匂いをぷんぷんさせて出てきた男。

「あ」

虎彦は、思わず声をあげてしまった。

相手も気づいたようで、一瞬、足を止める。

だが、虎彦のことをすぐには思い出せないようだ。

虎彦は先に声をかけた。

「こないだ会うたな、破落戸が。美濃屋の千之助を脅しとったやろ」

「あんときのチビか。……千之助を捜しに来たんか」

「やっぱりおるんか、ここに。ほな、案内してもらおか」

「阿呆か、ええ金づるや、そう簡単には返さ……」

わめいた破落戸が身構えるよりも早く、虎彦は天秤棒でその足を払った。無様に声をあげて尻餅をついたところを、すかさず押さえ込む。

「なかにおんねんな、千之助は。――どこや？　連れてってくれるな？」

訊いたのは、破落戸にではなく、土間で立ち尽くしている女にだ。女は震え上がり、素直にうなずく。

「よし。頼むわ」

そう言いながら、虎彦は破落戸ののど仏をぐいと絞め、気絶させた。このくらいは、喧嘩の常道だから手慣れている。飲んだくれくらい、落とすのは訳ない。

ふと顔をあげると、孝太郎が青ざめている。

「……殺したわけと違うぞ。すぐに目ぇ覚ます」

「あ……」

よかったとつぶやく声が震えている。

この腰抜けをここに置いていきたいと心底から虎彦は思ったが、へっぴり腰でついてくるからしかたない。

玄関先での見はりは鬼王丸に頼んだ。

「何かあったら、知らせろ」

言い聞かせて、なかに入る。

女の後について、帳場の奥の階段を上がっていく途中、虎彦がちらりと振り返ると、道に倒れた破落戸を少将が引きずり、親切にも土間に引き入れてやっているのが見えた。

8

女が案内したのは、二階の端の部屋だった。なかに美濃屋の千之助がいるという。

「一人か？」

その問いには、曖昧に首を振る。

「背の高い浪人が一緒か」

「判りません。入るなて言われました」

「そうか」

虎彦は女を追い払った後、部屋の気配をうかがった。話し声はしない。人の動く気配もない。

「――入るぞ、千之助」

声をかけ、右手に天秤棒を構えたままで、虎彦は一気に襖《ふすま》をあけた。

西日の差し始めた部屋は明るく、一瞬、顔をしかめる。

むわっと酒の匂いが漂った。だが、同時に、もう一つの匂いが鼻をつく。慣れたような、懐かしいような、ぞっとするような――。

「おい！」

虎彦は怒鳴り、部屋のなかへ駆け込んだ。

窓辺に男が座り込んでいるのが見えた。放心したように目はうつろで、髪はかきむしったかのように乱れ、まわりには徳利が散らばっている。

千之助だった。

着物の襟元も乱れているが、虎彦が驚いたのは、その胸の辺りにべっとりとついた、血の痕だった。そして、手には、抜き身の脇差だ。血のついた……。

続いて入ってきた孝太郎が、悲鳴をあげた。

「虎殿、あそこに……」

孝太郎が指を差したのは、二間続きの部屋の、奥のほうだ。仕切りの襖は半ばまで閉められているが、向こうに見えるのは、横たわる何者かの足。そのまわりに、何か黒っぽい染み――。

虎彦は襖に飛びつき、開けはなった。

背の高い浪人者が倒れ、腹の辺りが血に染まっている。

顔のほくろに見覚えがある。間違いない、惣次郎だ。

慌てて駆け寄ると、まだ息はある。苦しげに呻く声も聞こえた。だが、血の量が酷い。

このままでは危ないのでは……。

「動かしてはいけません」

そう言いながら、惣次郎に駆け寄ったのは、孝太郎だった。

すばやく惣次郎の単衣《ひとえ》をはだけて傷を改めると、

「これなら、まだなんとか……」

とまどう虎彦には構わず、孝太郎はためらわず腰の脇差を抜き、惣次郎の単衣の袖を切り裂いた。その布で傷口をおさえ、血を止めようとしている。

「そうか、お前、医者の倅なんやな」

「はい。江戸ではいつも、養父の手伝いをしています」

「な、何を……そいつはもう、死んだはず……」

千之助はようやく我に返ったようで、うろたえた声をあげた。

「生きています。今なら、まだ助かる」

孝太郎は振り向きもせず、答えた。たもとから襷《たすき》を取り出し、傷口の布を固くしばる。

虎彦は、孝太郎のかたわらに立ったまま、千之助を睨んだ。

「お前が刺したんか。けども、こいつはお前さんとはなんの因縁もない。長瀬源一郎とは違う。他人のそら似や。お前は間違うたんや」

「そんなはずがない！　……そいつのせいや。もう二度と刀なんぞ持たんと、父上が死んだときに誓ったのに、そいつが追いかけてくるから……」

悲痛な声だった。

「違う。お前の親父を追いかけてきたんはこいつと違う。今、手当てをしてる若いのが、本当もんの長瀬家のぼんや。お前さんの父親が返り討ちにした男の、実の息子や」

「ばかな――そんなはずが……」

「事実や」

虎彦が言うと同時に、孝太郎も千之助を振り返った。

「あなたが、白石吉之助の息子……長瀬家の仇」

つぶやく孝太郎の顔を見て、千之助が息を呑んだ。

「あのときの……」

実父に生き写しだという孝太郎の姿に、昔を思い出したのか、千之助が顔をひきつらせた。

続いて、ふらりと立ち上がる。

その手にある血染めの刃に目を留め、孝太郎も慌てて脇差を手に取ろうとする。

だが、先ほどは迷わず抜いた刃が、今は震えて摑めなかった。

「仇を、討たなければ……」

泣きそうな声が孝太郎の口からもれ、千之助が顔を歪めた。

そのまま、二人とも動けない。

――そこで、嗄《か》れた声が廊下から聞こえた。

「……美濃屋の手代は人殺しの倅やと、言いふらしたってもええねんぞと言うただけや。そうしたら、向こうが勝手に金出してきよったんじゃ」

先ほどの破落戸が意識を取り戻したようで、少将に腕を捻《ひね》り上げられた格好で、連れてこられたのだ。

「奴が仇持ちなんは本当のこっちゃ。そんな奴を奉公させとった美濃屋が世間に後ろ指さされんのは当然やないか。それを黙っといたろっちゅうんやから、親切なもんやないか」

破落戸の言葉を耳にして、千之助は呻くような声をあげた。旦那様――と、言ったように、虎彦には聞こえた。

ついで、千之助は手にした刃に目を落とし、ぐいと握り直す。

「おい、何を――」

「何をするのです」

虎彦と孝太郎は同時に叫んだ。

千之助は構わず、持ち替えた刃を、自らの喉へと突き立てようとした。

「やめろ――」

叫ぶと同時に、虎彦は天秤棒を振りぬいた。

棒の先から放たれた細い鎖が、先に付けられた分銅《ふんどう》の重みで飛び、喉に突き刺さる寸前の白刃《しらは》にからみつく。すかさず虎彦が棒を引くと、鎖は刃を搦《から》め取ったまま、筒状になった棒のなかに吸い込まれた。

虎彦自身も、呆気にとられていたが、それ以上に、刃を奪われた本人は、呆然としていた。

「な、何が……」

千之助がつぶやいた。

孝太郎も、瞠目《どうもく》している。

「なぜ、あなたは自害なぞ――」

そのまま、しばらく誰も動かなかった。

沈黙を破ったのは、かすかな呻き声だった。

「……お繁……」

苦しげに名を呼んでいる。惣次郎だった。意識を取り戻したのだ。

「お繁……すまん……お繁」

「医者を――私の養父を呼んでください。今ならまだ間に合う」

我に返った孝太郎がそう叫ぶのと同時に、千之助は声をあげてその場に頽《くずお》れた。

9

惣次郎は一命を取り留めた。

孝太郎のすばやい処置と、その後の佑斎の手当てにより、なんとか持ちこたえたのだ。

つきっきりで世話をしたお繁のおかげでもあった。

ただし、まだしばらくは、ゆっくりと体を休める必要がある。

惣次郎の療養のための場所には、千之助とも親しい酒屋の隠居が、自らの隠居所を提供することとなった。美濃屋では人目につきやすいし、惣次郎の家でも、頻繁に医者が出入りするのは目立つため、避けたいとお繁が言ったのだ。その点、年寄の暮らす隠居所ならば、医者が足繁く通っていても、世間は不思議に思わない。

お繁も付き添うことになった。

千之助は自らの罪を認め、お縄になることも覚悟していたようだったが、他ならぬ惣次郎が、それを拒んだ。事件が表沙汰になることは避けたいと言うのだ。

「事情があるのだ。判っていただきたい。役人とは関わりたくない」

怪我のためか、酒が抜けたからか、別人のように静かになった惣次郎は、何を訊かれても、その一言で押し通し、その代わり、とばっちりを食った今回の事件に関して、今後、一切、誰にも責任を問わないと約束した。お繁たちも同意した。

美濃屋も酒屋の隠居も、後始末のために自ら出てきた近松門左衛門も、初めはその頑なな態度に不信感をあらわにしていたが、あるときから、すべてを納得したように振る舞い始めたのが、虎彦には不思議だった。

「惣次郎の正体の、見当がついたからな」

近松はそう言い、少将もうなずいていたが、虎彦にはさっぱり判らない。

「正体て、なんやねん。あいつも仇討ち者なんやろ。その仇のことが判ったっちゅうことか？」

その問いにもみな、曖昧なごまかしだけで、答えようとしない。

惣次郎が日に日に何かを考え込むようになっているのも、虎彦は気になっていた。

今度はこいつが、また何かとんでもないことをしでかすのではないか。そんな心配すらしてしまう。

とはいえ、惣次郎のことは、あくまで、巻き込まれてしまった他所の事件。始末処として引き受けた依頼は、別のものだ。

「兄上捜しは、続けていただきたいのです。私が江戸へ帰る日までは」

孝太郎は改めて、近松にそう頼んできた。

酒屋の隠居所に、惣次郎を見舞いがてら、近松や虎彦、少将、それに美濃屋の主人も集まったときのことだ。順慶町の宿屋での騒ぎから、十日ほどが過ぎていた。

孝太郎は、そこに一人でやってきた。佑斎夫婦の同行は、断ったのだという。

「これは長瀬家の問題で、大森家は関わりがありませんから」

そう言った孝太郎は、近松に己《おのれ》の思うところを打ち明けた。

「兄上を見かけたという蔵屋敷の者の証言が、本当に兄上のことだったのか、惣次郎殿のことだったのかは判りません。ですが、兄上が見つかったら、伝えたいのです。もう仇は死んだ、長瀬家の仇討ちは終わったのだ、と」

「では、千之助のことはどうするのです」

近松が問うと、孝太郎はわずかな沈黙の後、言った。

「あのひとは、私の仇ではありません。父親を殺された、ただの商人です。――そう生きるべきなのです」

千之助は事件の後、酷く取り乱しており、落ち着くまではいったん大坂を離れることになった。美濃屋の親戚筋が丹波《たんば》で百姓《ひやくしよう》をしており、そちらでしばらく過ごすという。

千之助をあそこまで追い詰めたのは、宿にいたあの破落戸、井原五兵衛《ごへえ》だったようだ。

美濃屋の主人は言った。

「すべてを千之助が話してくれました。井原はかつて近江の宿で、千之助親子が長瀬源之助と斬り合ったのを見ていたのだそうです。その後、大坂に流れてきて、一月前に偶然にも千之助と出会い、あのときの生き残りだと気づいた。ああいう輩は、どんなことでも弱みにして強請る。千之助は、罪人の倅だと私に知られるのを恐れ、ずるずると井原に金を渡していたそうです」

もっと早くそれに気づいていれば、と美濃屋は悔やんでいた。

「その後、竹本座の前で惣次郎殿と出くわした千之助は、長瀬源一郎だと思い込み、悩んだあげく、こともあろうに井原に、長瀬の始末の手助けを頼んだのです。自分の過去を知る者を増やしたくなかった、井原ならばすでに知られているから――という理由だったそうですが、まあ、なんと愚かなことか。みすみす、井原に新たな脅しの種をやったようなものです。……それほどに追い詰められていたのでしょうが……」

憤りをあらわに語った美濃屋は、老舗《しにせ》の商人らしく、つながりのある役人に頼み、井原とその一味に縄を掛け、すでに牢《ろう》に放り込んでいる。

惣次郎の一件には触れず、強請りたかりの罪で役人を動かすのに、それなりに金はかかったようだが、

「大事な千之助のためです。かましまへん」

厳しい声音で言った。

後から酒屋の隠居が近松や虎彦に語ったところによれば、千之助には美濃屋の遠縁の娘との縁談も出ているのだそうだ。その娘も、今、ともに丹波に行っている。

「それならば、私も安心できます」

孝太郎も、話を聞いて、そう言った。

「私はこの目で見ました。あのひとは、自分で自分を殺そうとした。――あのときに終わったのだと、信じることにしました。長瀬家と白石家の、長かった因縁が」

そう言い切った孝太郎は、予定の一月が過ぎれば江戸へ帰り、大森の家に戻って医者になるのだと話した。

「大森の養父や養母と相談して決めました。……長瀬の身内があれこれ言ってくるかもしれませんが、もう惑わされたりはしません」

言い切った孝太郎は、初めに会ったときと比べれば、だいぶ大人びた顔になったと、虎彦は思った。これならばもう、無責任なまわりの者に踊らされたりもしないだろう。

「そうだ、あさひ殿にもよろしくお伝えください」

孝太郎は、虎彦にわざわざそんなことも言った。

「あの仕込み鎖はすばらしかった。あんな道具を作れる方を、軽んじるようなことを言ってしまいました。申し訳なかったと、お伝えください。あの鎖のおかげで、人ひとりの命が救われました」

「あー、ま、そやな」

確かにあれには驚いたと、虎彦は思い出してうなずいた。

一見、棒のように見えるが、なかをくりぬいて細い鎖を仕込み、掛け金をはずして振り回せば、棒の先から分銅鎖が飛び出す。からくり人形が矢を射るときに使う仕組みを応用したのだとあさひは言っていた。なかなか、とんでもないものを考え出す娘だと、虎彦も少々、呆れている。

――役に立ったんなら良かったわ。

おかげで助かったと虎彦が礼を言ったときには、めずらしく素直に嬉しそうにしていた。

その目の下には相変わらず隈が濃く、ろくに眠っていない様子なのが気にはなったが、当人はすっかり浮かれて、また次を作るなどと言っている。

本当に物好きな娘である。

「あの、惣次郎殿……」

孝太郎は隠居所を辞す際に、惣次郎にも、おずおずと、しかし、目をそらさずに言った。

「私が言うことではないのかもしれませんが、もしも仇討ちをされるのであれば、どうか、悔いのないようになさってください。長瀬の家のように、代を超えてまで因縁が残ることのないように……」

惣次郎は黙ったままで、何も答えなかった。


「本物の長瀬源一郎のことだが――」

少将がそう切り出したのは、夕日の眩《まぶ》しい本町通りを、虎彦と二人で南へ歩く道すがらのことだった。近松は相変わらず忙しく、隠居所からそのまま、堀江新地の宴席に出かけた。

「実は、そうではないかと見当をつけている者がいる」

「本当か」

「ああ。以前に、奉行所に伝手のある知人に調べてもらっていることがあると言っただろう。あれがそうだ。それらしい浪人者がいるというのだ。五年ほど前に越してきた際、そのあたりを縄張りとする手先衆にだけは、仇討ち者だと明かしたそうだ。ただし、もう仇討ちは止めた、名も替えたとも言ったらしい。今は周防町《すおうまち》の長屋住まいで、長原新之助《ながはらしんのすけ》と名乗っている」

「周防町……」

驚くほど道頓堀に近い。そんなところに、惣次郎と似た浪人が住んでいたとは。

虎彦が目を丸くしていると、

「残念ながら、惣次郎とはほとんど似ていない」

少将は肩をすくめて言った。

「実は、私がすでに顔も確かめた。背は低くはないが、惣次郎ほど高くもない。顎のほくろは、確かめようがなかった。顎鬚を生やしているのでな。見た目には、四十でも通りそうな男だったよ。孝太郎ともまるで似ていないが、血がつながっていないのだから、当たり前だな」

「鬚は、身元を隠すためか」

「どうだろうかな。今は同じ長屋の娘を嫁にもらい、夫婦で手習い処をしている。女房の名はおたね」

「周防町の手習い処……おたね、て……」

　虎彦は思わず声をあげた。その女ならば知っている。虎彦の花屋の常連客だ。先だっても紫陽花の鉢を買っていってくれた。そう、あの騒ぎのあったときだ。惣次郎と千之助が出会った、あの日のこと――。

「そんな阿呆な。おたねさん、惣次郎を見ても、特に何も言わんかったぞ。――自分の亭主に似てるなんぞと、思いもしてへんぞ、あれは」

「だから、似てなどいないのだよ。もともとは、十年も当人を見ていない者たちが、うろ覚えで伝えたことに過ぎないのだ。似ているはずもない」

「そうか……十年、か」

　十年の月日は若かった源一郎の上に容赦なく流れ、相貌を変え、心のなかまで変えていったのか。

「手習い処の先生がもともと仇討ち者だとは、町の者は知らずにいるようだ。それゆえ、ことさら騒ぎに巻き込むのも迷うところでな」

「……そっとしとくほうがええ」

虎彦は言った。

今、静かに暮らしている手習いの先生のところに、ほとんど会ったこともない江戸の弟など、現れないほうがいいのだ。

優しい女房と長屋の子供たちと紫陽花を眺め、穏やかな日々を送っている男には、血なまぐさい因縁など、ないほうがいい。

少将も、そう思ったからこそ、孝太郎のいない場所で、この話を打ち明けたに違いない。

(そういえば)

ふと、虎彦は思い出した。

家名や誇りのために人を斬ることは二度としない。――少将はそう言った。

孝太郎の助太刀はしないと言い、言葉通り、あの日の修羅場にあっても、決して刀は抜かなかった。目の前で千之助と孝太郎がやりあうことになっても、きっと、その態度は変わらなかったのだろう。

(けど……)

お前は昔、家名や誇りのために誰かを斬ったんか?

――そんな風に訊ねることは、さすがに虎彦にはできなかった。

「ともかく、今回の仕事も虎御前のおかげでめでたく解決だ。信頼できる相棒がいて、私は幸せだ。爺やも喜んでいる」

いつもの笑みとともに言われたが、どうにも嘘くさく感じ、虎彦は眉間に皺を寄せた。

この事件に関わっている間、時折、いつもと違うような表情を見せていた少将だが、すっかり普段通りに戻っている。

そのほうがやりやすいとは思うが、どうにも落ち着かない気分は残るのだった。


惣次郎が隠居所から消えたと知らせがあったのは、孝太郎と大森夫妻が江戸へ向けて発った、その夜のことだった。

誰にも知らせず、繁が天満の家に戻っているわずかの間に、消えていたのだ。

残された文を読んだ繁は、しばらく一人で泣いていたという。

「けども、追うことも捜すこともせんと言うてたわい。こうなる覚悟はできていた、これでよかったのかもしれん、と言うてなあ」

竹本座に知らせに来た酒屋の隠居は、ため息まじりに言った。

孝太郎の旅立ちを見送るために大坂に来ていた近松は、あまり驚いた様子はなく、

「しかたのないことだ。お繁さんも察していたのだろうよ。乗り気でないものを乗り気にさせるのは難しい。まして、それが命をかけることであれば、なおさらだ」

せっかくだから一杯飲んでいってくれと、いつものように始末処の三人で桟敷席

で開いていたささやかな宴席に、隠居も招き入れた。

「……で、結局、あいつの仇討ちはどうなったんや。もしかして、一人で仇討ちに行ったてことか？」

納得しているような一同に、ついていけない虎彦が問う。

「いや、違う。おそらく惣次郎は、仇討ちから抜けたのだよ」

「抜けた？　止めたてことか？」

「いや、抜けたのだ。志を同じくする同志のなかから、な。――気づいていなかったか、虎よ。あれはな、赤穂の浪士だ」

近松が言い、虎彦は目をむいた。

「赤穂ていうと……あの、今、巷《ちまた》で噂になっとる、浅野内匠頭の家中か。お取りつぶしになった御家の恨みを晴らすため、家中で集まって江戸で仇討ちをするとか何とかの……」

「そうだ。その赤穂浪士だ。――だからなのだよ、天満の町の者が、みな、あの家の者をかばい、隠し、手助けしようとしたのは。みな、待っているのだ。赤穂の者が徒党を組み、見事に仇の吉良上野介を討ち取り、今の世に再び、曽我兄弟のような仇討ち物語が生まれるのを。まるで、芝居の幕が開くのを待つように」

「そんな、勝手な……他所の家のことやないか」

「だからこそ、おもしろがるのだ。他人事だからこそ、討つか討たれるか、楽しんで見ることができる。当人たちには、たまったものではなかろうが」

「聞いた話やと、あの惣次郎は、お繁はんの家の養子やそうや。お繁はんの家は、浅野家に恩のある家柄やけど、惣次郎は違う。いずれはお繁はんと夫婦になって家を継ぐ約束やったらしいけど……まあ、こういうときにはな。代々仕えてきたわけでもない主君のために、若い命を擲《なげう》とうとは、なかなか思えんもんやろな」

隠居はしんみりと言う。お繁はんはたぶん、あの男に惚れてたんやろけどな……とも言った。

そうやったんかと虎彦はうなずいた。

そのような事情であれば、惣次郎が荒れていたのもよく判る。

私怨《しえん》から刃傷沙汰を起こし、取りつぶしになったお大名。その家臣だった者たち。家臣の一人だった家の、養子に入っただけの縁の者――。

一対一の仇討ちでさえ、あれだけもつれ、大勢を巻き込んでいくのだ。大名の家中ぐるみの仇討ちとなれば、どれだけの思惑がからみ、どれだけの愛憎がねじれていくものか。

「赤穂浪士が本当に仇討ちをしたとなれば、それは曽我兄弟よりももっと、人びとに愛され、語られる物語の始まりになるだろうよ。――浄瑠璃作者としても血が騒ぐ。いつか、書いてみたいものだ。赤穂の忠臣の物語を」

近松が独り言のようにつぶやく。

虎彦は呆れた。

「何を言うとんねん。仇討ちがどんだけの人間を不幸にするか、目の前で見たばっかりやろ。そもそもな。おれは初めから、この仕事を受けんのは気が進まんかったんや。結局、儲けにもならんかったやないか」

ぼやきが出てしまうのは、結局のところ近松は、孝太郎を本物の長瀬源一郎らしき男と引き合わせはしないと決め、「兄上の行方は判りませんでした」で通したからだ。仕事料も、がんとしてもらわなかった。——さすがに、初めに受け取った前金だけは返さなかったようだが、それ以上の支払いは断ったのだ。

ただ働きかと文句を言った虎彦にはいつも通りの報酬をくれたから、損はすべて近松自身がかぶったということだ。

「金も儲からん、世のため人のためにもたいしてなっとらん。この依頼、引き受けた意味、あったんか」

始末処の目的を、何ひとつ果たしていないではないかと虎彦は言ったのだが、近松はなぜか上機嫌のままで、

「何を言う。こういう依頼こそ大事なのだ。金に換えがたいものを得たではないか。人の世のしがらみを目の前で見、知り、味わうことなど、できそうでできんことだよ。そのためなら、金などこちらから出しても構わない。人の悩み、苦しみ、迷い——そのすべてが物語作者の血となり肉となる。実に良いものを見せてもらった。——もっと、こういう仕事が転がり込んできてほしいものだが、なかなかむずかしい……」

「は？　爺さん、酔ったからて、何をとんでもないことを……」

命がけで悩み、苦しんだ孝太郎たちに対して、いくらなんでも失礼な物言いだ。冗談でも聞き流せないと虎彦は思ったが、近松はすっかり酔っているようだ。酔っ払いに文句を言ってもしかたあるまい。

（……ったく、しょうがない爺さんやな）

ふと隣を見ると、少将も呆れ顔で、しかしどこか、優しげな顔で、ほろ酔い加減の近松を見ている。

――今日のところは、みんな酔いに流してしまおう。

それがいいと、虎彦もまた、あらたに杯を干した。


――この年の暮れ、十二月十四日。

赤穂浪士たちは江戸本所松坂町《ほんじょまつざかちょう》の吉良邸に討ち入り、見事、仇敵《きゅうてき》吉良上野介の首を討ち取った。

同志の数、四十七名。

主君浅野内匠頭の切腹から一年と九ヶ月のうちに、多くの家臣が脱落、離反するなか、最後まで忠義を貫いた者たちは、後に義士と呼ばれ、世間の喝采《かっさい》を浴びた。

そのなかの一人、浪士のまとめ役でもあった老義士、原惣右衛門。妻と四人の娘、お繁、おくら、お市、お富《とみ》は当時、大坂天満に住まいしていた。

跡取りの養子兵太夫も当初は同志に入っていたが、決行の数ヶ月前、大坂にて出奔したと伝えられている。

裏切り者と仲間にそしられもした若者が、その後どうなったか、知る者はいない。天満に暮らしていた時分に、近松門左衛門と顔を合わせたことがあったかどうかも、伝えられてはいない。

浄瑠璃作者近松門左衛門が、赤穂事件を題材にした浄瑠璃『碁盤太平記《ごばんたいへいき》』を世に出したのは、討ち入りの四年後のこと。

事件を太平記の時代になぞらえ、大石内蔵助《おおいしくらのすけ》を大星由良助《おおぼしゆらのすけ》と変えて描かれた人形浄瑠璃は、公儀の目をはばかる形で、ひっそりと上演された。

大坂竹本座に『仮名手本忠臣蔵《かなでほんちゅうしんぐら》』がかけられて大当たりをとり、仇討ちといえば忠臣蔵と世間が語るようになるのは、さらにその四十二年後。仇討ちからは実に五十年近くが過ぎた、寛延《かんえん》元年のことである。

——元禄《げんろく》十五年夏、このときはまだ、誰も先のことなど知らず、昼でも寂しげな桟敷席の隅に集まって、しみじみと酒を飲んでいるだけであった。

第三章

西鶴の幽霊

1

梅雨が終わると、いよいよ朝顔の季節になる。

毎朝、次々と色鮮やかな花を咲かせる朝顔は、町の者に大人気だ。

紫陽花もよく売れる花だが、朝顔はそれより安価で、金持ちでなくても手が出しやすいため、数が出る。金持ち向けには、大輪のものや、変化《へんか》と呼ばれる珍しい色の鉢を仕入れておけば、高値で売れる。

虎彦のような、一年を通じて花売り稼業の者だけでなく、夏場だけの朝顔売りも多く現れるから、商売仇は多くなるが、客も多いから困ることはない。

ただ、花の性質上、勝負は朝だ。普段よりもさらに早く仕入れに出向き、一日分の鉢を、花の咲いている朝のうちに売り切る。この時季は、昼過ぎにのんびりと花屋に来る客なんぞいないのだ。

日頃は小屋帰りの客を狙って夕方まで商売をしている虎彦も、仕入れ先の百姓親爺の忠告に従って、朝中心の商売に切り替えた。夜明けとともに店開きをし、竹本座で二番狂言が始まるころには、すべての鉢を売り切る。

それで普段の倍近い売り上げが得られるのだから、朝顔様々だ。

昼下がりになると、することもなくなるため、日の高いうちから屋台で飲んでみたり、早々と長屋に帰って明朝に備えて昼寝したり、気ままにのんびりしていたのだが、それも七日ほど続くと飽きた。

「ほなら、たまには木戸をくぐったらどないや」

　そう言ってきたのは、竹本座の札売り小兵衛だ。

「お、タダで入れてくれんのか」

「阿呆。木戸銭くらい払え。竹本座の前で商売しとんのやったら、たまには恩返しせえ」

　恩返しなら、近松門左衛門にこきつかわれることで充分しているつもりだ……と言い返しかけた虎彦だったが、呑み込んだ。

　確かに、近松には恩返ししているが、竹本座そのものには、特に何もしていない。演目を最後まで見たことも、実は片手の指で足りるほど。それも、近松に連れられてのことで、金を払った覚えがない。

　木戸前で商売をしているのだから、竹本座にもたまには、お返しをするべきかもしれない。そのくらいの金や時間の余裕は、今ならある。

「よし、判った。見るわ」

「おお、おおきに。金持ちの旦那はん」

　にこにこと、小兵衛が木の札を差し出してくる。二十四文。

　小屋は桟敷と平土間に分かれ、桟敷の客は芝居茶屋から買った札で入るから、入り口からして違う。土間は札場《ふだば》と呼ばれ、舞台前の値のはる場所でも桟敷の半分以下だ。ただし、半畳と呼ばれる敷物を買わなければ座ることはできず、立ち見になる。半畳代は、さらに五文の追加。

虎彦の相棒、鬼王丸は、いつもならば小屋のなかまで遠慮なしに入るのだが、まだ上演中とあってか、木戸前で立ち止まった。賢い犬なのだ。

「良《え》え子で待っとれよ」

言い聞かせると、わんと元気よく応えた。

今日の演目は、竹本座ではお馴染みの『百日曽我』。

札場に入ったときにはちょうど、曽我兄弟の死を母親に告げる見せ場を、太夫が熱を入れて語っていた。

ただ、客席の反応はにぶい。隣の客とぺちゃくちゃ喋ったり、酒を飲んだり。人の入りが少ないため、平土間で横になって眠っている者までいる始末だ。

「ま、しかたないわな……」

土間の後方に敷物を敷いて腰を下ろしながら、虎彦は肩をすくめた。

『百日曽我』は以前に当たりを取った『団扇曽我』の焼き直しに過ぎないと、すでに町の者にも知られている。評判が良いはずもない。世間では、「うそつきめ　語り直して　なんとか曽我」などという戯《ざ》れ句まで流行っているそうだ。

そういった事情を苦笑まじりに教えてくれたのが、当の近松本人だったところが、また、なんともいえない。

だから他の方法で金を稼ぐしかない、始末処に力を入れるぞ――近松はそんなことまで言い、先だっての事件の後、しばらく京都に帰らず大坂に留まって次の依頼を待っていた。結局、そう都合良く見つからなかったようで、数日後、帰っていったが。

（爺さんも、あれで苦労してんねんな……）

あれこれ考えながら、ぼんやりと人形の動きを見ていた虎彦は、気がつけば、いつのまにか寝入ってしまっていた。

「虎彦。虎彦、いつまで寝てんの」

耳元での大声に、はっと目を覚ますと、すでに舞台には人形の姿はなく、太夫も三味線弾きもいない。

かわりに、客席の後片付けをする下っ端たちが、土間のあちこちにいる。目の前で仁王立ちしているのは、見習いからくり細工師のあさひだ。

「うるさいな……いきなり近くで怒鳴んな、驚くやろ」

「土間で寝てるもんが悪い。みんなじろじろ見てんのに眠り込んで、みっともないなあ、もう」

確かにみっともなかったとは思うが、はっきり言われるとむっとして、虎彦はつい言い返してしまった。

「まわりに人もおらんし、ちょうどええ子守歌が聞こえてくるし、よう眠れたわ」

「そういうこと、冗談でも言わんといて」

軽口に真顔で返され、虎彦は怯んだ。

本気で怒るなよと思いはしたが、考えてみれば、見習いといえど、あさひも竹本座の一員。不入りをからかわれて不快なのは当たり前だ。

「悪い、つい……」

「事実だからな。耳が痛くても、受け止めなければならんよ、一座の者としてはな」

聞き慣れた声が背中でし、虎彦は慌てて振り返った。

「爺さん……」

「先生……」

近松門左衛門だった。

少々、驚いた。前に会ってから、まだ十日ほどしか経っていない。普段は、月に一度程度しか大坂に来ないのだが。

「爺さん、また来たんか」

「うむ。今朝の舟で着いた。久しぶりに自作の浄瑠璃を桟敷で聴いていたら、虎が札場に入ってくるなり舟をこぎ始めたのでな。いつ起きるかと眺めてしまったぞ」

「いや、それは……」

「正直な反応を見られてよかった」

にこにこと笑っているが、目が冷ややかだ。虎彦としては、さすがに気まずい。

「……最近、朝が早うて疲れてたんや。悪い。小屋んなかは暑いしな。なんかこう、ぼうっとなってしもて……」

苦し紛れに言い訳を重ねると、近松はうむと渋い顔になった。

「確かに、この季節には小屋のなかが蒸す。困ってはいるのだ。夏場はどうしても、そのせいで人が減る。京の都座では、水を使ったからくりを入れるなどして工夫しているのだがな……」

「水のからくり、ええやないか。竹本座でも、やらんのか」

人形芝居にからくりはつきもので、客も凝った細工を楽しみにしている。水の仕掛けならば、涼しげでおもしろそうだと虎彦は思ったのだが、

「簡単に言ってくれるな」

近松は苦笑した。

「竹本座は都座とは違う。新しい仕掛けを作る金などない」

「え……そこまで苦しいんか、竹本座」

思わず聞き返してしまったが、近松は答えなかった。

ただ、隣にいたあさひが、悔しそうに唇をかんでいる。――ということは、事実であるらしい。

近頃、当たりが出ていないのは虎彦も知っていたが、かつては大坂名物の筆頭にまであげられた竹本座であるから、それなりにやってはいけるのだろうと気楽に考えていた。

このまま不入りが続けば、ついには潰れてしまう――などということも、ありうるのだろうか。そうなったら、いったいどこで商売をしたらいいのか……。

「先生。水のからくりほど大がかりでなくても、小屋を涼しくする仕掛けはできると思うんやけど……」

あさひが、おずおずと言った。

「ああ、前に亥蔵親方も言っていたな。客をぞっとさせるような幽霊の細工をやりたい、夏に向けて、いい演し物になるはずだ、と」

近松は渋面のまま、あさひの師匠であり、竹本座の細工を一手に仕切っている親方の名をあげた。

「へえ。もとからある人形に、ちょっと手を加えるだけでできる手妻《てづま》からくりやし、お金はそないにかかりまへん。親方の細工やったら、首に仕込んだ引き糸だけで顔を三通りくらいに変えられるし、お客さんを脅かすのにはちょうどええんやないかと……」

「そのためには、幽霊の出てくる筋立てを考えねばならん。仕掛けありきで浄瑠璃を書けと言われてもな」

言い返した近松の口調は、子供の思いつきに対する返事にしては真剣で、虎彦は驚いた。

「す、すんまへん、出すぎたこと、言いました」

あさひも、可哀想なほどに縮み上がって、頭を下げる。

「幽霊話が町で流行っていることは知っているが、流行り物はすぐに飽きられる。私も使ったことはあるが、明け方に咲いて昼にはしぼむ、朝顔のようなものだ。本当に人の心に残るものにはならん」

「……はい」

強張った顔であさひがうなずくと、近松はやや表情をやわらげて続けた。

「それにな。今は、幽霊好きの連中は、こぞって生玉《いくたま》に押しかけている。二番煎《せん》じで似たようなことをしても、人は集まらんだろう。何といっても、向こうで出ている幽霊は、正真正銘の本物。しかも、大坂随一の有名人だった御仁だ」

「有名人の幽霊？　そんなもんが出てんのか？　生玉に？」

虎彦には初耳の話だった。

「おや、虎は知らないか。町中で評判だと思っていたのだが。あさひはどうだ？　知っているか」

「……あの、井原西鶴《いはらさいかく》さんの幽霊のことやったら……知ってます」

「ほう、さすがだ。町の話題に気を配るのは、細工師としても大事なことだよ」

「……はい」

褒められて、あさひの表情に、わずかに笑みが戻る。

「井原西鶴て……誰や？　なんか聞いたことあるような……」

虎彦が首を傾げると、知らんの、とあさひは呆れたように言った。

「あの有名な、浮世草子の作者やんか。浄瑠璃も書いたはるし、俳諧でも仰山本出したはるし。いくら虎彦でも、『好色一代男《こうしよくいちだいおとこ》』くらい、聞いたことあるんと違う？」

「は、草紙なんか読まんわ、邪魔くさい」

そもそも読み書きをまともに習っていないから、読みたくても読めない——とまでは口にしなかった。

「好色なんとか……っちゅう名前からして、やっぱり、裸の絡み絵ばっかりの本か」

「そうではない」

近松が苦笑気味に言った。

「確かに色事の話ではあるが、そればかりではない。世之介《よのすけ》という一人の男の生き方を、男女の営みを通して描いたものだ。二十年も前の作品だが、今も色あせてはおらん。……まあ、女子供の読むものではなかろうが」

「へぇ」

うなずきながら、虎彦がつい、ちらりとあさひを見ると、

「よ、読んだことはあらへんけど、西鶴先生の名前くらいは知ってるもんやろ。うちが読んだんは、他の浄瑠璃の作品で……」

顔を赤らめてうろたえている。えらそうな口をきいていても、まだまだ初《うぶ》な子供だ。

だが、虎彦はふと気になった。近松はともかくとして、あさひや他の竹本座の面々も、みな気が向けば草紙物なんぞを読むのだろうか。読めるのだろうか。そういうものなのか。

虎彦が読めるのは、簡単な店屋の看板程度。竹本座の木戸前に並んでいる、太夫や人形遣いの名を並べた札も、実はほとんど読めない。別にそれで困ったこともないから、気にしてもいなかった。

「で、その好色本で有名な作者先生が、幽霊になって出てきたんか、生玉に」

「生玉宮近くの、五月雨亭《さみだれてい》という料亭だ。西鶴殿がかつて、足繁く通っていた店だそうでな。一月ほど前、生前の西鶴殿と親交の深かった旦那衆が、西鶴殿を偲《しの》ぶ俳諧の催しを開いたところ、その席に突然、火の玉が飛び始めてな。うろたえるみなの目の前に、御本人が化けて出たそうだ」

話を聞いて私も驚いた、などと近松は真面目くさって言う。

「嘘くさい話やな」

虎彦としては、そんな感想しか出てこない。

「しかし、その場にいた旦那衆がみな、確かに見たというのだ。今ではその料亭に、井原西鶴に会いたい者が押しかけている」

「本当かいな」

「西鶴殿の幽霊を目にすることができれば、良いことがあるとまで言われ、五月雨亭は大繁盛だ。あさひも、知っていよう？」

「へ、へえ……知ってます……けど……」

あさひが困ったように言葉を濁《にご》すのを聞いて、虎彦は笑った。

「ほら見い、爺さん。あさひかて、阿呆くさいと思とんねんで」

「そ、そんなことはあらへんよ。でも……近松先生がそこまでご存じやとは思わへんかったから……」

「知らないわけがない。西鶴殿の幽霊に会えたら、商売は上手くいく、惚れた相手とも上手くいく、俳諧は上手くなる、浄瑠璃や三味線の芸事も上手くなる……とまあ、御利益の大盤振る舞いらしい。西鶴殿は多才な御仁だったから、その才にあやかれる、というわけだ」

「なんやそれ。阿呆らしい。どう考えても、その料理屋が宣伝で言いふらしとんのやろ」

虎彦は呆れた。

「一昔前に珍しい犬猫やら唐渡りの鳥やら見せてたんと、同じ手やないか。珍しい生き物見せて客を集めてた店が、生類憐れみの令で軒並み潰されたさかい、新手の商売考えただけやろ」

「まあ、確かに、幽霊は生類ではないからな。見せ物にしても、御法度破りにはならん」

近松は苦笑ぎみに言った後、

「虎は冷静だな。幽霊であれば会ってみたい、あるいは、恐ろしくて近寄りたくない……などと思わんか」

「そもそも西鶴っちゅうおっさんを知らんからなあ。どうでもええわ」

「そうか。――ならば、ちょうどよかった」

なぜか、にやりと笑った後、近松はおもむろに、懐に手を入れた。

取り出したものを見て、虎彦はうっと言葉に詰まる。矢絣の財布。

「依頼が来たのだ。幽霊退治だよ。浮き世に迷い出た井原西鶴の幽霊に、なんとか冥土《めいど》に戻っていただきたいのだそうだ。虎彦が幽霊が苦手でなくてよかった」

「え――」

あさひが目を丸くして近松を見る。

「近松先生、それ、本当に――」

虎彦も、絶句し、目を瞬いた。

「爺さん、本気で……」

「本当の本当に、引き受けはったんですか、先生」

あさひのほうが驚きが大きかったようで、近松に詰め寄らんばかりにしてさらに言ったが、そこで奥から怒鳴り声がした。

「あさひ、何してる！　どこで油売っとんのや！　とっとと片付けえ！」

亥蔵親方の声だった。

「へ、へえ、すんまへん……」

あさひは慌てて踵を返し、声のしたほうへと駆けていく。が、まだ気にしているのか、何度か近松を振り返っていた。

「おお、親方はご機嫌斜めのようだな。まあ、小屋がこのざまでは上機嫌というわけにもいかなかろうが。――せめて我々は他の稼ぎで景気よくやりたいものだ。なあ、虎や」

近松はあさひの後ろ姿に肩をすくめた後、虎彦に向き直り、にやっと笑って言った。

2

依頼主との顔合わせは、渦中の五月雨亭で行うという。

少将とは店で落ち合うそうで、虎彦と鬼王丸が、近松のお供である。

もしや依頼主は五月雨亭の主人なのかと、生玉へ向かう道すがら虎彦が問うと、

「いや。五月雨亭の主人治五郎《じごろう》殿は私も顔見知りだが、どんな事情でも店が繁盛すれば万々歳という御仁だ。西鶴殿の幽霊に感謝こそすれ、追い払いたいなどとはつゆほども思っておらんだろう」

「ほなら、いったい誰が……」

「堺《さかい》の材木問屋の主人でな。生前の西鶴殿とも交流があった御仁だ」

「友人の幽霊を退治してほしい、っちゅうわけか。……理由は？」

「そこはまあ……幽霊が嫌いなのかもしれんな」

近松もまだ、詳しくは知らないようだった。

「なあ、ひとつ、訊いてええか」

店に着く前にこれだけはと、虎彦は切り出した。

「うん？　なんだ、虎」

「爺さん、本気で信じてんのか。その五月雨亭に出てんのが、本当もんの幽霊や、て」

「……おや、どうしたのだ、えらく真剣な顔だな。よもや、やはり怖くなったなど

とは言うまいな」

近松は、問いには答えず、からかうような口調で言った。

「阿呆か。ただ、爺さんがそんなもん信じてんのが、似合わんと思ただけや」

幽霊話なんぞを真に受けて、喜んだり怖がったりして騒ぎ立てるのは、流行り物に喜んで飛びつく、浮かれた連中だけだと思っていた。近松のように物知りで頭も良い男が、本気で信じているなど、どうにもしっくりこない。

「まあ、西鶴殿がからむとなると……」

つぶやくように言い、近松は言葉を切った。

しばらく黙って続きを待ったが、それ以上、近松は何も言わなかった。

生玉宮のまわりは、市中でも有数の盛り場だ。

大きな寺や神社があれば、まわりには自然に人が集まるもので、日が傾く時分からはことに混み合う。

話題になっているだけあって、五月雨亭のまわりには、屋台まで出ていた。幽霊を描いた摺《す》り物を売る者や、絵草紙売りもうろついているのが珍しい。

近松は当然、無視して行くのだろうと思ったが、近づいてきた絵草紙売りの手にした品をちらりと見ると、

「もらおう」

二冊ばかり薄い絵草紙を買った。

再び歩き出しながら、ぱらぱらと中身を眺めたところで、近松は足を止めた。中

身が気になったのか、眉をひそめて数丁、読み進めた後、小さくため息をつく。

どうしたのかと見ていた虎彦に、

「虎も見るか？」

一冊、差し出してきたから、虎彦は手に取った。お堅い書物とは違い、往来売りの草紙物は、半分くらいが絵だから、文字が読めなくても見る意味はある。特に、盛り場で売るようなものは、男女の絡みを描いた絵が多く、判りやすい。

「これも、その西鶴っちゅうおっさんの書いたもんか。絵ばっかりやけど」

売り手の口上を思い出し、見開きの絡み絵を眺めながら訊ねると、近松は眉間の皺を深くした。

「偽物だ。西鶴殿は、こんなくだらんものは書かんよ。ばかばかしい。九年前に西鶴殿が亡くなられた後、当然のことだが、新しく出るのは偽物ばかり。井原西鶴と表紙に書くだけで、中身のない読み物がいくらでも売れるのだから、売る側としては止められんのだろうが」

仏頂面のまま、近松は五月雨亭の門をくぐる。

まだ辺りは明るいが、すでに三味線の音が流れ、賑やかに騒ぐ客の声があちこちから聞こえてくる。

近松が名を告げると、すぐに奥へと通された。犬は遠慮してくれと言われ、鬼王丸は庭木戸の前で待たせておく。

中庭を囲む形で座敷が並び、ほとんどの部屋がすでに埋まっているようだ。

案内されたのは、いちばん奥の座敷。

なかに入ると、すでに男が一人、濡れ縁に立って庭を眺めていた。白髪交じりだが、恰幅の良い体つきに色つやの良い横顔、手にした継煙管《つぎギセル》も腰の根付も一目で判る上物で、いかにも羽振りの良さそうな旦那である。歳は近松より少し若いくらいか。

やけに苦々しい表情をしているのが虎彦は気になったが、

「おお、これは近松さん。よう来てくれはった」

振り返ったとたん、男は喜色を顔中にあふれさせ、大股で歩み寄ってきた。

「昔のまんまやなあ、近松さん。懐かしい」

「お久しぶりです、市太郎《いちたろう》殿。いや、今はお父上の跡を継いで、鶴屋市右衛門《つるやいちえもん》殿でしたな。このたびは、ご依頼、ありがとうございます」

「いやいや、そないに堅苦しい挨拶は抜きにしまひょ。昔馴染みやないか。……ああ、それとも、天下の近松門左衛門大先生相手に、昔と同じではあきまへんか」

「何をおっしゃる。市右衛門殿こそ、今では、堺で名だたる大店《おおだな》のご主人。まさか、こんなふうにお会いできるとは思っておりませんでしたよ」

和やかに再会を喜び合う二人に、虎彦は驚いた。

どうやら旧知の間柄らしいが、ここに来るまで、近松は一切、そんな話を出さなかったのだ。

昔と変わらないだの、いやいやすっかり老け込んでしまっただの、懐かしそうに会話に興じる近松は、虎彦には珍しかった。

二人が盛り上がっている間に少将も姿を見せたが、虎彦と同様に、意外そうな顔をしている。

「鶴屋市右衛門と申します。お初にお目にかかります」

座に着いた後、虎彦と少将を近松が紹介すると、依頼人も改めて名乗り、頭を下げた。

「近松さんとは、昔馴染みでしてなあ。西鶴さんと三人で会うたこともあります。懐かしい」

「……もうずいぶんと昔の話ですな」

「そやなあ、十数年も前になってしまいましたわ。私はまだ三十路になったばかり。近松さんと西鶴さんはちょうど、それぞれ一座の運命を背負うての真っ向勝負の最中。江戸にまでその名を知られた大坂の竹本座と、それを潰そうと京都から道頓堀に乗り込んできた宇治座《うじざ》。宇治座は西鶴さんの新作。竹本座は近松さんの新作。どっちが人気を取るか、そらもう、大坂中が盛り上がったもんやった」

「へえ、そんなことが……」

思わず、つぶやいた虎彦には、むろん初耳の話だ。

「おや、お若い方はもう知らんのか。時の流れは速いもんでんな。竹本座のお方でもあれを知らんとは……そら、年もとるもんや」

別に竹本座の者ではないのだが、面倒だから、虎彦は訂正せずに放っておく。少将も同じ考えらしく、黙って聞いている。

市右衛門は目を細め、夢でも見ているような顔で続けた。

「あのころの竹本座は本当に熱かった。意気揚々と乗り込んできた京都の宇治座も、竹本座の勢いの前では形無しでな。……いや、正直なところ、前評判は宇治座のほうが上やった。なんというても、あの『好色一代男』の西鶴さんや。言うたら悪いけども、まだ駆け出しの近松さんでは太刀打ちでけんと、みぃんな思た。けど、幕が開いてみれば、近松さんの勝ち。つまりは、近松さんを選んだ竹本座の勝ちっちゅうわけや。……もちろん、私は最初っから判ってましたで。近松さんの才能は本物や、近松さんと天下の竹本義太夫《ぎだゆう》が組んだら、怖いもんなしや。宇治座の加賀掾《かがのじょう》なんぞ目やない……いやもう、本当にあれは、忘れられん大勝負やったなあ」

そうでっしゃろ、近松先生、と市右衛門は近松をおだてる。

「いやいや、市右衛門殿。大袈裟なことを言われては困ります。だいぶ、記憶違いをされているようだ。あのときの出来事は、そんな華やかなものではなかった」

「何を、ご謙遜《けんそん》を。近松さんに西鶴さん。才に恵まれたお二方と友達づきあいさせてもろて、あのころの私は本当に幸せでしたわ。……身軽な近松さんとは違《ちご》て、私は親の店を継いで切り盛りしていかんならん身。浄瑠璃の世界にどれほど憧れたところで、思い切って身を投じることはできなんだけど、竹本座にいちばん熱があったあのころ、道頓堀で過ごしたことは、忘れられまへん」

「そうでしたな。市右衛門殿が浄瑠璃作者の夢をすっぱり諦めて堺に帰ると決められたときは、竹本座の者たちも、惜しいことよと嘆いたものです」

「おやおや、これは世辞でも嬉しいことを言うてくれはるもんや。さすが、天才作者さまは口がうまい」

店の者が酒肴《しゅこう》の膳を運んでくると、市右衛門は機嫌良く近松に酒を勧めた。

「久しぶりの再会を祝《いお》うて、今夜はおたがい遠慮せんと……」

「いや、市右衛門殿」

一杯目の酒はにこやかに干した近松だったが、そこで口調を改め、杯を膳に置くと、懐から例の矢絣の財布を取り出した。

「今宵《こよい》、ここに来たのは、これのためです。その話をしませんと。まずは、どなたの紹介で我が始末処をお知りになったのか、教えていただけませんかな」

「……ああ、そやな。ほな、まあ……」

一瞬、市右衛門は鼻白んだが、すぐに表情を改め、うなずいた。

「近松さんの始末処のこと、耳に挟んだんはもちろん、道頓堀で、ですわ。……これでも道頓堀には昔の知り合いがまだ、いくらかは残ってます。なんで近松さんともあろうお人が、そんな妙な商売始めはったんかと驚きはしましたが……ちょうどええとも思いました。近松さん。あんたに、この店に出るっちゅう西鶴さんの幽霊を、退治してもらいたい」

どうかお願いしますと一度、頭を下げた後、真剣な面持ちで市右衛門は続けた。

「近松さんもお察しやろ。この幽霊騒ぎは、西鶴さんの名前を使た、小汚い商売にすぎまへん。私は許せまへんのや。西鶴さんを偽物の幽霊騒ぎで貶める、こんなやり方が」

「偽物……でしょうかな」

「当たり前ですわ」

市右衛門の語気が荒くなった。

「万が一、本物の西鶴さんやとしたら、こんな阿呆らしい騒ぎを放っておかはるはずがない。近松さんも見たでしょう。店の外の連中が、恥ずかしげもなく売りさばいてる、西鶴さんの名前をつけた偽物の草紙。なかには、西鶴さんの浄瑠璃やっちゅうもんまである。阿呆かいな。西鶴さんの書いた浄瑠璃は、ほんの数作だけ。今さら新しいもんが出てくるわけがあらへんのに」

「……確かに、少々やりすぎのようですな」

「少々？　少々っちゅうもんでっか、あれが？」

市右衛門は声を荒らげた。

「本屋連中は、酷いもんや。本物の西鶴さんの本を出してる本屋まで、偽物商売に手を出しとる。いや、むしろ、中心になってやってますわ。そもそも、私は九年前から、あの連中のことは信用してまへん。西鶴さんが亡くならはった途端、遺作や遺稿や置き土産やと似たような名前をつけて、本当に西鶴さんの書いたもんかどうかも判らん本を売りまくった。西鶴さんの弟子が預かってた原稿やっちゅう触れ込みやったけども、ほとんどが偽物や。人の死まで商売にすんのかと、良識のあるもんはみな呆れてました。近松さんも、覚えてまっしゃろ」

「ええ、まあ」

近松は苦笑ぎみにうなずく。

それから、二杯目の杯を口に運びながら言った。

「しかし、西鶴殿は、そういうお祭り騒ぎさえも、おもしろがるような御仁だった」

「何を阿呆なことを。本気で言うたはんのか」

市右衛門は気色ばんだ。

「西鶴さんは自分の作品には格別の思い入れを持ったはったやないか。一つ一つ、魂を込めて書くお人やった。似たような話を、外題だけ付けかえて売るような真似《ま》似《ね》、何よりも嫌う御仁やった。浄瑠璃かてそうでしたやろ。命を削るように書かはった。近松さんともよう話をしたはったな、浄瑠璃のこと。それとも、今の近松さんには判らんのやろか。新しいの作んのを怖がって、昔当たった作品の焼き直しの、似たようなもんばっかり作って荒稼ぎするようになった、今の近松さんには」

近松が小さく息を呑んだのが、虎彦には判った。

市右衛門のほうも、言いすぎたと気づいたのか、すぐに気まずげに口を閉ざす。

沈黙が流れた。

市右衛門は二杯、三杯と酒をあおり、近松は箸《はし》も杯も取らず動かない。

困惑した虎彦は、助けを求めて少将を見たが、渋い顔をしているだけで、場を取りなしてはくれなかった。

「……ともかく、近松さんに自分の目で見てもらいたいんや、あの幽霊騒ぎを」

長い沈黙の後、市右衛門はつぶやくように言った。

「あのころを道頓堀で過ごした者として、知らん顔はできん。そう思て頼みに来ましたんや。近松さんにも思い出してもらいたいんや。あのころのことを」

3

その日から、毎晩、虎彦と少将は、五月雨亭に出向いている。

すでに六日目だ。

「いつまで続ける気や、この茶番。阿呆らしゅうてしかたない」

「まあ、そう言うな、虎御前。のんびり酒肴を楽しめばいいじゃないか。いずれ、本物の幽霊にも会えるかもしれない」

虎彦の愚痴を、少将は笑って聞き流した。

毎日、座敷を一部屋借りて、いつ出るともしれない幽霊を待つ。それが、今のところ、二人に与えられた仕事だ。

「まずは幽霊をその目で見てもらわんと始まらん」

と、依頼人が言ったからだ。

幽霊は、数日に一度、中庭のどこかに現れるらしい。

どの座敷の前に出るかは判らない。借りた座敷によっては、まったく見えないこともある。二階の座敷からならば、庭全体を見下ろすことはできるが、幽霊が出たときに間近で見ることができないから、人気があるのは一階の座敷だ。

——という説明を受け、

「なんや、それ。見せ物か」

虎彦はますます呆れたのだが、依頼人は大真面目で、「幽霊の見えやすそうな座敷を借りておいた」と言い、それはありがたいと近松もうなずいた。

ただで座敷を貸してくれるわけもないから、必然的に、飲み食いはすることになる。その経費は依頼人が出すそうなので、金銭面での心配はいらない。

依頼人自身も都合が合えば顔を見せる予定だそうだが、商用が忙しく、難しいだろうとのことだった。

「十日ほど日本橋の定宿に泊まるつもりやけど、なんせ、あれこれと商いの相手に会わんならんさかい」

幽霊退治は始末処の者にお任せ——というわけだ。

むろん、仕事として引き受けるのだから、始末処として、その点に不満はない。

花売りの虎彦と、見た目は若様風の少将、それに、かの有名な近松門左衛門という組み合わせは、どうにもちぐはぐすぎるため、仲居の女たちには妙な顔で見られたが、そこは近松が話をつけた。

近松が次に描く浄瑠璃のための取材であり、少将はまだ無名だが京都の小屋に出ている芝居役者。幽霊の実物を見れば芝居の勉強になるから、ここに通わせている。

ただし、内密ですすめていることなので、他言無用。虎彦は竹本座の使い走り。幽霊が出たときに近松に知らせる役目。

さすがに虎彦は、役者では通せなかったらしい。まあ、当然だ。

近松も、初めは時間があるときだけ行くと言っていたのだが、やはり気になっているのか、今のところ、毎晩、顔を見せていた。

ただ、さすが近松門左衛門というべきか、「あの近松さんが来てるらしい」と聞きつけた旦那衆が、こぞって自らの座敷に招きたがる。

なにせ、井原西鶴目当てで来ている旦那衆であるから、その西鶴と競いあった近松にも興味津々で、当時のことなどをしきりに聞きたがるのだ。

近松自身、初めはそれなりに相手をしていたが、三日が過ぎたあたりで、「煩《わずら》わしい」と言い出した。

「あちらこちらの座敷を梯子して、売れっ子の太夫でもあるまいし」

うんざりした様子で、四日目からはひっそりと、人気《ひとけ》のない二階の隅の座敷を借りて籠もりはじめた。

幽霊が出た場合のみ顔を出す、それ以外の時間は誰にも会わずに次作の構想を練る——などと、珍しく作者先生らしいことを言っている。

そうとは知らない常連たちは、今日も虎彦たちのいる座敷に、近松目当てにたびたび現れる。そのたびに少将が、「来る予定はない」と追い払うのだが、懲《こ》りもせずに何度も、「まだ来たはらへんか」とやってくる。

なかには座敷に居座ろうとする酔っ払いもおり、虎彦もだんだん面倒くさくなってきた。

みな悪い連中ではないのだろうが、虎彦はもとから、この手の浮かれた旦那衆に慣れていない。辺りに流れる賑やかな座敷の音曲でさえ、続けて聴いているとうんざりしてくる。貧乏育ちの身には、毎日が宴というのは落ち着かないものなのだ。こんなことを続けるよりは、朝顔売りに集中したい。

「……なあ、これ、別におれが毎晩来んでもええんと違うか。そもそも、幽霊が本物かどうかなんぞ、おれには見分けられんぞ。生きてたときの西鶴っちゅうおっさんを知らんねんから。意味あらへんやろ」

そんなことを言って逃げようともしてみたのだが、あっさりと少将に却下された。

「だめだ。始末処の仕事なのだから、虎御前も必ず来てくれ。必ずだ。鬼王丸も一緒に来て欲しい。奥までは入れずとも、近くにいるだけでいい。きっと役に立つ」

妙に力を込めて言われたものだから、

「そんなに一人で飲むのが嫌か。もしかして、幽霊が怖いか」

からかってみれば、真顔で答えが返ってきた。

「そうだな。幽霊は怖い。爺やをとり殺すかもしれない」

「は？　何を言うて……」

「だから、必ず毎晩、来てくれ。できれば、酒はあまり飲まないでくれ。虎御前はさほど、酒が強くないから、幽霊が出たとき動けないようでは困る」

強い口調で念を押されて、虎彦は困惑した。

近松といい、少将といい、本気で幽霊を信じているのだろうか。

虎彦自身は、幽霊よりも厄介なやくざ者と関わって生きてきたから、いるかいないか判らないようなものを怖がる気持ちが判らない。生きている悪党のほうが、よっぽど厄介だと思う。

「幽霊の芝居やら絵草紙やら、日頃から仰山、見て暮らしてると、真に受けるようになるもんか？　……おれにはよう判らんわ」

竹本座でも、始末処の面々が毎晩、幽霊見物に出かけているのは知られているようで、おもしろおかしく噂されているようだ。

昨日など、わざわざあさひが木戸前まで出てきて、花売りに忙しい虎彦に声をかけてきた。

「なあ虎彦……近松先生、本当に毎晩、五月雨亭に幽霊見に行ってんの？　虎彦も少将さんも一緒に？」

「まあな。幽霊にはなかなか会えんけどな」

「二人とも、ずっと近松先生と一緒なん？」

「ああ、まあな」

「ふうん……あの、先生は、幽霊に会えるまでずっと行かはんのかな。幽霊のこと……本気にしたはるんかな」

「……なんや、お前、幽霊のからくり、まだ諦めてへんのか」

あさひが幽霊話を気にする理由といえばそれに違いないと思い、訊ねてみれば、曖昧に口ごもってごまかす。

しかし、おそらく本心では、この機に近松が幽霊話に興味を持つことを期待しているに違いない。

「爺さん、昨日から酒も控えて二階の隅でこっそり書き物しとるみたいやし、騒ぎに乗せられて幽霊話、書く気になるかもしれんぞ」

調子のいいことを口にしてみた虎彦だったが、

「へえ……二階で書き物……」

あさひは小さくぽつりとつぶやいただけで、また小屋へと戻っていってしまった。

「……なんや、あいつ、しけた顔して……」

どうも、近頃のあさひは、いつものような明るさがない。見習いなりに、小屋の入りの悪さに本気で頭を悩ませているのか、あるいは、近頃どうにも機嫌のむらが激しいらしい亥蔵親方に、また怒鳴られでもしたのか……。

「爺やにとっては、今回のことは特別なのだ。それだけ忘れられない因縁の相手なのだよ」

虎彦のぼやきを聞き流していた少将が、そこで、独り言のようにつぶやいた。

「あの依頼人が、か？　昔馴染みに嫌み言いに来ただけのおっさん違うんかい。依頼はともかく、わざと爺さんを怒らすようなこと言うて……。そもそも、浄瑠璃作者になりたかったのになれんかった奴と、有名になった作者様。今さら会うて、互いに楽しいことがあるとも思えん」

「……まあ、確かにそうなのだが」

少将は優雅な手つきで、杯を口に運ぶ。自分自身はまったく節酒する気がないようだ。酔った姿を見たことがないほど、酒に強い男ではあるのだが、こっちは飲まずに我慢しているのだから、お前も遠慮しろと思わないでもない。

「残念ながら、爺やの因縁の相手は、あの依頼人ではないよ。井原西鶴だ。……というよりも、十七年前の一連の出来事だ。依頼人も言っていたが、爺やと井原西鶴が争ったころの竹本座は、今とはまるで違った。熱があって、人を動かす力があった。爺やも忘れられないだろう」

「……お前、そのころから知ってんのか、近松の爺さんのこと」

たぶんいつものようにごまかされるのだろうと思いつつ訊いてみると、意外にも、素直に答えが返ってきた。

「爺やとは、まだ爺やが浄瑠璃を書き始める前から知り合いだ。あのときも、一度だけ、竹本座に見に行った。お忍びでな」

「へえ……」

珍しいこともあるものだと少将の横顔に目をやれば、懐かしそうに目を細めている。

お忍び――などという言葉を使うからには、やはり、それなりの家の若様だったのだろうか。

浄瑠璃作者になる前の近松は、武家育ちだが親が浪人し、故郷を離れざるをえなかったため、一家で京に出て、公家の屋敷に仕えながら暮らした――という遍歴だったはずだ。

少将とは、武家だったころに出会ったのか、あるいは公家奉公の最中か。

「お前、そのころは……」

「だから、十七年前のことを、それなりには知っている。市右衛門の言葉が事実でないことも、よく知っている」

虎彦の言葉をさえぎるように、少将は言った。

「あのときの勝負は、決して爺やの勝ちではなかった。西鶴の作と爺やの作、勝負は五分だった。どちらのほうが入りが良いというものではなかった」

「……そういや、爺さんも自分でそう言うてたな」

あれは謙遜ではなかったらしい。

「ただ、結果として、宇治座は大坂から引き揚げざるをえなくなり、竹本座は残った。ゆえに竹本座、つまりは爺やが勝ったと記憶している者は多いかもしれない。爺やにとってはそれもまた、気に掛かることなのだろう。……なぜ、宇治座が大坂から引き揚げたか、虎御前は知っているか？」

「いや」

知らん、興味もない――と、虎彦は素っ気なく言ったのだが、少将は勝手に続けた。

「小屋が火事で焼けたのだ」

「火事……」

「そうだ。宇治座は小屋も舞台も人形もすべて失い、大坂でやり直すことを諦めた。あの火事がなかったら、宇治座はどうなっていたか判らないし、その場合、その後の竹本座の運命も変わっていただろう」

「ふうん……運が悪かったんやな」

火事は、大坂のような大きな町で暮らしていれば、無縁ではいられない災厄だ。そういえば、つい最近も、どこかでそんな話を聞いた。

「確か、昔、竹本座におった人形細工師も、火事で死んだんと違たか？　えらい腕のええ職人で、近松の爺さんとも親しかったとか。その後で入ったのが、その弟子やった亥蔵親方やそうやけど……」

そこまで言って、虎彦は続きを呑み込んだ。

札売りの小兵衛が、数日前、虎彦にいきなりそんな話をした理由を思い出したからだ。

あの亥蔵親方が、どうやら竹本座を離れようとしていると、噂になっているらしいのだ。

理由は単純で、不入りの続く竹本座では、まともな給金を期待できないから、だ。前からたびたびささやかれていた噂ではあるのだが、これまでは、亥蔵親方に限って……と一座の者はたかをくっていた。

だが、今度こそ親方は本気かもしれない。

というのも、十日ほど前、市中のある料亭で、亥蔵親方を見かけた者がおり、親方と一緒にいたのがなんと、江戸で有名なからくり細工の親方。大名屋敷にまで出入りしている有名な親方で、どうやら亥蔵の評判を聞き、引き抜きに来たらしいのだ。

同じ細工師といっても亥蔵の得意は浄瑠璃に合わせて動かす人形で、畑違いではあるのだが、何せ、大名からも声がかかる仕事となれば、出世には違いない。こっそり立ち聞きしたところ、すでに報酬の交渉など話はかなり具体的になっており、亥蔵も前向きに考えているようだとのこと。

噂は密かに、しかし、あっというまに小屋中に広まり、竹本座の座元や一座の面々は、戦々恐々としている。

このところの亥蔵親方が機嫌のむらが激しかったこともあいまって、あれは相当、本気で悩んでるはずや、いよいよ竹本座は見捨てられるかもしらん——などと、小兵衛もかなり本気で案じているようだった。

虎彦も、さすがに不安を覚え始めてはいた。

亥蔵親方が一座を支える大事な職人であることは、虎彦でも知っている。他にも細工師はいるが、見習いのあさひは論外としても、みなまだ若く、亥蔵の代わりができるほどの腕はない。

竹本座は本当に、もう先がないのだろうか。

あさひが近頃、元気がないのも、親方の去就が気になるからかもしれない。

もしも竹本座がなくなったなら、一座のみなはどこへ行くのだろう。近松万始末処も終わるのか……。

「その昔の人形細工師が死んだのが、宇治座の火事だよ」

少将が言った。

「……は？」

「竹本座のお抱え細工師だった男が、なぜかその日、宇治座の舞台裏にいた。自ら手がけた人形も、持っていたそうだ。そして、人形ごと火事に巻き込まれて死んだ。そうと判ったときには、竹本座の者たちもかなり驚いたそうだ」

「……つまり、どういうこっちゃ」

「竹本座を裏切って商売敵のところに出入りしていたことが、火事のせいでばれてしまった――ということだよ。芝居小屋どうしの引き抜きや、役者や作者の節操のない売り込みは、浄瑠璃でも歌舞伎でも珍しくはない話だが、真正面から競い合っている相手のところに行くのはさすがに滅多にないことだと、道頓堀中で噂になったらしい」

「へえ……やくざ者ならようある話やけど、浄瑠璃の世界も似たようなもんか」

虎彦は肩をすくめた。

一座の内幕など今までほとんど興味はなかったのだが、知ってみれば、なかなか大変そうだ。

そもそも、近松がこだわっている十七年前の勝負というのも、元は宇治座の太夫加賀掾の下にいた竹本義太夫が、離反して竹本座を立ち上げ、それに加賀掾が怒ったことがきっかけだったという。

あれはまあ、竹本座も悪うてな――と教えてくれたのも、やはり小兵衛だ。

竹本義太夫が、道頓堀での初めての演目として選んだのが、よりにもよって近松門左衛門の『世継曽我』。

実はこれが、もともと近松が、加賀掾のために書いた作品。

それを義太夫が演じ、本家以上の評判をとってしまったものだから、加賀掾の怒りは燃え上がり、近松もろとも竹本座を踏みつぶしてくれようと、道頓堀に乗り込んできた――ということらしい。

自身の作品が深く関わった因縁だから、近松は当時を格別に懐かしむのかもしれなかった。

「火事で死んだ細工師辰吉《たつきち》には、太吉《たきち》という、まだ幼い息子がいた」

少将が、手酌で杯を満たしながら、つぶやくように続けた。

「父親を亡くして貧しい暮らしをしていたが、辰吉の知人の世話になりながら成長し、父の後を継いでからくり細工を始めた。……といっても、辰吉の死に際の揉め事のせいで、道頓堀には近づきづらい。難波の見せ物小屋に雇われ、細工を見せて稼いでいた。なかなかの腕前を持っていたようだ」

いったい何の話を始めたのかと、虎彦は少将を見る。

「しかし、あの生類憐れみの令が、世の中を変え始めた。太吉のいた見せ物小屋では、からくり細工のほかに、珍しい鳥なども見せていたため、公儀に目をつけられた。大坂は江戸ほど取り締まりが厳しくないから、しばらくは役人に付け届けなどしてごまかしていたようだが、数年前にとうとう、潰されてしまった。太吉は仕事を失い、食うや食わずの暮らしになった。そのうちに、自分ほどの腕を持ちながら、からくり細工の本場である道頓堀で仕事が持てないことを、恨むようになったという。恨む相手は、過去の因縁を作った竹本座だ。なかでも、そもそもの諍《いさか》いのもとを作った竹本義太夫と近松門左衛門は憎くてしかたがない。実に勝手な逆恨みだがな。……その太吉が、今どこで何を作っているのかは判らない。ただ、見せ物小屋で得意としていたのは、父親と同じく、幽霊のからくり。火の玉が飛ぶなか、暗がりから現れる乱れ髪の幽霊は、幾度も表情を変える精巧な作りで、見る者を震え上がらせたそうだよ」

「……待てや、それ」

虎彦は慌てた。

「まさか、お前、今の話、ここの幽霊騒ぎと……」

「出たーっ！」

虎彦の言葉を、素《す》っ頓狂《とんきよう》な叫びがさえぎった。

と同時に、あちこちの座敷から、人が飛び出してくる。

「出たか、どっちや」

「あっちの部屋らしい。石灯籠《いしどうろう》の前あたり。ほれ、火の玉が飛んどる」

濡れ縁で、庭のある方向を指差し、わいわいと騒ぎ出す。

みな、自分の借りた座敷を離れ、騒ぎの中心となっている座敷へと、集まり始めた。

「おい、どないする」

虎彦は少将に訊いた。

どうやら、今日の幽霊は、今いる座敷からでは見えない場所に出てきたようだ。

「むろん、見に行くしかなかろうな」

少将は杯を干してから、おもむろに立ち上がる。

虎彦にはもちろん、異議はない。

二階の座敷にこもっている近松も、すぐに騒ぎに気づいて出てくるだろう。

4

幽霊の出た部屋の近くは、すでに廊下まで人が鈴なりで、とても近づけるものではなかった。

かといって、せっかく出たものを諦めるわけにもいかない。六日も待っていたのだ。虎彦としても、このへんでなんとか仕事を先に進めたい。

無理やり、割り込むしかないかと思ったところで、少将が言った。

「ここからなら、なんとかなるか」

視線の先にあるのは、濡れ縁だ。

「縁の下にもぐっていけば……」

「いや、無理やろ、お前のその図体では」

そう言った後、少将の表情を見て、しまったと虎彦は後悔した。

が、こうなればしかたがない。

「……おれなら、なんとか」

諦めて、そうつけたした。

「そうか、すまないな」

さらりと返されて、お前、初めからそのつもりだっただろうと、少将を睨みつける。

少将はまったく怯まず、頼むとうなずいて差し出したのは、濡れ縁に立てかけてあった、虎彦愛用の天秤棒だ。ただの棒に見えて、実はあさひ特製の仕掛けも施してある、頼りになる得物だ。

念のためにと持ってきていたものではあるが、ここで手渡されても困る。

「いや、邪魔やろ、床下では」

「万一ということもある」

「そやかて、幽霊相手に……」

言いかけて、思い出す。さっきの少将の話。近松を恨んでいるという細工師のこと。

「おい、一応訊いとく。お前の見立てでは、この騒ぎ、裏に何か……」

「今のところは、はっきり言えることは他には何もない。……虎御前、今は話し込んでいる時間はない。まずは幽霊の現物を確かめるべきだ。くれぐれも警戒は怠らずにな」

「……判った」

あれこれ話し込んでいる間に、幽霊が消えてしまっても困る。

ほな行ってくる、と虎彦はうなずき、天秤棒を手に、縁の下にもぐり込む。

四つん這いで進み始めたところで、ふと気になり、後戻りすると、縁側から顔だけあげて訊ねた。

「おい、お前はどこへ行く気や」

少将が座敷を出て、中庭とは逆のほうへ行こうとしたためだ。

「むろん、二階にいる爺やの護衛だ」

短く言い置いて、少将はさっさと廊下へ出ていく。

「護衛て……」

そんなものが必要な事態なのか？

困惑しながらも、虎彦は縁の下に再びもぐった。

あれこれ考えるのは後回しにし、虎彦は騒ぎのほうへと這っていく。

頭の上はわいわいと賑やかだが、さすがに縁の下には誰もいない。思った以上に動きやすく、虎彦はあっというまに、騒ぎの中心あたりにたどりついた。

不思議なのは、濡れ縁に鈴なりになっているであろう見物人たちのなかに、庭に降りてくる者が誰もいないことだ。みな、お行儀良く、縁側から眺めているらしい。

縁の下の虎彦の視界を遮るのは、縁側に腰掛けた者の足だけ。それも、さほど多くはないから、ほぼ庭全体が見渡せる。

木や石灯籠の合間には、いくつもの火の玉がふわりふわりと揺らめいていた。

昔、見せ物小屋で幽霊からくりを見たことがあるが、そのときに見た火の玉は、釣り竿の先にぶら下がっているだけのつまらない細工だった。

それにくらべ、目の前の火の玉は、本当に浮かんでいるように見える。思わずぞくりと身震いしてしまい、虎彦は慌てて頭を一振りした。

（いやいや、こんな火の玉くらい、金掛けて作った細工なら、簡単にできる……やろ）

縁側は、火の玉の浮かぶあたりで鉤形《かぎがた》に曲がり奥へと続いているから、虎彦の場所からは、そちらの縁側に集まった者たちの様子がうかがえる。

ということは、虎彦の姿も見えるということだから、あまり身を乗り出さないように注意した。

（肝心の幽霊がおらんな……）

頭を低くし、庭の隅々まで見ようとしたところで、ひときわ大きく客がざわめいた。

「でた、西鶴さんや」

「おお……本当にそっくりや……」

石灯籠の陰に、ぼんやりと浮かび上がった顔に、虎彦もそこで気づく。

一瞬、息を呑んだ。

頭は僧形、目を閉じて口を結んだ、青白い顔の男。白装束を着ているようだが、胸元あたりに火の玉が浮かび、下半身は暗がりになっていてよく見えない。

ゆうらり、ゆうらりと、暗がりに揺れている。

虎彦の二の腕に、ぞわぞわと鳥肌が立った。これは確かに、本物の幽霊だと信じてしまいそうな不気味さがある。

一方で、実に美しくもあった。火の玉の輝きと、石灯籠の影。その明暗もあいまって、不思議な優美さがあるのだ。

――と、幽霊の胸元で、火の玉がふわりと動いた。

みなの目がそちらに向いた一瞬に、幽霊の顔は一変した。

かっと目を見開き、何かを叫んでいるかのように大口をあけ、仁王のようにも見える、鬼気迫る表情だ。

うっと虎彦は息を呑み、頭上の見物人たちもどよめいた。悲鳴があがる。幽霊が、見物人たちに近づこうとするかのように、ゆらりと大きく揺れたからだ。

だが、石灯籠の陰から出てくることはなく、二、三度、揺らめいただけ。

ふうと安堵の息がもれるなか、感心したような声も聞こえた。

「よう似とんなあ……先生、怒るとあんなふうにおっかない顔してたわ」

「せやせや。あの顔や」

懐かしいわ、と声が行き交うなか、さらにまた火の玉が動き、再び表情が変わった。

今度は目を細め、にこにこと笑うえびす顔だ。再び起きる、どよめき。

「ああ、仏さんの顔や……」

やけにしんみりした声が聞こえた。

「西鶴さん、逝《い》くのが早すぎた……新しいのんがまた読めたらなあ」

「今日は西鶴さんも一緒に飲も」

次第に場の空気は和やかになっていく。

虎彦も雰囲気に呑まれ、ただじっと、その幽霊を見つめた。笑顔になった幽霊は、そのままふわふわと揺れ続け、少し角度が変わるたびに微妙に表情が違って見えるからか、見る者をまた唸らせる。

実に見事な細工だった。

――そう、これは間違いなく、人形細工だ。

顔が変わる前に火の玉が動くのも、細工師がやりそうな目くらましであるし、目が慣れてくれば、首のあたりに木の継ぎ目があるのも判る。間違いなく作り物だ。

客もまた、それを承知で楽しんでいる。

似ている、そっくりだ——などという言葉自体、それが作り物であると承知の上でなければ出ては来ないものだ。

承知しているからこそ、みなが適度な距離を置いて眺め、楽しんでいる。

すべてを呑み込んで、改めて見てみれば、虎彦にはこの場が不快なものとは感じられなかった。

確かに、死人を金儲けの種にしている。

しかし、けしからんと目くじらを立てるのは、どうだろうか。

見せ物は見せ物だが、井原西鶴という男がどれほどみなに慕われていたか、何も知らない虎彦にまで伝わってくる。巧みなからくり細工からは、故人への敬意も充分に感じられる。

依頼人は実際に自分の目でこれを見て、その上で退治しろと言っているのか——と疑問に感じたところで、虎彦は思い出す。

(そういえば、少将の言うてた話……)

——そこで、またもや、辺りがどよめいた。

幽霊がかっと目を見開き、ぐいと頭を上げたのだ。

見上げた視線の先は、二階の座敷の窓。

そちらに視線を向けた虎彦は、

「あ」

思わず、声を出してしまった。

二階の窓辺に寄りかかり、目を細めて幽霊を見ているのは、虎彦のよく知る男。

近松門左衛門だ。

隣には少将がいるのも見えた。言葉通り、近松のもとに向かったようだ。

「近松さん、今日はあんなとこに」

誰かが声をあげた。

その瞬間、だった。

虎彦の視界の端を、何かが横切った。

あ――っと思ったときには、幽霊の傍で揺らめいていた火の玉のひとつが、ものすごい勢いで近松めがけて飛んでいく。火の玉ではなく火矢――そう思えるほどだ。

え――っと驚いたような声があがり、虎彦も息を吞む。

近松に当たる――と思いきや、寸前で、叩き落とされた。

間一髪で近松の前に割り込み、扇子で弾き落としたのは少将だ。

おおーっと声があがる。

お見事、と掛け声が飛んだのは、見せ物の一種だと思い込んでのことらしい。

確かに、少将の優美な外見と仕草は、まるで役者のようだった。

だが、

(――違うやろ！)

今のは本気で、近松を狙った矢だ。

虎彦は縁の下から飛び出した。

払い落とされた火の玉に向けて、天秤棒を振り下ろす。

棒の先から飛び出した分銅鎖が火の玉を弾き飛ばし、地面に落ちたところを、踏みつけて火を消す。

「お見事！」

再び、喝采が起きた。

「見せ物と違うわ！」

虎彦の怒鳴り声は、わっと盛り上がる見物人たちの耳に届いただろうか。

構わず虎彦は庭の植え込みを飛び越え、西鶴の幽霊の襟首をつかんだ。

細工師が隠れているとしたら、人形の近くだと思ったからだ。

「おやおや、乱暴な」

「なんや、今日の仕掛けは盛りだくさんや」

見物客はまだ、見せ物の続きだと思っている。

（ふざけんな――）

苛立つ虎彦の腕のなかで、覚えのある浄瑠璃人形の感触とともに、幽霊がくたりと崩れた。竹本座で使う人形は、裾《すそ》から手を入れて動かすものばかりだが、それよりもかなり大きな幽霊人形は、木の枝にからませた糸も使い、宙に浮かせてあったようだ。

そして、案の定、人形のそばに、木の台に据え付けられた弓。紐で石灯籠に結わえ付けられ、動かないようになっている。
この弓で、火矢を射たのだ。
初めから、二階の座敷を狙っていた。そこに近松がいると知っていた――という
ことか？
（――細工師の奴、どこに……）
虎彦は辺りを見回した。
いるはずだ。近松を狙った者。
――どこだ？
暗がりに目をこらす。
一瞬の迷いの後、虎彦は、自分たちの借りていた座敷の方向へと駆け出そうとし
た。当てずっぽうである。
だが、そのとき、うぉんうぉん、と聞き慣れた声がした。
虎彦が向かおうとする方向とは逆から聞こえてくる。
「鬼王！」
間違いない。虎彦を呼んでいる。
虎彦は慌てて踵を返し、駆け出した。
庭の奥へと入り込んだほうだ。
「お、どないした」
「なんや、これで終わりか？」

「続きは裏庭か?」

とぼけた声を背に受けながら、鬼王丸に呼ばれるままに走る。

鬼王丸は庭木戸の前で待たせていたはずだが、どうやってなかに入ってきたのか
――そんなことを訝る暇もなかった。

庭木戸を抜け、店の裏手へと走ると、中庭のざわめきが瞬く間に遠ざかる。

勝手口の近く、店の奥向きに続く途中に、鬼王丸はいた。

その前に、黒装束の小柄な人影。

吼えたてる鬼王丸に、人影は狼狽《ろうばい》しているようだ。

何とか脇を通り抜けようとするが、鬼王丸は逃がさない。

「ようやった、鬼王」

虎彦が叫ぶと、人影がぎょっとしたように振り向く。

黒頭巾《くろずきん》のせいで顔は見えない。

「お前、太吉っちゅう細工師か。よくもあんな真似――」

怒鳴りながら駆け寄り、虎彦は相手の頭巾に手をかけた。ともかく顔を見てやろうと思ったのだが、相手は必死に頭巾を押さえ、取らせまいとする。

「離さんかい」

腹立ち紛れに、虎彦は相手の鳩尾《みぞおち》に蹴りを入れた。

小さな悲鳴とともに、小柄な体が吹っ飛び、地面に転がる。

黒頭巾は虎彦の手に残り、顔をさらした相手は腹を押さえたまま、うずくまって

動かない。

乱れた髪の隙間から白い顔が見え、虎彦は瞠目した。

「え――」

驚きのあまり、絶句する。

苦しげに顔をしかめ、呻いている顔に、見覚えがあったのだ。

ここにいるはずのない顔。

まだ幼さの残る少女の顔。

「あさひ」

虎彦は呆然とつぶやいた。

5

体をくの字に曲げて、地面から身を起こせずにいるあさひに、素早く鬼王丸が駆け寄った。

「痛……」

くうんと小さく啼いて、心配そうに頰のあたりを舐める。

さっきまでお前も吼えたててたやろが――と思いつつも、虎彦自身も、

「大丈夫か、すまん――」

慌てて、あさひに駆け寄った。

近松に恨みを抱く細工師だと思ったから、本気で蹴り飛ばしてしまったのだ。女だとは思わなかったし、いわんや、あさひだなどと、予想できたはずがない。

もう少し冷静に考えていれば、鬼王丸の吼え方も、相手を威嚇《いかく》していたわけではなく、ただの足止め。そのうえで虎彦を呼んでいただけだったと判ったのだろうが、何せ、頭に血が上っていた。

「悪かった」

謝り、天秤棒をかたわらに置いて抱き起こそうとした虎彦の手を、あさひは拒み、なんとか自分で半身を起こしたが、顔を袖で隠し、まだ痛そうにしている。

もしや、酷い怪我でもさせていたらと狼狽しつつも、やはり気になるのは、どうしてあさひがここにいるのか、だ。

黒装束姿なのは、暗がりで仕掛けを動かしていたからとしか思えない。

そもそも、やましいことがなければ、あさひが虎彦から逃げる理由も、鬼王丸があさひを逃がすまいとする理由も、ないではないか。

「あさひ、お前……本当は近松の爺さんに恨みでもあったんか」

恐る恐る聞いてみれば、あさひは無言で首を振る。

「……さっきの仕掛け、お前がやったんやな？」

改めて、疑問が湧いた。見習いのあさひにあれほど見事な幽霊細工ができるのか？

火矢もどきにしても、あんなもの、あさひの腕で作れるだろうか……。

あさひは今度は、答えずに顔を強張らせたままだ。

「あさひ、答えろ！」

「おい、誰かおんのか、騒がしい」

虎彦の声が大きくなったせいか、店のなかから、奉公人らしき男が庭に出てきた。襷掛けに前掛け姿の男で、辺りを見回し、虎彦たちに気づくと、

「そこで何しとる」

訝りながら近づいてくる。

座り込んでいる黒装束に目を留めると、

「その格好、太吉か？　──いや、あさひやな。何かあったか？」

「何もありまへん。すんまへん、与助《よすけ》はん」

あさひはようやく、小さく声を出した。

与助と呼ばれた男は、なおも怪訝そうにあさひを見下ろしながら、

「……今日の仕掛けはもう終わりか？　太吉は今日は先に帰ったらしいし、仕掛け動かしてたんは、お前やろ」

「へえ……無事に終わりました」

「さよか。……で、あんさんは、いったいどなたです。何を騒いだはったんや、こんな裏庭で、うちの細工師と」

男の目が虎彦に向いた。

じろりと睨みながらも、ここの手代の与助と申します、と慇懃《いんぎん》に挨拶をしてきたため、虎彦は慌てた。

「いや、おれは……」

言いかけたところで、あさひが割り込んだ。

「あの、この人、うちの知り合いです。竹本座の人で……お客さんで来てくれてたんやけど、今日の仕掛け、いつもと違《ちご》たことやったせいで驚かせてしもて、それで……」

「ああ、あさひはもとは竹本座の細工師やったな。……すんまへん。お客さんのお顔も存じ上げませんで。ご迷惑かけてしもて申し訳ございまへん。お怪我、ありまへんでしたか」

さらに丁寧に頭をさげられ、

「いや、迷惑かけられたんはおれとは違て……」

困惑して虎彦は口ごもった。与助が口にした、もとは竹本座の——という科白《せりふ》が気に掛かる。もとも何も、あさひは今でも竹本座の細工師。そのはずだ。

だが、どうやら、太吉と一緒に、この店で幽霊細工を手がけていたらしい。

いったいいつからだ？

竹本座で幽霊の噂話をしたときには、すでにそうだったのか？　亥蔵親方は知っているのだろうか。

（そう言や、あのとき、なんや慌ててたようにも見えた……）

ますます混乱してきた虎彦だったが、なんとか気を取り直し、与助を睨みつけた。

「迷惑っちゅうか、もう少しで人死にが出るとこやったんや。おかしいやろ、あんな仕掛け」

「人死に？　そんな物騒な仕掛け、しとったんか、あさひ」

　さすがに与助はぎょっとしたようにあさひに向き直る。

「してまへん！　お客さんを危ない目に遭わせたらあかんて、ちゃんと心得て細工してます。うちも……太吉さんも」

「おい、出任せ言うな。どう考えても、近松の爺さん、狙とったやないか。少将がおらんかったら、爺さん、間違いなく死んどったぞ」

「近松？　あの近松門左衛門先生でっか？」

「虎彦、大袈裟な言い方せんとって」

　与助は目を丸くしたが、あさひは憤然と言い返した。

「そら、少しは危なかったけど……少将さんが一緒におるの、ちゃんと見えてたし、当たるはずないて、うちには判ってた。それに、前もってちゃんと虎彦に訊いたやろ。二人が先生と一緒におるんかどうか」

「……おい、っちゅうことは、まさか、爺さんがどの部屋におるか訊いたんも、あの仕掛けのためやったんか」

「……近松先生がどの辺にいるか、見当がついたほうが、細工の仕込みがやりやすいし……もちろん、最後は店の人に確かめてもろたけど」

「阿呆か！」

　虎彦は怒鳴りつけた。

「おれを利用しよって――ふざけんな！」

自分がぺらぺらと喋ったことのせいで、近松を危険にさらしたのかと思うと、いくらあさひでも――いや、あさひだからこそ、怒りが湧く。

虎彦の剣幕に、さすがにあさひはうつむき、再び黙り込んだ。

「……なんや、よう判らんのやけど……」

与助が口を挟んだ。

「つまり、あさひの仕掛けた新しい細工のせいで、近松先生の身が危なかったってことでっか？　本当やったら、えらいことですわ。きちんとお詫びさせてもらわんと……」

「――いや、違う」

虎彦は一呼吸置いて、きっぱりと言いきった。

「仕掛けを実際に動かしたんはあさひやとしても、こいつにあんな手のこんだもん、作れるとは思えへん。仕込んだんは太吉っちゅう細工師や。そうに決まってる」

「何、その言い方。うちかてやろうと思えば――」

「うるさい、お前は黙ってろ。――太吉っちゅう細工師が、このあさひを利用して、悪巧みに使たんや。そいつ、近松の爺さんのこと、ずっと恨んどったらしいからな」

「太吉が？　まさか。太吉に限って、そんな……」

与助は困惑顔になったが、

「因縁があんねや、太吉と近松の爺さんの間には。太吉っちゅう男はな、近松の爺さんや竹本座のせいで道頓堀で仕事ができん、見せ物小屋やらこんな店の細工やらしか仕事がない、細工師として芽が出ぇへん――そう言うて僻《ひが》んどんのや。根性の歪んだ奴なんじゃ」

　少将の話を思い出し、虎彦は言ったが、与助は鼻白んだ顔になった。

「こんな店の細工とは聞き捨てなりまへんな。今、うちの幽霊の細工は、道頓堀のどの芝居小屋よりも評判がええし人も集めてると思てますけども」

　嫌みったらしい口調で言った後、さらに付け足す。

「それに、太吉は細工師としては一人前。ここの仕掛けはあさひに継がせて、来月からは江戸に移ると聞いてます。大名屋敷にも出入りの、江戸の有名なからくり細工の親方が太吉の腕に惚れ込んだそうで……言うたらなんやけども、落ち目の道頓堀で仕事がでけんからといって、近松先生を恨む理由がありまへん」

「大名屋敷に出入りの、からくり細工……？」

　どこかで聞いたような話だと、虎彦は眉根を寄せる。

　与助は小さく笑った。

「竹本座の方やったら、噂、聞いたはるんと違いますか。確か、太吉と竹本座の親方はんとで争うた結果、太吉が選ばれたて話ですし」

「……もしかして、あの亥蔵親方の噂……？」

　札売りの小兵衛から聞いた話を思い出し、本当かとあさひに目を向けたが、あさひは強張った顔でうつむいたままだ。

代わりに、与助が言を継いだ。

「そやさかい、今の太吉には、おかしなことをしでかす理由がありまへん。……そら私も、太吉の親の噂は知ってます。今、太吉がうちで手がけてんのは西鶴さんの幽霊や。当時の因縁話は、嫌でもお客さんらが口にしますよって……」

そやけど、と与助の口調が強くなる。

「太吉は、今は見てもろた通りの腕の持ち主。親のことなんぞ関係なく、細工師として一本立ちしてます。……そもそも、あさひかて、そういう太吉の腕に惚れ込んださかい、弟子入りしたんと違いまんのか」

「弟子入り？　……お前、それ――」

そう言われてみれば、亥蔵の弟子であるはずのあさひがここにいる理由を、まだ虎彦は聞いていなかった。

「どういうことや、あさひ。お前、亥蔵親方の元、離れるつもりなんか？」

「それは……」

あさひは口ごもる。

おい――と、さらに問い詰めようとしたところで、

「ま、竹本座さんの事情はそちらで話してもらうことにして……お客さん、これ以上、ややこしい話があるんやったら、うちの者、呼びましょか」

与助はぐいと一歩踏み出し、声を低くして言った。

こういう場合、「うちの者」とは用心棒の気の荒い連中、ということだ。別に呼

ばれても虎彦は困らない。腕尽くでというなら、相手になってやってもいい。

——とはいえ、ここでこれ以上騒ぎたてて、何かことが片付くとも思えなかった。

ことを起こした本人を捕まえはしたが、それがあさひとあっては、ぶちのめすわけにも、役人に突き出すわけにも、いかない。

（そもそも……）

近松本人や、傍にいるはずの少将が、虎彦を追ってこないのだ。

（今、ここでことを荒立てる気はない、てことか——？）

いや、何か他に、事態に変化があった——とも考えられる。

ともかく、虎彦としては、いったんここから引き揚げたほうがよさそうだった。

あさひとは、ちゃんと話をしなければとは思うが、よく知っている相手だからこそ、後からでもなんとかなる。

「……判った。邪魔したな」

小さく息をつき、踵を返した。

地面に置いたままだった天秤棒を手にとると、視界の端で、あさひがちらりと目を向けてくるのが判った。

だが、声はかけず、虎彦は歩き出す。

お前も来いと鬼王丸を呼んだ。

「……待って、虎彦」

歩きだしたとたん、小さな声であさひが呼んだ。

振り返ると、泣きそうな顔で見ている。

「あの……亥蔵親方には、このこと、内緒にして」

「お前……それはちょっと都合が良すぎるんと違うんか」

虎彦は顔をしかめ、あさひを睨んだ。

「親方は、女に細工師ができるかっちゅうまわりの声にも構わず、お前を見込んで仕込んでくれた恩人なんやろ。その恩人に話もつけんと、他の細工師んとこに弟子入りしてたってことは、信頼を裏切ったっちゅうことで――」

「裏切ってへん！」

震え声で、あさひは虎彦を遮った。

「ただ……うち、一月前、親方とおかみさんの内緒話、立ち聞きしてしもたんや。竹本座を離れて江戸へ行くことになるかもしれへん……て言うたはった。そうなったら、うちを連れていくのは無理やとも。当たり前や、うちは半人前やし、女やし。……そやから、亥蔵親方には内緒で、あちこちの見せ物小屋やら芝居小屋やら回ってお願いして……それでも、うちみたいな半人前、誰も相手にしてくれへん。太吉さんだけやったんや。同じように昔、修業先が見つからんで苦労したから言うて判ってくれたんは……」

ぐす……とあさひは洟《はな》をすすった。袖で目尻も乱暴にぬぐう。

「そういうことか……」

虎彦は息をついた。

確かに、親方がいなくなれば、あさひは仕事も住処も失ってしまう。あさひの生まれ育ちについて詳しくは知らないが、親の反対を押し切って家を飛び出してきたから戻るところはないと、以前に言っていた。きっと弱り果てていたのだろう。

「……判った。親方には黙っといたる」

虎彦がうなずくと、あさひはほっとした顔になった。涙のにじんだ真っ赤な目を見ていると、ようやく同情の気持ちが湧いた。

あさひはまだ子供だ。行き場を失うかもしれないとなって、どれだけ不安だったか。

その結果だとしたら、しかたない。悪いことをしたわけではない。ちょっと馬鹿なだけだ。

虎彦は慰め交じりで付け足した。

「江戸行きの話が本当に太吉に決まったんやとしたら、亥蔵親方のことは、もう心配いらんやろ。親方もお前も竹本座に残れる。そうやろ」

「……うん。今日の仕掛けがうまくできたら、太吉さんの江戸行きも許してもらえる約束らしいから、もう大丈夫……」

「約束――？」

引っかかる物言いだった。

「おい、さっきのあれ……太吉の江戸行きと、何か関係があんのか」

虎彦が聞きかえすと、あさひははっとしたように口をつぐんだ。しまったと、顔

か？」

に表れている。

「許してもらえる——て言うたな？　いったい誰が誰を許す？　江戸の親方とやらか？　そいつに見せるために、爺さんを狙うような物騒な仕掛け、こしらえたんか？」

「え、江戸の親方とは違う、けど……」

「なら、誰や」

問い詰めると、あさひは口ごもり、目を泳がせた。

「正直に話せ。いったい誰が、近松の爺さんを危ない目に遭わせようと企んだ？　太吉の他にも、そういう奴がおるんか？　爺さんの居場所をおれから探ってまで仕組んだってことは、初めから爺さんを狙《ねろ》てた——ってことやろ」

「そ、それは……」

「ちょっと、お客さん、まだ話を続けたいんやったら——」

「うるさい、黙れ！」

割って入ろうとした与助を、虎彦は怒鳴りつけた。その剣幕に、さすがに与助も口を閉ざす。

「——なあ、あさひ、お前もよう知ってるやろ。近松の爺さんはおれの恩人や。こうして面倒な仕事してんのも、爺さんに恩返しをしたいと思うからや。その爺さんに阿呆なこと仕掛けた奴がおるんやったら、それが誰でも放っておけん。そいつ……今後も、同じようなこと、するかもしれんやろ」

口にした後、虎彦は改めて、その可能性にぞっとした。

太吉の他に、近松を恨んでいる者がいるとしたら……今回はたまたま少将や虎彦が近くにいたが、そうでないこともある。いや、そのほうがずっと多い。

この際、きっちり片を付けておかなければならない。

虎彦の真摯な声音に、あさひは泣きそうに顔を歪めながら、震えた声で言った。

「誰なんかは……うちも知らん。けど、太吉さんが言うてた。近松先生のこと恨んでるひとがいる。太吉さんのお父さんの知り合いや、て。太吉さん、そのひとに昔お世話になって、お金も借りてるから、そのひとが納得するまでは勝手に江戸へは行けへん、そのひとに筋通さんと、て……」

「そやから、太吉は爺さんを狙ったんか。……っちゅうことは、太吉は知っとんねんな、そいつの名前。太吉、今どこにおんねん」

「……判らへん。そのひとのとこに今日のこと知らせに行くて言うてたけど、どこなんか、うちには教えてくれんかったから……」

おどおどと話すあさひには、嘘をついている様子はなかった。

太吉の事情を考えてみても、弟子入りしてまもないあさひに、洗いざらい話すとも思えない。むしろ、ここまで内幕をばらしたのも不思議なほどだ。

……と、そこで虎彦は気づいた。

「あさひ。そんだけの事情のある大事な仕掛けを、太吉はなんで、お前に任せた？　仕掛けがどうなったんか見届けもせんと帰ったのはなんでや。……もしかして、わざとお前にやらせたんか？　自分の手を汚さんと」

あさひは無言で答えなかったが、表情は肯定に見えた。

「阿呆か。万が一、少将がヘマして、あの火矢が爺さんに当たっててみろ、人殺しで役人にしょっぴかれるとこやってんぞ。太吉は全部判ってて、お前にやらせたんじゃ。ったく、ええように使われよって」

「……判ってる、けど……それでもええて、うちが言うたんや。太吉さんの身に何かあったら困る……」

あさひは言いづらそうに口ごもる。

何じゃそれはと呆れかけた虎彦は、もしやと思いついて訊ねた。

「お前……もしかして、その太吉ってやつに惚れてんのか」

「――そ、そんなわけないやろ！　うちは前からずっと……」

上ずった声で叫ぶあさひの顔がかっと赤くなる。言葉はそこで途切れ、もごもごと意味不明な声だけが聞こえた。好きなひとは他にいるとかなんとか、つぶやいている。

（あー、そういやこいつ、少将に入れ込んでたっけ……）

太吉にそういう意味で肩入れしているのではなさそうだ。そこは少々安堵した。まだ子供のあさひとはいえ、惚れたはれたの話がからむと面倒だ。

「ともかく、これ以上、阿呆なことすんな」

判ったなと年上ぶって諭し、とりあえず、その話を終わらせようとした。

だが、なぜかあさひは、虎彦を睨んだ。

「虎彦は……何も判ってへん」

「は？　何がや」

聞きかえす虎彦に、あさひは挑むような目で続けた。

「なんでうちが太吉さんの言う通りにしたか、判ってへん。――今日の仕掛けが上手くいったら、太吉さんの江戸行きが決まる。それがどういうことなんか、虎彦は何も判ってへん」

「……どういうっちゅうと――」

「太吉さんが江戸に行けば、亥蔵親方の江戸行きはなくなる。竹本座に残ってくれはる。そのためやったら、うちはこのくらいのこと、何度でもできる」

「いや、けど、それやと亥蔵親方の――」

足を引っ張ることになる。それでもいいのかと言いかけた虎彦に、あさひはさらに続けて言った。

「近松先生かて、きっと同じじゃや。自分がちょっと危ない目に遭う代わりに、亥蔵親方が竹本座を抜けるのを防げたら、それでええ――そう思わはるに決まってるわ」

そんなわけあるか――と言いたい気持ちを、虎彦は吞み込んだ。

あさひの表情に、たじろいだのだ。

馬鹿な子供だとばかり思っていたあさひが、ぎらぎらと光るような目をしていた。先だって竹本座で、あさひの提案をはねつけたときの近松を、虎彦は思い出した。

子供の言いぶんに、本気で反論した近松。あのときの近松と、今のあさひは似ている——気がする。

「虎彦は知らんやろ。竹本座のみんなが、どんだけ必死で一座を立て直そうとしてんのか。どんだけ必死で、昔の、大坂中のひとを集められる竹本座に戻したいと思てるか。亥蔵親方かて、本音では竹本座に残りたいて言うてはった。そやけど、何をやっても当たりが出えへん。頼みの綱の近松先生は京都の歌舞伎にばっかり一生懸命で、ちっとも浄瑠璃、書いてくれへん。凝った細工の提案しただけで不機嫌になるくせに、新作書く代わりに始末処みたいな余計なことに必死。そら、親方かて愛想も尽きるわ。……その亥蔵親方を引き止めるための企みや。近松先生、ええ浄瑠璃が書けへんぶん、体はってくれたってええやんか」

阿呆かともう一度、怒鳴りつけたかった。

だが、できなかった。

虎彦とて、竹本座のことは気にかけているつもりだった。

人形浄瑠璃そのものにはさほど興味はないが、毎日、太鼓や三味線の音を背中で聞きながら商売をしているのだ。それなりの愛着はある。

だが、それでも、あさひのような強い思いは、とうてい、持ち合わせてはいない。

虎彦には判らないと言われてしまえば、返す言葉はなかった。

「——爺やの思惑はともかく、今は太吉を追いかけて話を聞くのが先だ」

黙り込んだ虎彦の代わりに、背後から降ってきた声があった。

振り返るまでもなく、虎彦には、すぐ後ろにいる声の主が判った。相変わらず、気配を消して現れるのが得意な男だ。

あさひが怯んだのは、好いた相手を怒らせたと思ったからだろう。いつもあさひには愛想良く振る舞っていた男が、さすがに静かな声音だったから。

「あさひに心当たりがないなら、こちらで勝手に動く。知らないのだな？」

「へえ……」

消え入りそうな声で、あさひはうなずいた。

「判った。それなら構わない。すでにアタリはつけてある」

「——は？　お前、それどういうこっちゃ」

虎彦は慌てて振り返った。

「アタリ、て……お前、もしかして、騒ぎの前からそこまで知ってたんか？　それやったら、もっと早う……」

「初めから判っていたわけではない。あさひの話を聞いて判ったのだ。太吉の恩人と言ったな。その男ならすでに調べてある。十七年前の因縁を未だに引きずっている愚か者だ。虎御前、一緒に来てくれ」

そう言うなり、少将は踵を返して歩き出す。どうやら少し前から近くにいて、話を聞いていたようだ。それはいいのだが、しかし、行動が急すぎる。

「ちょっと待て、て……」

虎彦は慌てて後を追おうとし、ふと気づいて、あさひを振り返った。

あさひは先ほどまでとは違い、おろおろと二人を見ている。

「あ、あの……」

「もうええから、亥蔵親方んとこ、帰れ」

虎彦はできるだけ、穏やかな声で言った。ともかく、あさひを安心させてやりたかったのだ。ずっと一人であれこれと悩んでいたのだろうから。

あとは、始末処が片を付けるべきことだ。

「……うちも——うちも一緒に行く！」

あさひは声をあげた。

「うちも、太吉さんと話がしたい」

「阿呆。これ以上、ややこしいことすんな。ええから、おれらに任せろ。おれは……竹本座のことは正直よう判らんけどな。爺さんがらみのことはちゃんとする。それに……お前が竹本座にずっといられるように、おれがなんとかしたるから」

そう言うと、あさひは泣きそうな顔になる。

「……ごめんなさい」

頭を下げたあさひを置いて、虎彦は再び歩き出す。

鬼王丸とともに、急ぎ足で少将を追った。

6

「で、どこ行くんや？」

五月雨亭を出たところで、虎彦は少将に追いつき、訊ねた。

夜も更け、虎彦の暮らす長屋あたりならばすでに寝静まる頃合いだが、店のまわりはさらに物売りが増え、往来の人も絶えない。

少将から答えが返ってくる前に、虎彦はさらに付け足した。

「もしかして……日本橋か？」

「……そうだ」

うなずいた少将が、ちらりと虎彦を見た。

判っているのかと言いたげな顔に、虎彦は肩をすくめた。

「おれは爺さんのことも竹本座のことも、ほとんど知らん。それが、今回のことでよう判ったわ。……けどな。そういうおれでも知ってる、爺さんにケチつけたくてたまらん奴が一人おる。そいつは確かに、十七年前の因縁を未だに引きずってる阿呆やし、そもそも爺さんがあの場にいたのも、そいつのせいや。……けど、本当にあの――」

そこまで言いかけて、虎彦は気づいた。

「肝心の爺さん、どこにおんねん。店に置いてきたんか？」

「いや。一足先に日本橋に行った。我らが依頼人殿に、無事に井原西鶴の幽霊を見たことを伝えるためにな」

「は――？」

虎彦は声をうわずらせた。

「あ、阿呆か。なんで、お前、よりにもよって爺さんを一人で……」

「だから急いでいるのだ。さっきも言っただろう、虎御前。私は初めから何もかも知っていたわけではない。あさひの話を聞いて、合点がいったというだけ――」

少将の言葉を、虎彦は最後まで聞かなかった。

急いでいると言いながら、早足で歩く程度でいられる少将の落ち着きが、理解できなかった。この瞬間にも、近松の身に危険が及んでいるかもしれないのに。

「来い、鬼王」

叫んで、虎彦は走り出す。

少将がついてきているかどうかも確かめず、天秤棒を手にしたまま、全力で走った。どうにも気がせいて、しかたがなかった。


目指す宿の名は、紀州屋《きしゅうや》。

依頼の詳細を聞いた際に、伝えられた名だ。

日本橋筋は宿屋の並ぶ通りだから、道頓堀や生玉界隈と同じで、夜更けでも明るく、人通りが多い。

見つけた看板は、日本橋筋のなかでも、金のある商人が使う贅沢な宿のものだった。

息を切らし、鬼王丸とともに駆け込んだ虎彦は、出迎えた女中に怒鳴った。

「ここに爺さんが来たやろ。近松門左衛門が。どこにおる？」

「失礼ですけど、お客様、どなたさんで？」

そっけない態度の女中に苛立ち、虎彦はさらに声を荒らげた。

「ええから、早う答えろ！　店んなかで人が殺されても知らんぞ！」

「そう言われましても……」

さすがに高級宿の奉公人だけあって、噛みつくような問いかけにも怯まず、客のことを明かそうともしない。

さらに二度、三度とやりとりをしても埒があかないため、こうなったら勝手に上がり込むか――と虎彦が腹をくくったところで、頭上から声が降ってきた。

「うるさいぞ。虎」

はっと見上げると、すぐ脇の階段の上、二階の廊下から顔をのぞかせ、こちらを見下ろしているのは、他ならぬ近松本人だった。

「爺さん……」

いつも通りの呑気な顔だ。どこか怪我をしている様子もない。

虎彦は安堵の息をついた。

間に合ったのだ。近松門左衛門は無事だった。鬼王丸も、ほっとしたようにわんと啼く。

「駆けつけてくれたのはありがたいが、鶴屋市右衛門なら、もうここにはいない。

去ってしまったよ」

「え——」

「いいから、あがっておいで。——すまないが、そのうるさいのを通してやってくれないか。悪いな」

近松は虎彦に手招きをし、女中にも気を使った言葉をかける。

そのままさっさと廊下の奥へと消えてしまったため、虎彦は慌てて履き物を脱ぎ捨て、女中を押しのけるようにして階段を駆け上がる。鬼王丸には待つように言い聞かせたが、念のため、天秤棒は手にしたままだ。

廊下に並ぶ部屋の一つが、襖が開け放たれていた。

駆け込むと、近松は部屋のまんなかに立っていた。

他には誰もいない。

一人きりで佇《たたず》む近松の視線の先には、古びた軸《じく》のかかった床《とこ》の間《ま》がある。小さな紙の包みが置かれていた。

「市右衛門が置いていった、始末処の仕事料だ。市右衛門は店をたたみ、女房の郷《さと》がある芸州《げいしゅう》に行くそうだ。二度と大坂には戻らないらしい。——ならば、もう昔のことなど、忘れてしまえば良いものを……」

近松は小さくため息をついた。

その表情が曇っているのを見、虎彦は問うた。

「爺さん、奴が何でこの件の依頼をしたんか、もう判って……？」

「金と一緒に残されていた文《ふみ》に、謝罪の言葉が書かれていた。依頼の名目で私を五月雨亭に呼び、衆目の前で昔の意趣返しをしたかった、と。まさか、未だにそれほど妬《ねた》まれていたとはな……」

　ほれと、近松は虎彦に文を手渡そうとしたが、虎彦は首を振った。

「おれは字が読めん」

「おや、そうだったか」

　驚いたような顔をした近松は、手にした文に目を落とす。

「さっきの物騒な仕掛けは、自分が仕組んだものだと書いてある。西鶴殿になりかわり、今の腐りきった近松門左衛門に活を入れたかったのだそうだ。それにしては乱暴なやり方だったが、細工師の太吉に罪は無い、自分のせいだ――と書いてある。虎は気づいていたのだな？　いつからだ」

「さっきや。五月雨亭で聞きだして……そやから、慌てて追いかけてきた」

　あさひについては隠して答えたのだが、

「そうか。あさひに聞いたのか？」

　あっさりと名前を出され、虎彦は目を丸くした。

「爺さん、知っとったんか……？」

「それも文に書いてあったのだ。太吉が竹本座の若い女細工師の手を借りた――と」

「あ、あさひの奴、まだガキやし、本当に阿呆やから、何も判っとらんかったんや。爺さんを本気で殺すつもりなんぞなかった。許したってくれ」

「殺す？　いや、あれは殺すのどうのというほど、深刻なものではないよ」

近松は苦笑交じりに言った。

「あの男はただ、鬱憤晴らしをしたかったのだ。私が腰でも抜かし、怯えて西鶴殿の幽霊に許しでも乞うて見せたら、喜んだのだろう。……市右衛門は半月ほど前、十数年ぶりに竹本座に来たそうだよ。私は知らなかったが。そこで、今の竹本座を目にした。まばらな客が居眠りをし、三味線は二流、細工は古くさく、狂言のなかみは二番煎じ——落ちぶれた有様に驚愕したのだそうだ。竹本座の看板におのれの名を掲げたいと夢見ていた男には、辛い現実だっただろう。もしも自分が竹本座の作者になれていたら、こうはならなかった——そう書いてあったよ。まったく、勝手なことを言ってくれるものだ」

近松は右手の文をぐしゃりと握りつぶした。そのまま、爪が食い込むほどに手を握りしめる。

「十七年前、もしも宇治座が焼けず、浄瑠璃作者として残ったのが近松でなく西鶴であったら、人形浄瑠璃がこれほど廃《すた》れることもなかった。その偉大な西鶴の死すら見せ物のように扱う今の大坂の旦那衆にも、それを咎めもしない近松門左衛門にも愛想が尽きた。今の醜態を恥じもせず、西鶴の幽霊にも無関心な近松門左衛門は、もう腐りきってしまった。十七年前に道頓堀を追われた者からの恨みの一矢を最後に残して別れを告げる……ということらしい。依頼に来たあの日、私が真摯な態度を見せれば、思い留まるつもりだったが、もう近松はだめだと確信したのだそうだ」

「爺さん……？」

淡々と喋りながらも、ところどころで近松の声が震えたように思い、虎彦は慌てて横顔をうかがった。その表情は、いつもと変わらず、落ち着いている。

ほっとした。

そうだ、このふてぶてしい爺さんが、こんなことで傷つくはずがない。

と、そのときだった。

閉ざされた襖の向こう――隣の部屋に、虎彦は何か人の気配を感じた。

別にそれ自体、怪しいことではない。宿屋なのだから、隣にも客はいるだろう。

だが、どうにも気になったのは、こちらの様子をうかがっているように感じたからだ。息を殺して立ち聞きでもしているような……。

（まさか……）

虎彦は一挙動で襖に飛びついた。

ぴしゃりと開け放つ。

「わ――」

驚愕の声をあげ、後ろにとびすさった男。

見知らぬ顔だ。三十路ほどの痩せた男で、旅装束だった。手甲脚絆《てっこうきゃはん》で、足下には大きな風呂敷包み。

その包みのなかから顔を出しているのが細工物の人形だと判った瞬間、虎彦は天秤棒を放り投げ、男に摑みかかっていた。

「てめえが太吉か！」

「うわっ……」

「なんでここにおる。まだ爺さんに何かするつもりか！」

「ち、違う、おれはただ、おじさんに会いに来ただけや。けど、おじさんはもうおらんし、代わりに、近松門左衛門が隣の部屋に入っていくのが見えたさかい……」

「うるさい！」

最後まで聞かず、虎彦は男の顔に、思い切り一発、拳を見舞った。部屋の隅にふっとんだ男に、さらに乗りかかろうとしたところで、

「虎、やめなさい」

近松が制止した。

「けど、爺さん――」

「太吉が悪いわけではない」

そうだろう、と近松は、頰を押さえて呻く男に、確かめるように言った。

男は顔を歪めたまま、逃げることも騒ぐこともしない。やはり、こいつが太吉なのだと虎彦は睨みつける。

「すべて市右衛門がそそのかしたことだ。太吉は利用されただけだ。父親と同じだよ。十七年前もそうだった。――知っているか？」

近松が問うた相手は、虎彦ではなく太吉だ。

太吉は忌々しげに近松を睨み返したが、答えようとはしなかった。代わりに、近

松が続けた。

「十七年前、市右衛門は宇治座に自作を売り込もうとした。そのときに手土産にしたのが、竹本座の細工師、辰吉の腕だ。辰吉は当時、賭場で借金を作っていてな。それを市右衛門に肩代わりしてもらったため、逆らえなかったのだ。市右衛門はあのころから、金だけは持っていた。だが、看板作者の地位は金では買えない。代わりに辰吉を使ったのだ。辰吉の細工の腕は一流だった。あの腕が手に入るのであれば、一度くらいは宇治座の看板に名前を入れてもらえたかもしれない。あの市右衛門でも」

「──近松門左衛門、あんたの言うことを、おれは信じん。鶴屋のおじさんは、純粋に、心の底から人形浄瑠璃に惚れ込んだひとやった。親父と同じでな」

押し殺した声で、太吉が言った。

「けど、おじさんには店があった。鶴屋を捨てられんかった。その大事な店も、番頭に裏切られて潰れてしもた。……何もかも無くしてしもたおじさんが、十数年ぶりに足を踏み入れた竹本座で、どんだけ失望したか、あんたに判るか。おじさんはその足ですぐ、五月雨亭にいたおれに会いに来てくれた。泣きながら言うてたわ。あのとき、宇治座さえ焼けんかったら井原西鶴は浄瑠璃を書き続けた、辰吉は死なずにすんだ、竹本座も腐り果てんですんだかもしれん──てな」

そう話す太吉の目も、父親の無念を思ってか、泣きそうに見えた。

「なあ、近松さん。あんた、おれの作った幽霊細工、見たやろ？　今あんたが死んだとして、何年も経ってから、あんなふうに泣く者がおるか？　おらんわな。誰もあんたの書いたもんなんぞ覚えてへん。西鶴さんとは格が違う。西鶴さんの宇治座が去り、あんたの竹本座が残ったんは、燃えんかったからや。ただそれだけの理由や」

「てめえ、調子に乗ってぺらぺらと……」

「虎」

　虎彦はかっとなって太吉の襟首を締め上げようとしたが、またも制したのは近松だった。

　太吉は勢い込んで続けた。

「おじさんが昔あんたに言うたらしいな。武家や公家の暮らししか知らんと育った世間知らずのあんたには所詮、大坂の町の者の気持ちは判らん――てな。あんたは笑《わろ》てたらしいけど、結局は、その通りやった。町の者の気持ちが判らんあんたは、まぐれ当たりの曽我兄弟が飽きられてしもたら、それっきり。町のみなの心に響くもんが書けへん。これからもずっと、そうや。……いっそのこと、さっきの矢が頭に突き刺さって、死んでしもたらよかったな。あんたが死んで、竹本座の馬鹿な細工師が人殺しの罪で役人に捕まって、めでたく竹本座も幕引き――」

「てめえっ！」

　虎彦は太吉の言葉を最後まで聞かず、大声をあげてその右腕を捻り上げた。

　ぎゃあああっと悲鳴があがるが、構わず力を込めた。折ってやるつもりだった。細工師の命でもある腕を、こなごなにしてやると思った。こいつは性根の腐った卑怯者だ。近松ばかりでなく、あさひの未来まで踏みつけにしようとした。

しかし——、

「やめろ、虎御前」

横合いから伸びてきた手が、虎彦の腕を摑んだ。二の腕に食い込む指の力に、虎彦は怯み、太吉から手を離す。

少将だった。

先ほどから廊下に気配があるのは気づいていた。虎彦よりも先に太吉の存在を察し、逃げないように廊下にいたようだった。

それは少将らしい気配りだと思ったが、なぜ、ここで止めようとするのか。

「邪魔すんな。聞いたやろ。こんな奴、野放しにしとけるか」

「だが、この男の腕が壊れれば、竹本座から亥蔵親方がいなくなる」

忘れたのか、と少将は言った。

一瞬、虎彦は言葉に詰まったが、

「だから何や。そんな理由で許されることと違うやろ」

「許しはしない。大坂から消えてもらえば、それでいい」

「そんな甘いことですむか。いつまた爺さんにちょっかい出してきよるか判らんやろ、こんな根性の曲がった奴」

少将は虎彦よりも近松と付き合いが長く、親しい仲でもあったはずだ。その少将ならば、竹本座よりも近松自身の身を案ずるのが筋ではないか。止める理由が判らない。

「それでも、竹本座のためだ。竹本座が潰れてしまったら、始末処を続けてきた意味もなくなる。爺やの新しい浄瑠璃をかけてくれる小屋がなくなる」

「は？　何を言うてんねん、ええから放せ！」

怒鳴りながら、虎彦は近松を振り返った。

近松なら、こんな馬鹿をかばったりはしないと思ったのだ。

「虎。少将の言うとおりにしなさい」

「爺さん……」

「いいのだ。事情は判っている。確かに、竹本座には亥蔵親方が必要だ。それに……さっきも言っただろう。太吉はただ市右衛門に利用されているだけだ。市右衛門を慕っているようだが、あの男はそんな情は持たん人間だ。持っているのは昔から、才ある者への妬みと僻み、その二つだけ。それが証拠に、太吉に江戸で明るい未来が用意されていると判ったとたんに、過去の因縁を煽《あお》り、揉め事を起こさせようとした。妬ましくなったのだよ、若くて才のある太吉が」

冷ややかに、近松は笑った。

太吉が驚いたように近松を見る。

「市右衛門はおそらく、私が太吉の仕掛けで大怪我をし、太吉がその罪を問われて細工師としての評判を落とし、代わりに亥蔵親方が江戸へ行くことになり、竹本座は潰れる――そうやってみなが不幸になることを望んでいたのだ。だからこそ、あんな茶番を仕組んだ」

「お、おじさんはそんなことは……」

「才がないと知りつつ、才ある者のまわりを離れられずにいた者の惨めさは、若い者には判らんものだ。西鶴殿と勝負をしたころの私ならば判らなかっただろう。市右衛門の言葉通り、世間知らずの馬鹿だったからな」

近松は薄く笑った。

「だがな。武家育ち、公家奉公暮らしだった私にも、町の者を知る方法はいくらでもあった。たとえば、この始末処だ」

近松は床の間に歩み寄り、紙包みを手に取った。

そのまま、歩み寄り、太吉に差し出す。

え――と太吉は戸惑いをあらわにし、虎彦も困惑した。

「おもしろい仕掛けを見せてもらった。十七年もくすぶり続けた怨念の細工だ。実に見事だった。御代替わりにもっていくといい。何、心配はいらない。竹本座が潰れかけていても、私は金に困ってはいない。京の都座の看板作者だからな。この始末処を続けてきたのは、金のためなどではなく、町の者の心をのぞくためだ」

そう言いながら、近松は太吉の鼻先に金の包みを突きつける。

「始末処の依頼では毎回、町の者の悩みや苦しみを眺め、楽しませてもらっているが、今回はいつも以上にいい見せ物だった。なるほど、こういう心の葛藤というものを、町で生まれ、町で育った者たちは持っているのだな。勉強になった。よく依頼してくれたと拍手喝采を送りたいほどだ」

「ば、馬鹿にすんな……」

太吉は上ずった声でわめき、近松の手を払いのけた。包みは畳に落ち、丁銀のぶつかる鈍い音が鳴った。

「おや、いらないのか？」

近松が、口の端をつり上げ、太吉を見下ろして笑った。

「だが、とっておいたほうがよかろう。今後、喰っていくために金はいくらでも必要になる。お前のほうこそ、判っているだろう？　五月雨亭の細工は確かに評判だったが、すべては井原西鶴という偉大な名があってのもの。何もないところで腕一本でやっていくのは至難の業だ。なんといってもお前は、腕利きの職人だった父親ではなく、才ある者を妬んで泣くだけの市右衛門に、そっくりだ。心配なのだよ」

「う、うるさい……落ちぶれた爺いが……」

怒鳴り返した太吉は顔を真っ赤にし、目の前の近松に飛びかかろうとした。

止めようとした虎彦よりも、少将の動きのほうが早かった。

すばやく太吉の腕をおさえ、

「無礼者が」

つぶやきとともに、腕を摑んだまま廊下に引きずり出す。

「虎御前、この男の荷物を寄こしてくれ」

少将に言われたが、虎彦は動けなかった。

少将は自分で部屋のなかに戻り、太吉の荷物を手にすると、廊下で立ち尽くしている太吉の襟首を摑み、そのまま一緒に階下へ降りていく。

糞爺いめ――と毒づく太吉の声は途中で呻き声に変わり、すぐに聞こえなくなった。

おそらくは、腕以外のどこかを――細工師としてダメにならない程度に、仕置きされているのだろうと、虎彦には想像がついた。

そういうことをやりそうな男だ。どうしてだか知らないが、近松門左衛門を酷く大事にしている。

「……やれやれ。とんだ騒ぎだったな。だが、まあ一件落着だ」

近松は苦笑しながら畳の上の丁銀を拾いあげた。

「虎、心配をかけてすまなかった」

いつも通りの落ち着いた声音に戻り、虎彦に笑みを向ける。

だが、虎彦は笑うことができなかった。

太吉を追い詰めた近松の言葉が、どうにも聞き流せなかったのだ。

「始末処の仕事が見せ物て――いくらなんでも、言い方っちゅうもんがあるやろ。ああ言うたほうが太吉には効くやろと思たんやとしても……聞いてて不愉快や。今回はともかくとして、依頼してくる者はみんな必死なんやぞ」

この数ヶ月に解決した事件を思い浮かべても、見せ物扱いは気に障る。みな、それぞれに思い詰め、すがる思いで依頼を持ってきていた。

精一杯に人助けをした自分のことも、なんだか軽く見られたような気がした。

だが、近松は目を見ひらいた。

「おや。何を今さら……。虎。お前も判っていただろう。始末処は初めから、私にとっては見せ物だ。そのためにやっているのだよ」

「……は？」

虎彦は顔をしかめ、聞き返した。

「いや、爺さん、あれは人助けやと……」

「そう言わなければ依頼人も来ないだろうから、表向きはそう言っているがな。私にとってはすべて、芸の肥やしだ。人の世の裏も表ものぞいてみたい。それでこそ、良いものが書ける。人形で人の物語を描くには、何よりも人の世を知らなければならんのだ。私は確かに大坂の町のことを深くは知らない。その点だけは、市右衛門は慧眼《けいがん》だった」

そう言った近松の顔には、またも、見覚えのある表情が浮かんでいた。

あの顔だ。竹本座であさひに向けた顔。そして、さっき、その同じ表情が、あさひの顔にも浮かんでいた。人形浄瑠璃だか竹本座だかなんだか知らないが、同じものに取り憑かれた顔だ。そのためであれば、なんでもできる。誰かを危険にさらすことも、恩人の人生を妨げることも。

ふと、先だって解決した仇討ちの事件が思い出された。

あのときも近松は言った。実に良いものを見せてもらった――と。

ただの言葉の弾みかと思っていた。いや、思いたかった。

「……本当に、すべて浄瑠璃を書くためにやってんのか、爺さん」

「むろん、そうだ」

「阿呆か！」

思わず、声が上ずった。

「おれはそんなことのために、必死で走り回っとったんと違う。もし、爺さんが本当にそう思てんのやったら……」

虎彦は一瞬、ためらったが、一息に続けた。

「おれは始末処は続けられん」

「そうか。それは残念だ」

近松はあっさりと言った。

一言だけで終わらせるのか――と、虎彦は近松の顔を見返す。それはそれであまりにあっけない――と思ったのだが。

「だが、お前には貸しがある。もっと役に立ってもらわなければ、とても足りない」

続いたのは、酷く冷ややかな声だった。

「爺さん……」

「お前を救ってやったのは私だよ、虎。お前なら、良い話の種を集めてきてくれそうだと思ったのだ。だから助けたのだよ。前にもそう言っただろう」

にっこりと笑う近松に、虎彦はたじろいだ。

確かに、始末処のために助けたのだというようなことを、近松は前にも言った。喰えない爺さんだと思いながらも、虎彦はその言葉にうなずき、近松のために働くことにした。恩返しができるのであれば、それでいいと思ったのだ。

だが……今は、どうしても納得ができない。まだ、単純に金儲けのためだと言われたほうがよかった。

近松がそれほどに必死になる人形浄瑠璃というものが、虎彦にはやはりどうしても、判らない。

「爺さんもあさひも……あの依頼人も太吉も、みんな、何をそんなに必死になってんのか、おれには判らん。金持ちの旦那衆が暇つぶしに見に来るようなふざけた人形芝居が、そこまでしてやらんならんもんやとは、とても思えん」

口にしてしまった後、さすがにしまったと思った。

自分には判らないものでも、近松が人生をかけているものだ。もう少し、気を使うべきだ。

「……爺さん。悪い、また改めて話す。今日はこれで帰る」

虎彦は踵を返し、部屋を出た。

これ以上、話を続けないほうがいいと思ったのだ。近松とは諍いを起こしたくない。

廊下に出たところで、少将が戻ってきているのに気づいた。

「悪い、今日は……」

少将にも断りをいれようとしたところで、目の前に何か、影が走る。はっと気づいたときには、少将の手にした刀が、虎彦の喉元に突きつけられていた。

「虎御前。恩知らずなことを言うものではないよ。爺やに逆らわないでくれ」

「な……」

刀は鞘におさめられたままだ。

だが、一瞬、虎彦は本当に刃を突きつけられたように感じた。ぞっとした。こいつは本気で、近松門左衛門のためなら人を斬るんじゃないのか。以前に人を斬ったと言っていたが、まさか……。

「近松門左衛門の描くもののすばらしさが判らないのだとしたら、それは悲しいことだ。刀などよりも、人の人生を左右する力があるというのに」

そう言った少将の顔もまた、近松と同じだと、虎彦は気づいた。

こいつらはみんな、どうかしているのだ――。

「――ふざけんな」

背筋を駆け上がっていくような寒気をこらえながら、虎彦はぐいと、少将の刀を手で押しのけた。

「てめえがその刀で何人斬ったか知らんが、おれはてめえの言うことなんざ聞かん」

言い捨てて、振り返ることはせず、階段を駆け降りる。

その背を、声が追いかけてきた。

「虎よ。お前はまた破落戸に戻るつもりかい？　――戻る場所など、お前にはないだろうに」

虎彦はむろん、何も答えなかった。

第四章

曽根崎異聞

1

笹《ささ》が売れる季節になった。軒先に飾り、七夕の短冊を吊るすための笹だ。長屋の路地にまで、売り歩く声が響いてくる。

昼下がりの気だるい暑さに耐えかねて、井戸端に頭を冷やしに来た虎彦は、深いため息をついた。

朝顔の売り上げの良さに隠れがちだが、七夕の笹も、この時季のいい儲けになる――そう教えてくれたのは、日々の花の仕入れ先である、百姓の親爺だ。

女子供にとっては年に一度の楽しみだから、少々、高値をつけても売れる。笹だけを売り歩く者もいるため、仕入れすぎると売れ残るが、朝顔の片手間に店先に並べておけば、それなりの稼ぎになる。

「お前が売る分は、わしが用意しといたる。ちょうどええくらいの数をな」

そう言ってもらっていたのだ。

なのに、もう七日、朝顔さえ仕入れに行っていない。

どういうつもりかと、親爺は怒っているだろう。

このままでは良くないと判ってはいるのだが、虎彦はこのところずっと、商売に出ることをせず、長屋でごろごろと過ごしていた。

長屋の土間に置いてある花籠と天秤棒を見るだけで、憂鬱になる。それを背負って出かけることが、億劫《おっくう》でしかたない。

花売り商売に必要な道具は、すべて近松門左衛門が与えてくれたものだ。一通り揃えるのにどれだけの金が必要だったか、虎彦は知らない。竹本座前の縄張りも一緒に買い取ってもらったのだから、かなりの額になったはずだ。

いくらかかったか教えてくれ、必ず返すと何度も言ったが、近松は首を振った。

いいのだよ、お前がまっとうな商売をし、竹本座の賑わいに花を添えてくれれば、それでいい。……それから、少しばかり、私の手伝いをしてくれればな。何、悪いことではないよ。世のため、人のためになることだ。

にこにこと笑って、そう言ってくれたものだ。

つぶやいた虎彦は、汲《く》み上げた井戸水を思い切り頭からかぶった。

「……阿呆らしい」

一瞬の気持ち良さの後、べたりと肌に着物が張り付き、気持ちが悪くなる。クソッと悪態をつき、頭をかきむしる。目先のことだけ考えて、後から悔やむ。いつも、そうだ。

別に、近松が根っから清い人物だと思っていたわけではない。うさんくさい爺さんだとは思っていた。

しかし、人の不幸も、悩みも苦しみも、すべて浄瑠璃の種にしようとする、心の底からおかしな奴だったとは。

（賭場の連中と変わらんような、ろくでなしやないか）

いや、それ以下かもしれない。必死で始末処にすがってくる者を芝居の種としておもしろがり、見せ物にしたてる。それを「悪いことではない」と言いきる気持ちが、虎彦には判らない。

しかも、近松やあさひのように竹本座に関わる者だけでなく、育ちの良い若様風の少将までも、そうと知って始末処の仕事をしていたとは……。

……くうん、と啼く声がして、足下にやわらかなものが触れた。

「――鬼王」

賢い犬は、虎彦の晴れぬ気持ちを察したのか、慰めるように足下にすり寄ってきた。

愛らしい仕草に心が和み、その頭を撫でてやろうとして、ふと虎彦はためらった。

鬼王丸は、もともと近松の飼い犬だ。寝食をともにしているが、虎彦の飼い犬ではない。

もしも――今のところはまだ、もしもの話だが――虎彦が始末処と縁を切ることになれば、必然的に花売りもやめざるをえないだろうから、他の稼ぎを探すしかない。その場合、鬼王丸は竹本座に返すのが筋だ。今は虎彦になついている鬼王丸だが、近松か虎彦かどちらかを選ぶことになれば、迷わず近松のところに帰るだろう。

考えてみれば、だらだらと過ごしているこの長屋も、近松が紹介してくれたもの。今、虎彦が持っているものはすべて、近松から与えられたものだ。

すべて手放して、一からやり直す。――もともと、賭場を追われたときに死んでいたはずの身だ。別に、今さら、不安がるほどのことでもない。

ないのだが……。

「……とりあえず、飯でも喰いに行くか」

独り言のつもりでつぶやいたが、足下からうぉんと楽しげな声が返ってくる。

それをいつのまにか当たり前と思うようになっていると気づき、虎彦は小さくため息をついた。


ずぶ濡れの着物を着替えて長屋を出、ぶらぶらと長堀端のほうへと足を向けた。

竹本座まわりの馴染みの店には行きづらいし、西横堀を渡って新地に繰り出すには、懐が少々きびしい。しがない花売りの虎彦が、七日も商いを休んでいるのだから、手持ちの金はそろそろ尽きかけている。花売りの稼ぎに少しは余裕が出てきた昨今ではあるが、働かずにいれば、蓄えなどあっというまに尽きる。前回の始末処の報酬は、近松と揉めたせいで受け取り損ねたままであるし、懐はじきに空になるだろう。

長堀端にぽつぽつと並ぶ屋台を眺めながら、虎彦はゆっくりと歩いた。鬼王丸もいつものごとく、すぐ後ろをついてくる。

ここ数日は続けてこの辺りで食べているから、少しは店の良し悪しも判ってきた。

仕事帰りの出職の若いのが多い界隈だから、そういう連中が集まっている店であれば、安くて腹持ちのいいものが食べられる。

ただ、今日はまだ職人が帰るには早い時間で、屋台はどこも、人がまばらだった。昼飯には遅く、夕飯には早い。

となると、どこで食べるべきか迷ってしまう。昨日と同じにするか、あるいは……と、きょろきょろしていたところで、

「くそっ、お初《はつ》はわしの女じゃ。あいつのためなら何でもしてきたっちゅうのに……醬油《しょうゆ》屋《や》の手代なんぞに好きにさせてたまるか……わしが本気になったら、あんな手代なんぞはどないでもなんねんぞ……」

いきなり横合いから大声が聞こえ、同時に、がちゃんと何かが壊れる音がした。

顔を向けると、先ほど通りすぎた、客の少ない天ぷらの屋台の前で、日も暮れぬうちから酔っ払いがくだをまいている。

うんざりした顔で相手をしているのは屋台の主人で、腰掛けに陣取った酔っ払いの足下には、割れた徳利と濡れた地面。漂ってくる酒の香り。

ああ二合は無駄にしたな、勿体《もったい》ない——と、つい、つぶやきがもれた。我ながらみみっちいとは思うが、懐が淋しいときには、頭のなかまで世知辛くなる。

「あ? なんや、文句あんのか、われ」

声が聞こえたのか、酔っ払いはぎろりと虎彦を睨んだ。

歳のころは三十路前あたりで、生っ白い肌にひょろりとした体つき。縞の小袖を着崩して、肩口からは彫り物がのぞいている。破落戸にしては迫力のない男だが、

からまれたら面倒だ。無視するに限る——と顔をそむけかけたところで、ふと思った。

（……どこかで、見たことがあるような……）

酔っ払いのほうも、同じことを思ったようだった。

お前、どっかで……とつぶやいた後、

「——虎彦？　虎彦やないか」

再び、大声をあげた。

手に杯を持ったまま腰掛けから立ち上がり、目を丸くして虎彦を見ている。

「え、と……」

「おい、わしの顔、忘れたとは言わせんぞ。九平次《くへいじ》や。辰巳《たつみ》の親分とこで、一緒やったやろ」

赤ら顔の男は、さらに声をはりあげる。

そこでようやく、はっきりと思い出した。

「九平次の兄貴……」

賭場のころ、親しくつきあっていた破落戸仲間だった。

虎彦よりも四歳年上で、もとは商家の三男坊だった男だ。十四、五の若さで賭場に入り浸るようになり、怒った親に勘当を言い渡されたが、生来の明るい性格が幸いして賭場の親分に気に入られ、そのまま賭場に居着き、使いっ走りをするようになったのだ。

生家は京都の公家にも出入りのある商家だったそうだが、破落戸に身を落とした後も、「このほうが性に合うてますわ」などと言い、汚れ仕事も嫌がらずにやっていたから、親分だけでなく、他の兄貴分たちにもすぐに重宝がられるようになった。

「末っ子育ちやさかい、弟ができたみたいで嬉しいわ」

年下の虎彦に対してはそんなことを言い、新入りのくせに何かと世話を焼こうとしてきた。馴れ馴れしい態度なのに鬱陶しさを感じないのは物腰のやわらかさゆえで、それがつまり育ちがいいということなのだろうと、当時の虎彦は感心したものだ。

ただ、目の前にいる九平次は、以前にくらべると、顔つきが違っていた。

以前はまだ、金持ちのぼんらしい、おっとりとした雰囲気が残っていたのだが、今はなんというか……品が無くなった。飲み方も絡み方も堅気のものではなくなり、賭場の水に染まったのだなと、一目で判る男になった。

「一年……ぶりか？　……なんや、堅気の商売人に見えるようになったな」

じっと虎彦の姿を眺めた九平次は、目を細めて言った。

へえ、まあ……と虎彦は曖昧に言葉を濁す。

正直なところ、どういう態度をとっていいものやら、判らなかった。

一年前、虎彦は仲間たちに袋だたきにされ、賭場から追われた。

親分の女に色目を使った——というのが、その理由だったが、まったく心当たりなどなかった。言いがかりだと反論しても受け入れてもらえず、仲間だと思っていた連中に殴られ蹴られ、ついには刃物まで持ち出され、ただただ、己の不運と薄情な仲間を恨んだものだ。

——後から考えてみれば、格別に自分だけが不運だったわけでもない。

破落戸どうしでは諍いは日常茶飯事。虎彦自身も、昨日までの仲間を笑って踏みつけたことが何度もある。

憂さ晴らしの的にされて遊び半分で嬲られ、半死半生で堀に放り込まれて、数日後に下流の橋桁《はしげた》にひっかかり、骸《むくろ》となって引き揚げられる——そんな最期も、ありふれたものだった。

「一年前のあんとき、わしは親分と一緒に新地におってな。二日も居続けで、戻ったときにはお前さんの姿は消えとった。そらもう怒ったし、悔やみもした。親分もそうや。つまらんことで大事な若いのを死なせてしもた……てな。けど、お前は生きててくれた。一月ほど前やったか、お前さんが芝居町で商いをしてるて噂で聞いてなあ。そらもう、嬉しかったんやで。一度、確かめに行きたい、あんときのことを謝りたい——そう思たけど、今さらやくざ者のわしが会いに行くのも迷惑やろと思て、近づかんかったんや」

ここで会えてよかったと、九平次はしみじみと言う。

「せっかく会うたんや、一杯やらんか。久しぶりに奢らせてくれ」

手招きをする笑顔には、含むところはなさそうだ。

（けども……）

虎彦はためらった。

もう二度と関わるまいと決めていたのだ、賭場の連中とは。

近松にすすめられて花売りを始めたとき、これだけは約束してくれとも言われた。

昔の仲間と、決して関わらぬこと——。

「その犬、お前の飼い犬か？　賢そうな顔しとんなあ。……ほれ、喰え」

九平次は虎彦に寄り添う鬼王丸にも目を向け、自分の手元の皿から焼き魚の頭をちぎると、ほいと投げてよこした。鬼王丸は腹が減っていたのか、うぉんと一声啼き、がつがつとかじり始める。

「おお、ええ食べっぷりや。……虎彦、お前も早よ座れ。遠慮せんでええ。わしは約束があるさかい、そう長居はでけん。一杯だけや」

「……ほなら、遠慮なく」

鬼王丸は人を見る目はある犬だ。その鬼王丸が警戒しないのであれば、ほんの少し一緒に酒を飲むくらい構わない……はずだ。今回だけだ。次はない。

——そう自分に言い訳をした後で、虎彦はうなずいて、九平次の隣に腰をかけた。

七日も長屋で一人きりだったのだ。誰でもいいから話をしたい気分ではあった。

「こんな屋台と違て、新地の行きつけにでも連れてったりたいとこやけど、まあ、今日のところは、な。……ほら、飲め」

「おおきに」

杯に注がれた酒を、まずは一杯飲み干した。

「兄貴は今も、親分と毎晩、新地通いなんで？」

　適当な話題を探し、注ぎ返しながら当たり障りのないことを訊ねると、九平次は機嫌良くうなずいた。

「おう。お供でな。近頃の新地は、新町《しんまち》よりもええ女が多くてええな。……お前さんはどないや。いつも、こういうとこで食べとんのか。あちこち遊びに行ったりはせんのか」

「……しがない物売りなんで、屋台が精一杯ですわ」

「さよか。まあ、日銭稼ぎではいろいろ大変やろな」

　ふんと自慢げに鼻を鳴らした後、九平次は酒のおかわりと、つまみもあれこれと追加で頼んだ。

「けども、たまには遊ばんと、働きがいもあらへんやろ。曽根崎《そねざき》新地はええぞ。わしの今の馴染みは天満屋《てんまや》っちゅうとこの女でな。お初っちゅうて、そらもうええ女なんや。さっきも生玉の近くで会うたばかりやが……それが、くそっ、あんな醬油屋の徳兵衛《とくべえ》なんぞに……」

　言いかけて、九平次は舌打ちをし、酒をあおる。

　そういえば、さっきも、お初がどうの醬油屋の手代がどうのとわめいていた。

（馴染みの女郎が堅気の商人になびいて気に入らん――っちゅう話か）

　破落戸とお店者を天秤にかければ、女郎がどちらを好むかは言うまでもないことだが、九平次は諦めがつかない――そんなところだろう。ありそうな話だ。

適当に聞き流しながら、虎彦は遠慮なく箸をすすめた。天ぷらがうまい。せっかくだから腹一杯食べておこうと、みみっちく考える。

「……そやけど、虎彦、お前が遊びもせんとつましく暮らしてるとはな。女子供相手の商売やそうやな。花売りやったか？　儲かんのか？」

「まあ、喰っていくくらいは、なんとか……」

そこまで言って、口ごもる。この先も花売りを続けていくかどうか、悩んでいたところだと思い出したのだ。花売りをやるなら近松万始末処とも縁は切れない。それを呑み込んでも続けるべきか、どうか……。

虎彦の沈黙を、九平次は誤解したようだった。

「上手くいってへんのか。なんやったら、わしがもっと金になる商い紹介したってもええ。ちょうど今、ええ仕事があってな。腕っ節に自信のある奴、探してたところや」

「いや、まあ……」

虎彦は曖昧に笑ってごまかした。

「なんや、わしの話は聞けんのか」

「そういうわけと違いますけど……」

近松か九平次かと言われたら、まだ近松のほうがマシだ。これは確かだ。破落戸の言う「腕っ節に自信のある奴」の必要な仕事など、まともなものであるはずがない。

……しかし、このまま宙ぶらりんでいるわけにもいかない。

ついため息がもれそうになるのを呑み込みつつ、虎彦は九平次から目をそらし、往来を歩く者の姿をぼんやり眺め――そこで、あっと目を見開いた。

大勢が行き交う夕暮れ時の通りを、ゆっくりと歩いてくる男が目に留まったのだ。

背筋の伸びた長身と、色白で秀麗な顔立ち。飾り気のない黒の着流しに、腰に一本差の刀。まわりの者が自然に道をあけてしまうような、人目を惹く優雅な姿は、見間違えようもない。

少将だった。

虎彦は思わず、眉間に皺を寄せた。

始末処がらみでないときに、町で少将と出会ったことなど、これまでにはなかった。

（こういうときに限って、会うてまうとは……）

少将とは先だっての一件で、後味の悪い別れ方をしたままだ。正直なところ、まだ顔を合わせたくない。向こうはまだ気づいていないようだから、背を向けてやり過ごそう。

――と初めは思った虎彦だったのだが、つい、そのまま見つめてしまった。

少将の一歩後ろから、紫の袖頭巾をかぶった女がついて歩いているのが見えたのだ。

藤色の小袖の帯に懐剣《かいけん》をさし、武家の女らしいと一目で判る。顔を隠すようにしてうつむいているが、歩き方だけでも凛《りん》とはりつめた空気をまとっている。

かなり高貴な家の女なのではないか。

（もしや、あいつの出自にからむような女……）

少将は、もともとはそれなりに身分のある若様だったに違いないと、虎彦は前から思っている。少将が自ら過去を語ることはなかったし、虎彦も無理に聞き出そうとは思わなかったから、実際のところは何も知らないが。

――そこで、視線に気づいたようで、少将が屋台のほうを見た。

とっさに顔を背けようとしたが間に合わなかった。

しっかりと目が合ってしまい、虎彦は顔をしかめる。

少将も眉尻を上げた。驚いているようだ。

かと思うと、一瞬後、酷く険しい表情になる。

虎彦は思わず怯んだが、

（――まあ、こないだのアレの後ではな）

虎彦のほうも愛想良くふるまう気分ではないから、しかたがない。

しかし、次の瞬間、少将は一転して、にっこりと微笑《ほほえ》んだ。

近くを歩く町娘が見惚れて足を止めるほど鮮やかな笑みを、虎彦にはっきりと向けてきたのだ。わざわざ立ち止まってまで。

予想外のことに、虎彦はさらにたじろいだ。

向こうは曰くありげな女連れ、こちらは屋台で破落戸と一緒――そういう状況で、わざわざ挨拶してくるとは。どちらにとっても、知らぬ顔ですませたほうが都合がいいではないか。

（何を考えて、わざわざ……）

向こうの女は困ったようにうつむいて顔を隠しているし、隣では九平次がぎょっとしたような顔をしている。それだけではない。往来の者たちも好奇心をむきだしにして、虎彦と少将を見比べている。

虎彦は慌てて顔を背け、往来に背を向け、杯をあおった。こいつとは関係がない──今さら無駄だが、それで通したい。

少将はほどなく再び歩きだしたようだ。

その姿を虎彦は見ていないが、あっさり立ち去ったことは、隣の九平次や辺りの雰囲気で察した。

「お、おい、なんや、あの色男。驚いた、なんでこっちに色目なんぞ使うてきたんか……虎彦、お前、あんな若様とどこで知り合いになったんや」

九平次が妙にこわばった顔で訊いてくる。

思わず、舌打ちがもれた。あんな男が知り合いと知れば驚くし、事情が気になるのも当然ではあるが、わずらわしい。

「前に花を買うてもろた客ですわ。知り合いっちゅうほどのもんとも違います」

「……お、お前の馴染み客か……。そうか……ただの花売りやと思とったのに、あんなんと知り合いか」

「名前も知らん客です。別に馴染みとも違う」

「そやけど、お前に挨拶したんやろ、今の。気になるやないか」

「そう言われても、別に親しい相手とも違うし」

なんでわざわざ挨拶なんか——とつぶやいたが、なおもしつこく、九平次はあれこれ訊いてくる。

「本当にただの顔見知りですわ。何がそないに気になるんです？」

いい加減うっとうしくなって声を荒らげると、ようやく引き下がり、

「ふん……さよか」

つぶやいた後、徳利を手に取ると、手酌で二杯、九平次は続けて飲んだ。

「……ふん、お前が世渡り上手に立ち回って、ええとこの若様に取り入りでもしたんかと思たけど……そうか、ただの客か。……安心したわ」

そんなことを言った後、ごまかすように笑って、お前もどんどんいけと虎彦にも注ぐ。

「……お前さんとこんなとこで会うとは、本当に思てもおらんかったからな。不思議なもんや」

取り繕うように言う九平次に、へえへえと適当に相づちを打ち、虎彦は徳利を手に取る。あまり酒には強くないが、今はとにかく飲んで、憂鬱なことは忘れてしまいたかった。

2

うぉん、うぉんと激しく吼える声に、虎彦はたたき起こされた。

寝床のなかで目を開けると、いつも土間で寝ているはずの鬼王丸が、畳の上まであがり込んで、すぐ耳元で吼えている。

「どないした、腹でもすいたか」

寝ぼけながら身を起こすと、外はすでに明るい。

花の仕入れに行っていたころは、まだ暗いうちから起き出して、花籠を担いで出かけていたが、この数日はだらだらと寝ている。なかでも今朝は眠りほうけていたようで、いつもより日が高いようだ。

「……飲みすぎた」

虎彦は額をおさえて唸った。

九平次が、新地のお初とやらに会いに行くからと、金だけ置いて途中で帰ってしまったのもよくなかった。まだ宵の口であったし、一人で気ままに奢りの酒を飲めるとあって、調子にのってしまったのだ。

おかげですっかり二日酔いだ。

情けない声を出す虎彦に、鬼王丸はさらに大声で吼えたてる。

いつもの鬼王丸らしくないしつこさに、どないしたんやと顔をしかめてから、虎彦はふと思い当たった。

「……もしかして、爺さんがこっちに来とんのか」

鬼王丸の本来の飼い主である近松門左衛門は、普段は京都で暮らしていて、何か用向きがあったときだけ——たいていは月に一度、始末処の仕事のためにだが——大坂に現れる。

聡い鬼王丸は、その日は遠くからでも近松の気配を嗅ぎつけ、そわそわと落ち着かなくなるのだ。ちょうどこんなふうに。

「……判った。吼えんな。一人で行ってこい。おれは竹本座に用はあらへん」

額に手をあてたまま、よろよろと土間に向かい、つっかい棒をはずして引き戸を開けてやる。

いつもなら、喜んで飛び出していくはずの鬼王丸が、しかし、なぜか土間から動こうとしなかった。虎彦の臑に鼻先をあて、押し出すように何度も突いてくる。一緒に来い——と言っているようだ。

「ええから勝手に行けって……」

何度かそう繰り返し、なおもしつこく言うことを聞かない鬼王丸の様子を見ているうちに、虎彦はなんだか不安になってきた。

(もしかして、爺さんに何かおかしなことでも……)

鬼王丸の勘の良さは、見くびれないものがある。

そもそも、前回の始末処の仕事から、まだ十日も経っていないのだ。近松が本当に来たのだとしたら、少々、早すぎる。――まあ、浄瑠璃作者としての本来の仕事もあって不思議はないのだが。

それでも、なんだか、嫌な胸騒ぎがした。

「――判った。おれも行く」

虎彦がそう言うと、鬼王丸は安堵したように一声啼いた。


長屋から出てみれば、町はすでに昼飯時だった。腹は減ったが、頭が痛くてあまり食欲がない。雨が近いのか、酷く蒸し暑くてうんざりする。

商売道具も持たずに竹本座に顔を出すのは、さすがに気まずい虎彦だったが、鬼王丸はひたすらに気がせいた様子で虎彦を急がせる。先に行けと何度言っても聞かず、仕草と啼き声で虎彦をせっつくのだ。

やはり何か近松の身に変事が起きたかと、胸騒ぎはさらに増してくる。

虎彦はいつのまにか小走りに、竹本座への道を急いでいた。

木戸前まで来ると、いつも座っている札売りの小兵衛の姿がない。客の出入りは普段から少ない小屋だが、今日はさらに閑散《かんさん》としている。

それだけではなく、何か違和感が――と思い、すぐに気づいた。

とうに演目が始まっているはずの時間なのに、浄瑠璃の語りも三味線も聞こえてこないのだ。これは妙だ。

鬼王丸が虎彦から離れ、すばやく小屋のなかへと駆けていく。

虎彦も慌てて追いかけ、木戸を通り、平土間へと足を踏み入れた。

薄暗い小屋のなかで、まず目に入ったのは、舞台の上に立つ黒羽織の男だった。

えらい大きい人形や——と思ったのは一瞬で、すぐに人だと気づく。

しかも、ただの人ではない。町方役人だ。手先を連れ、土足のままで舞台にあがっている。

向かいに立っているのは、浄瑠璃の太夫に三味線弾きと人形遣いの親方——つまり、竹本座を支える者たちだ。人形細工師の亥蔵もいる。虎彦にとっては、顔は知っているがほとんど話したことはない面々だ。

他にも、顔見知りの者たちが、平土間のあちこちで、舞台の者たちを見つめている。

（なんや、これ……）

思っていたよりも悪いことが起きているようだ。どうして、役人が舞台の上なんぞにいるのか……。

「虎彦」

そこで、すばやく虎彦を見つけ、小さく声をかけてきた者がいた。

入り口のほど近くにいたあさひだ。慌てて駆け寄ってくる。

「来てくれたんや。……けど、もう虎彦の耳にまで入ったってことは……町で噂になってんのやろか」

「噂？　なんの噂や」

「え──知らんの？」

あさひは声をひそめ、眉根を寄せた。

「ほなら、なんでここに……虎彦、ここでの花売りはもう辞めてしもたんやろ？」

うかがうように問われ、虎彦は歯切れ悪く言った。

「いや、別に辞めたわけとは違うけども……」

「……本当に？　辞めたんと違うの？」

「あ、ああ、まあ……」

「──よかった！」

「おい……」

思わぬ大声に虎彦は慌てた。あさひも、しまったというように口をつぐんだが、すでに遅かった。

舞台の上の者たちの目が、いっせいにこちらを向く。あいつですわ──と誰かが言ったかと思うと、

「ほう、お前が花売りの虎彦か」

居丈高《いたけだか》な物言いで訊ねてきたのは町方役人だった。

えらそうで気に入らない──とは思ったが、役人に無闇に楯突《たてつ》いても意味はない。

とりあえず、へえとうなずいた。

役人は横柄に虎彦を手で呼びつけると、

「訊きたいことがある。この小屋に出入りしていた浪人者のことだ」

「浪人……」

「役者崩れのような色男がいただろう。お前と親しくしていたと聞いている」

誰のことだと首をひねりかけて、少将ではないかと察した。小屋の者たちは、虎彦が少将と組んで近松に使われていたのを知っているから、親しい仲だと役人に告げたのかもしれない。

「まあ知り合いは知り合いで」

「今、どこにいる」

「知りまへん」

「嘘をつくとためにならんぞ」

「そう言われても、知らんもんは知らんので」

知っていても言わんやろなと思いつつ、本当のところを虎彦は答えた。

「殺しの下手人をかくまうと、お前も同罪だぞ」

「――は？　殺し？」

驚いて聞き返すと、役人はぎろりと虎彦を睨みながら言った。

「昨夜、曽根崎新地の女郎が殺された。名は天満屋のお初。亡骸は刃物で心の臓を刺されて露天神《つゆのてんじん》で見つかったが、その側にいたのがくだんの浪人だ。見た者がいる。そやつは女郎の亡骸を捨て置いて逃げ、今も居所が判らん。名も素性も判らなかったのだが、この小屋の馴染みだとの証言があって、調べに来たのだ」

「──え……」

予想外の言葉に、虎彦はぽかんと口を開け、再度、聞き返した。

「少将が人殺し？　……曽根崎新地の女郎を？　そんな阿呆な」

「少将？　それがそ奴の名か？　たいそうな名だが、もとはどこの家中の者だ？」

「あ、いや……」

うっかり呼び名を口にしてしまったことに気づき、虎彦は慌てた。

確か、勝手に自分で名乗っているだけだと言っていたはずだが、本名と関わりがあるのだとしたら、役人に言ったのはまずかったか。──いや、そもそも、本当に少将が人殺しなんぞ、したというのか？

(天満屋のお初……)

聞いたことがあるような気がするが、さて、いったいどこで聞いたのか……。思い出そうと思案を巡らせると、二日酔いの頭がずきりと痛む。

「『世継曽我』でございますよ、お役人様」

舞台の袖から、聞き慣れた声がした。

虎彦が目を向けると、現れたのは近松門左衛門だった。足下にはいつのまにか、先ほど虎彦から離れていった鬼王丸が、ぴったりと寄り添っている。

「あの御浪人様が御名を教えてくださいませんものでな。ならば、花売りの虎彦と揃いの名で呼ぼうと、小屋の者がふざけたのです。虎と少将──どちらも浄瑠璃の『世継曽我』に出てくる名でしてな。他に、この犬は鬼王丸、細工師の見習いには朝比奈三郎《あさひなさぶろう》から名をとった、あさひと申す者もおりまして、すべて浄瑠璃好きの戯《たわむ》れ。あの御浪人様の本名どころか、もともとどこの御家中かなど、私どもはまったく存じませんよ」

すらすらと、近松は説明した。

役人はしかめ面で近松を睨み、

「お前は……」

「近松門左衛門と申します」

「ほう……なるほど、その『世継曽我』の作者か。お前も、その少将とやらの知り合いか」

「二、三度、話したことはございます。なにせ、お耳に入っております通り、たいそうな色男でしてな。私めが手がける京の芝居に出てもらえないかと声をかけたのですが、あっさりと断られました。浄瑠璃や芝居が好きなようで、この辺りをよくぶらついておられましたが、さて……どこの誰だかは、小屋の者も近所の者も、誰も知らないことでございますよ」

役人相手にも怯まず淡々と答えた後、近松は慇懃な笑みを浮かべた。

その後、町方役人が意外にあっさり帰っていったのは、小屋の座元がそれなりに手を打ったからだ。つまり、金を包んだのである。

もともと、芝居や人形浄瑠璃の小屋では、客どうしの諍いが起きたときのため、役人とつながりを持っておくことが多い。

日頃の付け届けにくわえて新たな袖の下を渡したことが功を奏し、とりあえず小屋の者は事件に関わりなしとのことで、明日からは通常通りに木戸を開けることも許された。

「けどなあ、なんでまた、あの少将さんが女郎殺しなんぞ……」

「いや、本当にやったとは決まってへんやろ」

「そうは言うても、あんな目立つ御仁を間違うやろか」

「まあ、どっちにしろ、死んだんが女郎で下手人が浪人となれば、町方としても、あまり本気で探索はせんのと違うか」

ぶつぶつとつぶやきながら、小屋の者たちはそれぞれの仕事に戻っていく。――といっても、今日は小屋を開けられないため、みな不満顔だ。

「なあ、虎彦……少将さん、本当に人殺したり、したんやろか」

か細い声が聞こえ、目を向けると、隣に立つあさひが、すがるような目を虎彦に向けていた。

そういえば、あさひは少将に懸想していたのだ。女がらみの殺しの容疑となれば、動揺は大きいだろう。

「そないなわけ……」

不安を打ち消す言葉をかけてやろうとしたが、途中で虎彦は言葉を呑み込む。

若様然とした少将と新地の女郎とは、虎彦の頭のなかではまったく結びつかない。十中八九、役人の勘違いか、単純な人違いか——に決まっている。

しかし、一方で、人殺しなどあり得ないと断言するほどには、自分は少将のことを知らないのだ、とも思う。——そうだ、いつだったか、自分は人を殺めたことがあると、あいつは話していたのではなかったか……。

「新地なんか、少将さんに似合わへん。そんなとこに行くひとと違うやろ」

「いや、まあ、それは……」

男やからなと言おうとし、確かに少将には似合わないと思い直した。

曽根崎新地は近頃、たいそうな人気だが、由緒ある遊郭《ゆうかく》が並ぶ新町とはやはり格が違う。新地に似合うのは、若様然とした少将よりも、小金を持ったお店者や田舎《いなか》から出てきた侍連中、そうでなければ九平次のような破落戸のほうが……。

「あ——」

そこまで考えたところで、ふいに虎彦は思い出した。

「天満屋のお初て、昨日聞いた、九平次の……」

九平次の馴染みの女の名ではないか。確か、醤油屋だか味噌屋だかの手代と取り合っていると言っていた。

殺されたのは、その女だ。

——しかし、なぜ、それに少将が関わっているのだ？

「虎。その女郎を知っているのか」

そう訊ねてきたのは、ひとり舞台の上に残っていた近松だ。虎彦のつぶやきを耳ざとく聞きつけたらしい。

虎彦はうなずいた。

近松と会うのは先だって揉めたとき以来で、当然ながら気まずさはあったのだが、今はそんなことを言っている場合でもない。

「昨日、たまたま屋台で会うて一緒に飲んだ昔の知り合いが、自分の女と言うとった」

「昔の知り合い？　……ということは、賭場の者か」

「まあ……な」

うなずくと、案の定、近松は険しい顔になる。

無視して、虎彦は続けた。

「お初ていう女郎を、その賭場の奴――九平次が、他の男と取り合うてるようやった」

「え……それが少将さんやてこと？」

あさひが口をはさむ。

「いや、その相手はお店者らしい。……それに、飲んでるとき、たまたま少将本人が通りかかってな。九平次も少将の顔を見たけども、前から知った仲のようではなかったな。どこの誰やて、おれにしつこく訊いてきたし……女がらみの関わりがあったとしたら、その場でおれに言うはずや。ちょうどそういう話もしとったからな。

……そもそもな。そんとき、少将は他の女と一緒やったんやぞ。顔は見えんかったけど、身分の高そうな女やった。あんなんと一緒におんのに、なんで同じ日に新地の女郎なんぞと――」

「どんな女だ。その身分の高そうな女というのは」

虎彦の言葉を遮って、近松が言った。妙に慌てた口調だった。

「え……いや、頭巾で顔を隠しててな。よう判らんけど……高そうな着物着て、歩き方もその辺の女と全然違《ちご》たから、武家の女と違うか。……爺さん、心当たり、あるようやな？」

「……あ、いや、そういうわけではないが……」

「嘘つくなや」

間髪をいれず、虎彦は言った。

「心当たりがあるから気になんねやろ。……やっぱりあいつの出自に関わる女か？生まれた家の者とか」

「見てもおらん女のことなど判らんよ」

近松は、いったんはしらじらしく首を振る。

だが、やはり気になるようで、すぐに続けた。

「しかし、いったい、どこで会ったのだ。今の少将のもとに身分のある女が訪ねてくることなどまずなかろうし、万が一そういうことがあったとしても、人目につく場所でともに行動するとは思えぬのだが」

「普通に連れ立って歩いとったけどな。長堀端の人通りの多いとこを。屋台におったおれと目が合うて、わざわざ立ち止まって、にやにや笑てたくらいでな。人目にたつのを気にしてるようには見えんかった」

「屋台にいた虎彦に……？」

近松は眉をひそめて聞きかえした。

「わざわざ虎の前で足を止めたというのか？　虎が賭場の者と飲んでいると判っていて、か？」

近松は顔をしかめ、何か思案するように眉を寄せた。

虎彦も、昨日の少将の様子を、もう一度、思い浮かべてみた。

虎彦を見つけ、驚いた様子の少将は、表情を硬くした後、足を止めて笑いかけてきた。それだけだ。別に気になるようなことはなかった……はずだ。

だが、今思えば……わざわざ立ち止まって挨拶したというのは、それ自体、「気になるようなこと」ではある。普段の少将であればしないような振る舞いだ。もしや、あれには、何か、意味があったのか……？

「……九平次を捜してみる」

しばしの思案の後、虎彦は言った。

「九平次も馴染みの女に死なれたばかりで慌ててるやろけど、女のほうの事情は少しは判るやろし、そうしたら少将のことも何か……」

「いや、行かぬほうがいい。行くのはよしなさい」

近松がやけに強い口調でさえぎった。

「いや、そやけども……」

「余計なことはせぬほうがいい。町方が探索を始めているのだ。お前が出しゃばることもなかろう。ややこしい事件に首を突っ込む必要はない」

「……爺さん、あんたなあ」

さすがに呆れて、虎彦は声を荒らげた。

「これまで始末処の仕事とやらで、あれこれややこしいことに首突っ込んできたやないか。……それとも何や、浄瑠璃の種にしにくいことには関わる意味がないっちゅうわけか？　竹本座に役人が来た事件を見せ物の種には、さすがにしづらいやろしな」

「虎彦、そんな言い方……」

あさひが割り込もうとしたが、近松はさえぎって言った。

「そう思うのなら、それでもいい。ともかく、お前の出ていくようなことではない。おとなしくしていなさい。少将のことは……しばらくは放っておくしかない。いずれ、片がつけば、向こうから現れるだろう。虎も知っているはずだ。少将には役人に伝手もある。殺しの誤解はじきに解けようし、それ以外のことは——私たちではどうしようもない」

「……あいつ、これまで爺さんのためにあれこれ骨折りしとったやろに、えらい冷たいもんやな」

近松を睨みつけて言い放った虎彦は、そこで気づいた。落ち着いた表情に見える近松だが、表情が酷く硬い。

町方役人と話していたときは、こんな風ではなかった。態度にも口調にも余裕があった。様子が変わったのは虎彦の話を聞いた後だ。

……となると、要因はやはり、昨日の少将の行動……ということか。

あのとき、何も言わずに少将に背を向けたのが、今さらながら悔やまれた。

「ともかく、関わってはいかんぞ。後のことは役人にまかせておけばいいのだ」

強い口調で近松は言い、足下の鬼王丸に目を向けて続けた。

「鬼王や、いいか、虎彦がおろかなことをせぬように見はっておくのだぞ。判ったな」

うぉん、と鬼王丸がうなずき、舞台を降りて虎彦の足下に寄ってくる。じっと見上げてくる黒々とした目が、本当に自分を見はっているように思え、虎彦は顔をしかめた。

ええから爺さんのとこにおれ——そう言おうとして、舞台に目を戻すと、もう近松の姿はない。

「……逃げよった」

思わず、舌打ちがもれた。

3

竹本座を出た虎彦は、いったん長屋に寄り、花売りの道具を持つと、まっすぐ曽根崎新地へ向かった。花籠を担ぐ天秤棒は、虎彦にとっては大事な武器で手放せないし、棒だけ持つよりは籠もあったほうがいっぱしの商人に見えるから、何かと動きやすい——そう思ったのだ。

近松の言うことなど、元より聞くつもりはなかった。

このまま知らぬふりで事態を放っておくのは、どうにも落ち着かない。

少将の濡れ衣をなんとか晴らしてやりたい——と思うほどの親しい仲では、ない、と思う。少なくとも、真顔で刀を突きつけてきた相手に、そこまで親切にしてやる筋合いはないし、そもそも、濡れ衣かどうかも判らない話だ。

だが、そこに九平次の女がからみ、しかも、竹本座周辺の人間のなかでは今のところ最後に少将を見たのは自分だ——となると、どうにも気になってしまう。

(……まあ、どうせ、することもないし……)

暇つぶしだと思えばいいのだ——と自分に言い聞かせ、虎彦は新地へ急いだ。

真の飼い主に忠実な鬼王丸が、虎彦の行動を邪魔してくるのではないかと懸念はあったが、意外にも、素直に虎彦についてきた。近松に見はっておけと言われたから、それに従っているだけかもしれないが。

「……いつでも爺さんとこに帰ってええねんぞ」

そう言ってみたが、くうんと啼いて、すりよってくるだけだった。そばにいるだけであれば困ることもないから、好きにさせておく。

曽根崎新地には、虎彦はかつて二度ほど行ったことがある。

九平次と同じで、賭場の親分に連れられて行ったのだ。物珍しくはあったし、女と遊ぶのは楽しかったが、賭場と縁を切ってからは、なんとなく避けていた。昔の知り合いと会う可能性が高いと思うと、足を向ける気にならなかった。

今の曽根崎新地は、市中の盛り場ではおそらくもっとも賑わっている場所だ。夕刻過ぎには大勢のひとが集まる。

しかし、まだ昼時を過ぎたばかりとあって、ほとんどの店は暖簾を内に仕舞ったまま。並んだ籬《まがき》にも、女の姿はなかった。

往来で屑拾いをしている子供をつかまえ、天満屋の場所を訊ねると、大通り沿いの店だと教えられた。

捜し当ててみれば、塗り替えたばかりの紅殻格子《ベンガラごうし》が派手な、景気のよさそうな店だ。

まだ灯の入っていない行灯看板で店の名を確かめ、さてどうするかと虎彦は思案を巡らせた。

女郎が殺人事件に巻き込まれたばかりだから、店も騒然としているのではないかと思ったが、他の女郎屋同様にしんとしていて、店のまわりに人影はない。役人の気配もない。

訪《おとな》いを入れ、昨夜死んだ女郎のことを聞きに来た——などと正直に言ったところで、相手にされるはずもない。

とりあえず、誰か店の者が出てくるのを待ってみようかと、虎彦は軒先にしゃがみ込んだ。花籠を肩からおろし、鬼王丸を手元に呼んで遊んでやっていれば、商いの息抜きをしている行商人に見えるだろう。あまり長居をしては怪しまれるかもしれないが。

さほど待たないうちに、暖簾のうちで人の声がした。

「……万が一、こちらに来るようなことがありましたら、すぐにうちに知らせてください。旦那様もお困りなんで」

「へえへえ、判りました。万が一のことがあったら、確かに」

くれぐれもと頼み込む男と、うんざりした声で応える女だ。

「……そやけど、何度も言いますけど、昨夜のお初の客は九平次はんだけ。徳兵衛はんはお見えになってまへん。行方知れずやとしても、うちは関わりありまへんやろ」

「……そうやとええのやけど……」

はあとため息をつきながら、男は暖簾をくぐってきた。

女のほうは、男を見送るでもなく、とっとと中へ引っ込んでしまったようだ。

「……本当に、どこへ消えてしもたんや、徳兵衛の奴……」

男は籬の前で立ち止まり、苛々した様子で天を仰ぐ。

徳兵衛という名には、虎彦は聞き覚えがあった。昨夜、九平次が話していた恋敵が、確かそんな名前だった。醬油屋だか味噌屋だかの男だと言っていた。——その男が行方知れずだというのか？

虎彦にちらりと目を向けただけで、そのまま歩き出そうとする男に、虎彦は慌てて声をかけた。

「あの、すんまへん、その徳兵衛はんて、もしかして、お初さんの馴染みの……？」

「……知ってんのか？」

怪訝そうに聞き返され、虎彦はとりあえず、うなずいた。

「その……おれの知り合いが、このごろ、徳兵衛はんと揉めてたみたいで……九平次っちゅうんやけど」

相手の表情をうかがいながら口にすると、男は顔をしかめた。

「九平次の知り合いか。……そういう顔やと思たわ」

破落戸仲間と思われたようで、虎彦が歩み寄れば、そのぶんだけ、男は避けるように距離を置く。

虎彦は構わず問うた。

「徳兵衛はんの行方が判らんそうやけど、それも昨夜の事件と関わりがあるんやろか。お初さんが殺されたて聞いて、もしかしたら九平次の兄貴が何かしでかしたんやないかと思て気になっとって……あの、何か、知りまへんか」

できる限り、丁寧に訊ねたつもりだったのだが、男は警戒をあらわに、なおも口をつぐみ、虎彦をじろじろと見ているだけだ。

しかたなく、虎彦はさらに続けた。

「お初を殺したんは浪人者やて聞いたけども、なんや、納得いかんもんで。お初にお侍の客がいたて話、九平次の兄貴からは聞いてまへんし。なんで、客でもなかった浪人者が関わってくんのかと……」

「……ふん、どうせ、九平次が金で雇うた浪人やろ」

男は吐き捨てるように言った。

「え？」

「奴があやしげな連中と仲良うしとるっちゅう話は、それこそ、お初がまわりにしとったことやないか。町の者とは言葉の違う物騒な連中が出入りしてて怖いと、お初はおびえて、徳兵衛にも相談してた。なんや気色が悪い、てな」

虎彦は絶句した。

つまり、少将が九平次に雇われて殺しを請け負ったということか――と、一瞬、考えかけ、すぐに否定する。

（ありえん）

少将は、金で破落戸に雇われるような男ではなかろうし、昨夜の九平次と少将の様子を思い出してみれば、殺しを頼むような間柄でないのは明らかだ。

——とは思ったのだが、

（本当に、そうか……？）

ふと、不安にもなった。

九平次が少将を雇ったというのは、さすがにありえないが、他の誰かが依頼した可能性はどうだ？　まったくないとは言い切れないのではないか。

少将が金で近松に雇われ、始末処の仕事をしていることを、虎彦は知っている。むろん、近松はこれまでに人に害をなすような依頼は受けなかったが、もしも、少将の腕を見込んで物騒な依頼をする者がいたとしたら……少将はどうするのだろう。浪人暮らしであれば、金は欲しいのではなかろうか。

「まあ、女郎と商家の手代を始末すんのに、わざわざ浪人者を雇うっちゅうのもお笑いぐさやけども……うちの徳兵衛はあれで柔術の嗜みもあったからな。破落戸のくせに腰抜けの九平次は、助太刀が欲しかったんやろ」

「……っちゅうことは、あんたは、お初が殺されたときに徳兵衛も一緒やったと考えてるわけか」

「今になっても徳兵衛は帰ってこんのやからな。しかも、旦那様から預かった金まで持ったままで……」

「金？　女だけと違て、金もからんだ話なんか？」

思わず聞き返すと、男ははっとしたように口をつぐんだ。喋りすぎたと気づいたようで、慌てて踵を返し、早足で去っていく。

虎彦は、追いかけることはしなかった。今の様子では、これ以上、虎彦に何か話してくれるとは思えない。

それに、すでに充分、気になることを教えてくれた。昨夜の殺しが、ただの色恋沙汰だけでなく金がらみでもあるとなれば、事情はいろいろと複雑になりそうだ。

しかも、

「九平次が、本当に怪しい連中と会うてたとして……」

今の男の考え通り、事件のために九平次が雇った浪人であるなら……どこの誰だ？　少将ではあるまいと思うのだが……。

うぅ……と低く唸る声が足下で聞こえたのは、そのときだ。

鬼王丸が険しい顔つきで路地裏を睨んでいるのだ。

「どないした？」

問いかけながら、虎彦もそちらに目を向けると、天満屋の裏口から、人影が出てくるのが見えた。

とっさに板塀の陰に身をひそめながら見ていると、編み笠で顔を隠し、腰には刀の二人連れだった。虎彦のいる表通りのほうではなく、路地伝いに歩いていく。

（なんや、あれ）

客であれば表から堂々と出てくるはずだ。辺りをうかがうような素振りも怪しい。

さっきの話を聞いた直後だけに、気に掛かる。破落戸とつるむような浪人者にしては、身なりは整っているが……。

うぉん、と鬼王丸が小さく啼いた。鬼王丸の嗅覚も、何かを感じているようだ。

鬼王丸は、虎彦の臑を鼻で突き、首を一振りして表通りを走り出す。先回りをするつもりらしいと、虎彦は察した。路地を追いかければ、すぐに相手に気づかれるだろうから、ここは鬼王丸に従ったほうがよさそうだ。

虎彦は空の花籠を担ぎ、慌てて鬼王丸を追った。

こうなると籠は邪魔だが、捨てていくわけにもいかない。

二筋ほど先で鬼王丸は右に曲がった。

ついていこうとして、虎彦は舌打ちした。うろ覚えだが、その先は確か、川だ。新地に直接、大川から舟で来られるようになっている。舟に乗られたら、追いかけられない。

鬼王丸が曲がり角で足を止め、虎彦を振り返った。

「……ええから、追いかけろ。行けるとこまででええから」

虎彦が言うと、うぉんと応え、再び走り出す。わずかに遅れて虎彦が川端に出たときには、編み笠の男たちを乗せた舟はすでに川岸を離れていた。

鬼王丸は、その舟を追うようにして、川岸を走っている。人が舟を追っていれば目立つが、犬であれば誰も気に留めない。今は町中に野良犬がうろうろしていて、走り回る犬など珍しくもないからだ。

なんらかの手がかりを持って帰ってきてくれるといいのだがと、期待とともに虎彦は鬼王丸を見送った。

舟影が小さく消えたところで、自分のほうは次に何をしようかと考える。

とりあえず、もう一度、天満屋に戻ってみるかと、籠を担ぎなおして踵を返した。

その、刹那だった。

背後から何か気配を感じ、とっさに身を躱す。

「――っ」

舌打ちのような声が聞こえ、同時に虎彦は、何かが肩先をかすめたのを感じた。

すばやく肩の天秤棒を握り、空の籠を振り落として身構える。

「くそっ」

吐き捨てたのは、後ろから襲ってきた男だった。単衣を着崩した破落戸で、その顔に覚えがあった。賭場で一緒だった男だ。一年前のあの日、虎彦を追い出した連中の一人だ。

「お前……五助《ごすけ》」

歳が近く、一時はよくつるんでいた相手だ。

「虎彦、見つけたぞ。恩も忘れて九平次の兄貴の邪魔をするとは、ええ度胸や。今度こそ、大川に沈めたる」

「……は?」

どういう意味かと聞きかえす間もなく、五助は再度、飛びかかってくる。天秤棒を振り回して匕首《あいくち》をはたき落とそうとしたが、躱されてしまった。

「ちっ……」

昔からすばしこい奴だったと思い出し、虎彦は舌打ちをした。

本気でたたきのめすのなら、さして苦労はしない相手だが、虎彦としては、せっかくの機会を逃さず、九平次についてあれこれ聞き出したい。そのためには二、三発殴っておとなしくさせるか——と考えたときだ。

「——おい、虎彦がおったぞ」

「五助、逃がすな」

次々と声が増え、目を向ければ、路地から破落戸たちが現れたところだった。見知った顔もそうでないのも、合わせて四人。

「……ちっ」

一対五はさすがに不利だ。喧嘩慣れした奴らを相手に、慣れない町で大立ち回りは避けたほうがいい。逃げなければと一瞬焦り——その隙を突かれた。

背中に衝撃を感じ、たたらを踏んで振り返れば、虎彦と同様に天秤棒を持った若いのがにやりと笑っていた。その機を逃さず、二人、左右から飛びかかられて、躱しきれなかった。

脇腹を蹴られた拍子に天秤棒を取り落とし、拾おうと身をかがめたが、すばやく棒の先を踏みつけられ、手に取り損ねた。焦った瞬間、視界の端に匕首の刃が見え、背筋が冷える。一年前と同じになるのか……。

「おい、殺すな」

昨夜聞いたばかりの声に顔をあげると、破落戸たちの向こうに、九平次の姿が見えた。昨夜と同じ着流し姿で、大股で近づいてくる。

虎彦はかがみ込んだまま、動きを止めた。

自らお出ましとなれば、話を聞くには好都合だ。逃げるのは後回しだ。

九平次は、大袈裟に供まで連れていた。昨日はすさんだ下っ端に見えたが、賭場での地位は虎彦が思った以上に上がったようだ。虎彦を囲む破落戸のなかには、あきらかに九平次より古株だった者もいるのに、たいしたものだ。

虎彦の目の前まで来ると、九平次は目を細めて言った。

「虎彦。昨日はようだましてくれたな。芝居町で暮らしているうちに、芝居が達者になったらしいな」

虎彦は九平次を睨みつけた。

「……何の話や」

「ほう、とぼけるか。お前、あの若様崩れと、前から親しゅうしてるそうやないか」

「……若様崩れ……？　……少将か？」

九平次はやはり少将のことを知っているのか——と思いながら訊ねると、九平次は顔をしかめた。

「少将？　また芝居じみた呼び名やな。さすが、お公家さんの若様や。……あの野郎はな、昨日、わしの後をつけてきたあげく、お前がどうこうと御託を並べ、稼ぎを横取りしていきよった。このままでは済まさん」

「後をつける……？　どういうことや？」

わけが判らず、聞き返す。

それに今、九平次はお公家さんの若様とはっきり言ったが……。

「あんた、昨夜あの後、少将と会うた——っちゅうことか？」

「何をとぼけたことを。あいつがわしんとこ来たんは、お前の差し金やろ。あいつさえ邪魔しに来んかったら、お初を掠《さろ》うて徳兵衛の金を手に入れて、万事、うまくいったんじゃ。それを、よくも……」

九平次の声に怒りがこもった。

「虎彦。あの若様崩れは、徳兵衛をどこに隠した。持っとったはずの金はどこや。みんな、あいつが横取りしよったんじゃ。返せ」

「……ちょっと待て。おれにはいったい何が何やら……」

「徳兵衛も生かしてはおかん。あいつのせいでお初は……」

虎彦の言葉を、九平次は聞いてはいなかった。次第に目を血走らせ、手にした匕首を抜く。

（まずい）

これ以上おとなしくしていては危ない。逃げなければ……。

目の前で踏みつけられている愛用の天秤棒の端を、虎彦はつま先でぐいと踏んだ。がちゃりと音がして、仕掛け金具がはずれる。

天秤棒は真ん中で二つに分かれた。からくり好きのあさひが、前の仕掛けが上手くいったのに気を良くし、はりきって作った、新しい細工なのだ。手元の部分を虎彦が拾いあげ、力任せに振りまわすと、棒の先から飛び出した分銅鎖が、破落戸たちの顔を狙った。

「うわっ……！」

目つぶしを受け、怯んだ破落戸たちの隙をついて、虎彦は囲みを飛び出した。半分になった仕込み棒を手にしたまま、川のほうへと逃げる。

「待て……！」

声はしつこく追ってきた。

だが、ちょうど小さな屋形船が何艘《なんそう》か着いたようで、川岸には人が多くなっている。なんとかまぎれて逃げ切れるはず——と思った瞬間、

「待てっ！」

必死の形相で追いすがってくる者に気づく。足の速い五助だ。匕首を振りかざして、しゃにむに突っ込んでくる。

「やめろ——」

躱そうとして、すぐ脇に人影があるのに気づく。大きな荷を背負った、行商の婆さんだ。虎彦が避ければ刃は婆さんを刺すだろう。

一瞬、ためらった——と同時に、脇腹に鋭い痛みが走った。覚えのある痛みだ。

一年前のあのときもそうだ。同じ場所を刺された——。

「くそ……！」

虎彦はわめき、手にした仕込み棒で五助の横っ面をぶん殴る。五助は倒れ、虎彦

の脇にいた行商の婆さんも、驚いたように腰を抜かす。怪我はさせなかったようだ。

虎彦は、なんとか走ろうとした。

空になった屋形船が川岸から離れていく。その舳先《へさき》に飛び移ろうとしたが、届かない。

虎彦は痛む脇腹をおさえたまま、川へと沈んでいった。

4

聞き慣れた、甘えた声が耳をくすぐっている。ぬくもりが体にぴたりと寄り添っている。凍えそうに冷えた体が、ふわふわとしたそこだけあたたかい。

なんだこれは――と虎彦は訝り、目を開けようとした。

だが、どうしてもまぶたが開かない。体が思う通りに動かない。指の一本すら、動かせなかった。体のどこかが酷く痛む。それだけが判る。

こんなことが前にもあった。

あのときは、聞き覚えのない爺さんの声が、おれの目を覚まさせて……。

「――鬼王丸。心配いらない。虎御前は眠っているだけだ」

静かな声が耳に届き、そこで虎彦は、はっと目を開いた。

「ああ、起きたようだな、よかった」

馴染みのある声だ。

続いて、うぉんうぉんとはしゃいだように啼く声とともに、あたたかいものが何度も頰に触れた。視界を覆うようにかぶさって顔を舐めてくる鬼王丸を、なんとか動かした手で撫でてやる。

その向こうには、心配そうな美丈夫が見えた。なんでここにいるのか――と考える前に、虎彦は口にしていた。

「お前、本当に女郎を殺したんか」

「……おや、寝起きにいきなりそう来るとは。よほど気にかけてもらっていたようで、すまないな」

少将は苦笑交じりだった。

「そらまあ……」

話を続けかけて、虎彦はようやく我に返った。ここはどこで、自分はどうして鬼王丸や少将とともにいるのか。

慌てて身を起こそうとし、脇腹の痛みに呻いて再び床に背を着ける。

深呼吸をし、痛みをやり過ごしてから、改めて自分が置かれている状況を確かめた。

硬い木の床に寝かされていて、辺りを照らしているのは小さな蠟燭《ろうそく》の灯り。ぼんやりと見えるまわりの様子から、人気のない御堂《みどう》のようだ。

「天満の寺町のはずれだよ。私の隠れ家のようなものだ。近づく者には祟りがあるなどと言われ、誰も寄りつかないから心配はいらない」

少将が、虎彦の表情を読んだように説明した。

「……そうか、あの後、船で川を……」

あのとき、飛び移ろうとした屋形船には届かず、虎彦はそのまま川に落ちたのだが、なんとか泳いで船を追いかけ、追っ手には見えないように、船縁にしがみつくことができたのだ。

すぐに船頭には見つかってしまったが、川岸でわめいている五助がどう見ても破落戸だったせいか、こっそり虎彦を船に引き揚げ、助けてくれた。そればかりか、川岸の五助には「川に落ちたぞ」と嘘までついてくれ、虎彦はなんとか逃げ切ることができたのだ。

船は堂島川《どうじまがわ》を上り、天満の市中に向かうというから、そのまましばらく乗せてもらった。

曽根崎新地からはいったん離れるしかないから、しばしの間を置き、次は露天神に行ってみようかと思ったのだ。お初が殺された場所に行けば、昨夜何が起きたのか、知る手がかりがあるかもしれない。——そうと決め、寺町の近くで船をおり、そこから歩きだしたのはいいのだが、

「……刺されたとこもやけど、殴られたとこが痛んできてな。歩くのもしんどくなってきたさかい……」

しかたなく、目についた古寺の裏へまわり、人目につかない木陰でいったん休むことにしたのだ。座り込み、目を閉じて……そこから記憶がない。

物問いたげな少将に、そのあたりの事情を虎彦がおおまかに説明すると、

「なるほど。それで、鬼王丸は倒れた虎御前を放っておけず、助けを求めてうろうろしていたのだろうな。そして、運良く近くにいた私の匂いに気づいて呼びに来て、虎御前のところまで案内した――というわけだ。たいしたお手柄だな。賢い子だ。鬼王丸を連れていって正解だったな、虎御前」

「ああ、本当に……」

賢い犬や――と続けようとして、声が止まった。

自分はあのとき、鬼王丸を連れてはいなかった。鬼王丸は、怪しげな侍を追っていったのだ。

それなのに、新地から離れたところで傷を負って倒れた虎彦の匂いに気づき、駆けつけて、近くにいた少将を捜しあて……そこまでやってのけたというのか？

「……お前、どんだけ賢いんや。本当にただの犬か？」

感嘆しながら、もう一度、鬼王丸に手を伸ばし、撫でてやる。虎彦が初めに頼んだ役目は別のものだが、命を救われたのだから、もちろん不満などはない。

虎彦は改めて、自分の体に目を向けた。

傷は布で血止めがされ、ずぶ濡れだったはずの着物は脱がされて、かわりに誰のものか判らない古びた半纏がかけられている。

「お前にもかなり、手間かけたみたいやな」

「たいしたことはしていない。助けられてよかった。……それに、今の話を聞いた

限りでは、どうも、虎御前が傷を負ったのは私のせいらしい」

「──っちゅうことは、本当にお前が女郎を殺し、そいつの情人《いろ》から金を取ったんか」

　ともかくそれを、はっきりさせなければならない。虎彦は床に横たわったままで、少将を睨んだ。

「いや。私は人殺しは二度としない。神仏に誓って」

「……ほな、何をした」

　虎彦はさらに険しい目で少将を見据えた。

「お前、昨日あの後、九平次と会うたそうやないか。何のためや。あんな破落戸に会う理由がお前にあるんか」

「……あんな破落戸に会っていた理由を問いただしたいのは、実は私も同じだ、虎御前」

　少将はやや口調を改めると、横たわる虎彦のかたわらまで近づいてきて、見下ろした。

「正直に答えてほしいのだが……虎御前はいつから九平次と会っていたのだ？　あの者たちに何か話を持ちかけられていたのか？」

「話？　なんのことや？　いつからて……九平次とは昨日、あそこでたまたま会うただけや」

「たまたま……偶然に、か？　本当か？」

「ああ、そうや」

少将が何をそれほど気にしているのか判らないまま、虎彦はうなずいた。

「ぶらぶらしてたら出くわした。一年ぶりや。賭場の連中とは付き合わんようにしてたからな。——あるやろ、そういうこと。お前かて、偶然通りかかったやないか」

虎彦がそう言うと、少将は一瞬、言葉に詰まるような素振りを見せた後、首を振った。

「いや——あれは偶然ではない。あの辺りでくだを巻いている破落戸が、私の命を狙っていると聞かされて、わざと出向いたのだ」

「——は？」

どういう意味かと、虎彦は聞きかえす。

偶然ではないのだ、と少将は繰り返した。

「……なんで。命を狙う、て……どういうことや」

「私が生きていること自体を邪魔だと思う者が、私の生まれた家にいる。さして珍しい話でもなかろう。私がかつて家の者を手にかけたのも同じ理由だ。殺さなければ殺されていた」

「……もしかして、跡目争いとか、そういうのか？」

「そうだ。爺やの浄瑠璃にも、その手の話はよく出てくるだろう？」

たいしたことではない——というように、少将は言ったが、虎彦は困惑した。

「そら出てくるけども……ああいう浄瑠璃は、ほとんどが、客を喜ばせるための作り話やろ」

「そうでもない。そもそも、爺やがそういう話を浄瑠璃に書くのは、若いころにさんざん、似たような話を目の前で見てきたからだ。爺やは、生まれは武家だが、親が家中の揉め事に巻き込まれて浪人し、その後、自身は親兄弟と離れて公家の屋敷に入り、何人もの主に奉公してきた。跡目をめぐる生臭い争いなど、珍しくはなかったはずだ」

「公家の屋敷……」

九平次が少将のことを公家の若様と言っていたことを、虎彦は思い出した。だとすると、近松が少将と昔馴染みだというのは、公家奉公時代の縁なのか。

「昨日、私と一緒に女がいただろう？　あの女は私の生家に仕えている者で、爺やのこともよく知っている。昨日はひそかに私に知らせに来たのだ。私を追い出して跡取りとなった弟が、出入りの商人と手を組んでよからぬ企みをしている、と。なんでも、その商人の息子が勘当されて破落戸に身を落とし、金次第で悪事を請け負っているということで、私の始末を頼んだのだそうだ。……それで、その破落戸とやらの姿を確かめに行ってみたのだが……」

少将はそこで言葉を途切れさせた。

何か言いたげに虎彦を見たまま、いっこうに言葉を継がない。

「なんやねん。その破落戸がどないいして……」

焦れて、そう言いかけたところで、虎彦ははっとなった。

「……おい、ちょっと待て。その勘当息子の破落戸て、もしかして、九平次か」

確か、九平次の親元は、それなりに格の高い商家だったはずだ。名のある武家や公家にも出入りがあると噂だった。九平次自身が怪しげな連中と接触しているとの話も、さきほど聞いた。

「九平次がお前の命を狙てて、お前はそれを知って九平次を探りに来て、そこで……」

今度は虎彦が言葉に詰まり、少将の顔を見る。

少将は無表情だったが、その下に隠されたものが何なのか、やっと虎彦は理解した。

「おれは……あいつとは昨日、一年ぶりに会うた。話をしたんも、花売り商売のことや新地の女のことだけや。ええ稼ぎがあるとは言われたけども、そこまでや。中身は何も聞かんかった。ましてや、お前のことなんぞ、何も……」

なんとか冷静にそれだけを言うと、少将も表情を変えずにうなずいた。

「……まあ、そうなのだろうな。あのときの虎御前の様子を考えても、その後の九平次の言動を考えても。だが……あのとき、私が驚いたのは事実だ」

自分の命を狙っている者と、虎彦が親しげに飲んでいたのだ。

「おれがお前を九平次に売ろうとしてる——そう思たんか」

虎彦の言葉を、少将は肯定しなかったが、否定もしなかった。虎彦は背筋にじわりと嫌な汗がにじむのを感じた。

「……あのわざとらしい挨拶は、おれに釘《くぎ》を刺すためか」

屋台で見かけたときの少将は、虎彦を見て驚き、その後、馬鹿丁寧に笑いかけてきた。

九平次と一緒のところを見たぞ――そう言いたかったのか、あれは。

「そうだ。虎御前の反応を確かめたかった」

「反応も何も、おれは何も……」

虎彦は焦った。

あのときは、ただ、なんやこいつ――と思っただけだ。少将の事情など何も知らなかったのだ。当然だ。隣の九平次は、やけに狼狽して、あれこれ気にしていたが……、

「そうか、九平次はあんとき……」

ひそかに命を狙っている相手から、いきなり挨拶され、しかも、それが虎彦の知り合いだと判った。だから、うろたえ、虎彦と少将の関係をやけに知りたがったのだ。

「……なあ、お前……なんかこう、もうちょっと判りやすいやり方はなかったんか。あんときにもうちょっと何か伝えてくれてたら……」

疑われたのはしかたないと思うが、それでも、何か他に手はなかったのかと思うのだ。その後の面倒なこじれ具合を考えても、だ。

「そうだな。あれはあまり良くなかった。正直に言うが、虎御前の態度のせいで余

計に混乱したよ。悪巧みを私に知られて焦っている——とは見えなかったが、あそこまで心底うっとうしそうに顔を背けられると、やはり私を売る気かとも思った」

　苦笑交じりに言われ、虎彦は鼻白んだ。

「愛想良くもできんやろ、始末処のことがあった直後やないか」

「……ということは、虎御前はまだ、爺やのことを怒っているのか？」

　少将は再び真顔になって言った。

　当たり前やと、虎彦は答えた。

「爺さんのあんな商売を、お前が平気で手伝《てつど》うてるほうが、おれには理解できん。それとも何か。公家の若様には、町の者の揉め事なんてもんは、浄瑠璃の種程度にしか見えんのか」

　やはりどうしても納得できないと、虎彦は声を荒くしたのだが、少将は怪訝そうに言った。

「町の者の揉め事に限ったことではないだろう。公家の家で起きている揉め事も浄瑠璃の種になるし、町の者はそれを喜んで見ている。——さっき、虎御前も自分でそれを認めたではないか」

「いや、それとこれとは……」

「同じだ」

　きっぱりと、少将は言った。

「公家や武家の家で起きていることが浄瑠璃の種になるのなら、町で起きていることも同じだろう。……むしろ、町の者が楽しむ浄瑠璃で、公家や武家のことばかり出てくるほうがおかしい。町の者にとっては、町の者の悩みや悲しみのほうが、もっと身近で楽しいはずだ。だが、やはり生まれ育ちというものは大きい。町の者が何を悩み、何を迷っているか――それが本当に自分に判るものなのかどうか、爺やは不安だったのだ。だから知りたいと思い、その手段として、町の者の助けにもなる始末処を始めた。――そう悪いことではなかろう。違うだろうか」

理路整然と言われ、虎彦は言葉に詰まった。

「それに、爺やとて、本当は後ろめたい気持ちがなかったわけではないのだよ。だからこそ、虎御前に正面切って頼むことはせず、無理に引きずり込むようなやり方をした。始末処はあくまで爺やだけのもので、虎御前は巻き込まれただけ――そういう形にしたかったからだと思わないか？　実際のところ、爺やが言葉で何を言ったにせよ、虎御前の花売り商売は順調で、始末処がなくとも独り立ちできる。爺やもそれは判っていたはずだ。そう思わないか」

「いや、それはそやとしても……」

少将の言うことも判らないではないが、近松には脅しに近い言い方をされたわけだし、そもそも、少将からして、刀を突きつけて脅してきたではないか。やはり、おかしいのは近松や少将で、自分はおかしくないはずだ――とは思うのだが……。

あれこれ考えているうちに、なんだか頭ががんがんしてきた。傷のせいか、ずぶ濡れになって冷えた体のせいか。なんだか体が熱っぽいような気もする。

「……ともかくな」

虎彦はなんとか気持ちを立て直し、言った。

「今、大事なのは爺さんのことと違う。ともかく、お前は女郎殺しをしてへんし、手代の金もとってへん。おれも、お前を破落戸に売ったりはしてへん。そこは間違いあらへん。そやな」

「うむ。そうだ」

「よし。それでええ」

うなずくと、安心したからか、頭の痛みが引いた気がした。

代わりにやってきたのは、強烈な睡魔だ。

眠っている場合ではない、まだはっきりさせなければならないことはある。少将が九平次に会って何をしたのか、徳兵衛はどこへ行ったのか、九平次は本当に少将の命を狙っているのか……。

だが、やはり、傷のせいでかなり消耗しているようだ。かたわらに寄り添う鬼王丸があたたかいせいもあって、まぶたが下りてくるのを止められない。

「虎御前。私は爺やの浄瑠璃に救われたことがある」

虎彦が半ば眠りに入りかけたところで、少将の声が聞こえた。

「私が生家を追われたばかりのころ、幼い時分に仕えてくれていた爺やが懐かしくなり、こっそりと爺やの浄瑠璃を聴きに行った。そのころには爺やは浄瑠璃作者として、すでに名をなしていたからな。私がそのときに町の小屋で見たのは、跡目争いで家を追われた若者を語った浄瑠璃だった。……不思議なものだな。見ているうちに、涙があふれてしかたがなくなった。私だけではない。町の者も同じように泣いていた。……嬉しかったよ。家も身分も失って落ちぶれていく若者に、町の者が涙してくれる。塵芥《ちりあくた》のように父母に捨てられたこの身でも、まだ生きていてもいいのだと、初めて思うことができた。……そのときから、私は爺やが浄瑠璃を書き続けるためなら、なんでもしたいと思うようになったのだ。爺やは浄瑠璃のためなら多少、見境のないところがあると判ってはいるが、それでも私は、爺やの浄瑠璃が好きなのだよ」

「……そやから、人の生き死にを見せ物にする手伝いでもするんか」

虎彦の問いかけに、少将は驚いたようだった。眠っていると思っていたのか、問うた言葉が意外だったのかは判らない。

「浄瑠璃と見せ物は違う。私は自分と似た物語を聴いても、見せ物にされたとは思わなかった。爺やの浄瑠璃はうつくしいものだ。いつか、爺やが描く、町の者の恋物語も聴いてみたいと心から思う。私が生きているうちにかなうかどうかは判らないが。……虎御前も一度、きちんと聴いてみるといい。きっと気に入る」

「そうは言うても……途中で眠うなる……やろ……」

「そうだな。……今も眠そうだ、虎御前。もう休んだほうが良い」

少将は笑ったようだったが、虎彦の意識はもう、ほとんど途切れかかっていた。眠りに落ちる寸前に、声が聞こえた。

「目覚めた後に頼みたいことがある。それがおそらく、最後になる」

5

虎彦が次に目覚めたときには、古い御堂のなかには朝日が差し込んでいた。

一晩、眠り込んでいたらしい。

鬼王丸はずっと寄り添ってくれていたようで、虎彦が身を起こすと、安堵したように立ち上がって尻尾を振った。

「心配かけたな、鬼王。——少将は?」

そう言いながら辺りを見回すが、姿はなかった。枕元には竹筒と握り飯が置かれている。

「どっから持ってきたんや……」

訝りながら、上掛け代わりにしていた古い半纏に袖を通した。

脇腹はまだ痛むが、体のだるさはかなりましになった。これなら、なんとか動けそうだ。

まずは腹ごしらえだと、握り飯にありがたく手を伸ばす。

そこで、気づいた。握り飯の横にひっそりと置かれたものがある。何か判った瞬間、虎彦は舌打ちをした。

思わず、もう一度、御堂のなかをくまなく見回した。少将の姿はない。

虎彦はしばし、財布を睨んだまま動かずにいたが、じきに諦めた。一つ大きく息をつき、それを手に取る。

なかまできっちり確かめ、顔をしかめた。

矢絣の財布に、菊の紋様の銀簪と手付け銀。そして、頼み事を記した文。

始末処の依頼の決まり事、そのままだ。

いろいろと少将に言いたいことが思い浮かんだが、まずは大きな問題がある。文には宛名らしき文字が書かれてはいるのだが……。

「……おれが字が読めんのを、あいつは知らんのか？」

虎彦はつぶやいた。

そのときだ。鬼王丸がぴんと耳を立て、御堂の扉へと駆け寄った。

「どないした」

声をかけたところで、虎彦も気づいた。人の足音だ。誰かが駆け足で近づいてくる。

虎彦はすばやく立ち上がり、身構えた。

鬼王丸がうぉんと啼いた。

「鬼王？　鬼王やろ」

切羽詰まったような声とともに扉が開く。

「――虎彦！」

駆け込んできた姿を見て、虎彦は目を丸くした。

「――あさひ?」

「虎彦、よかった、生きてた」

御堂の入り口に立ち尽くしたまま、あさひは震え声でつぶやいた。

「昨夜、少将さんから知らせの文が届いて……本当はすぐにでも来たかったけど、もう木戸も閉まる時間で……少将さんと鬼王がいたら大丈夫やとは思たけど、でも、虎彦、怪我してるて書いたったし……」

息を切らしながら話すあさひは、どうやら、ここまで走ってきたらしい。まさか竹本座からずっと駆け通しとは思わないが、脇腹をおさえ、肩で呼吸をしている。手にした棒を杖代わりにし、今にも倒れ込みそうにしているから、

「おい、落ち着け……ほら、水」

虎彦は慌てて歩み寄り、少将が置いていった竹筒をあさひに差し出した。

しかし、あさひは顔を覆ってうつむいたまま、受け取ろうともしない。

どうしたものかと戸惑っていると、再び鬼王丸が吼え、今度は御堂の外へと駆け出していく。

「どないした、鬼王……」

飛ぶように駆けていく、その行く手に目をやり、虎彦は顔をしかめた。

あさひと同じように肩でぜえぜえと息をしながら、もたもたと近づいてくる男がいる。走っているつもりなのだろうが、よたよたして、足取りがおぼつかない。

初めて見るそんな姿に、虎彦は呆れてつぶやいた。

「――年甲斐もなく走るなや、爺さん」

「なるほど、これを少将が置いていったのか」

竹筒の水を飲み干し、その後もしばらく、床に座り込んで息を整えていた近松門左衛門は、ようやく人心地ついたようで、矢絣の財布を手にとった。

先ほどまでの狼狽した様子はすっかり消え失せ、いつも通りの飄々とした顔になっている。

なかを確かめ、簪や金には一瞥《いちべつ》を投げただけで、近松はすぐに文を開いた。字が読める者にとっては、文を読むなど、いちいち構えることでもないようで、ざっと目を通す。

それから、ちらりと虎彦に目を向けた。

「中身のことを、虎は少将から聞いたのか？」

「いや。何も。寝て起きたら、置いてあった」

虎彦がここにたどりついた経緯については、近松が落ち着くまでの間に一通りは説明した。少将と虎彦の間に破落戸の九平次をめぐる誤解があったことも含めて、だ。

「そうか」

近松はうなずいた後、神妙な顔になって言った。

「……これは依頼の文だ。始末処への」

「そんなもん、見たら判る。内容を言えや」

「……人助けだ。女郎のお初が死んだとき、一緒にいた男を助けてやってくれと書いてある」

「お初と一緒の男っちゅうと……徳兵衛か？　醬油屋か何かの手代の」

「おや、虎は知っているのか」

「行方知れずやとは聞いた。店の金を持ったまま消えたらしい。そいつのことやろ。九平次の奴も、少将が徳兵衛をどこかに隠したと言うとった」

「その通りだ」

　近松はうなずいた。

「徳兵衛という男は、お初が死んだときに、同じ場所にいたそうだ。九平次の手で徳兵衛まで殺されそうになったところに少将が割って入って助け出し、そのまま知り合いの家に匿ったらしい」

「……っちゅうことは、お初を殺したんは九平次か？」

「それは書いていないから判らんが……ともかく、徳兵衛を迎えに行ってやってくれとの依頼だ。ここからさほど遠くない場所だよ。少将の……というよりは、私の古い知り合いだ。歳をとって村方に引っ込んだが、もとは役者だった男だ。少将が大坂に出てきた当初、しばらく逗留《とうりゅう》させてやってくれと頼んだこともある」

「ふうん……で、なんで少将は文だけ置いて消えたんや。あいつ本人は今、どこにおる」

　どうして本人が動かないのかが、気に掛かる。

「うむ、それだが……少将は今、役人に目をつけられている。なんとかことが収まるように伝手を使って手は打っているようだが、今はまだ、下手に動いて人目についてはまずいと判断し、隠れているそうだ。だが、徳兵衛のことは気になるゆえ、なんとかしてほしい、と」

「ああ……なるほど。あいつ、目立つしな」

「さして難しい依頼ではないが……どうする、虎。引き受けるか、この依頼を」

　文を手に、静かに訊ねる近松が、言外に何を言わんとしているのかは、虎彦にも判った。

　先だっての一件で、虎彦はもう始末処の仕事はしないと近松に告げ、その後は竹本座にも寄りつかなかった。近松はそれを気にかけている。

　黙り込む虎彦を、ぐっと息を詰めてあさひが見ている。

　しばし考えた後、虎彦は言った。

「……九平次がらみのことは、おれにも関わりがある。放ってはおけん。それに、徳兵衛は事件のときにお初と一緒におった。誰がお初を殺したんかも知ってるはずや。少将への疑いを晴らすためにも、行方知れずのままでは困るやろ。ちゃんと世間に引っ張り出して、あの夜、何があったんか話をさせんとな。……今のままでは、おれまで役人に目ぇつけられて迷惑やからな」

「そうか……。確かにそうだな。竹本座の者たちも、困っている」

依頼を受けるとも受けないとも言わずに逃げた虎彦を、近松は問いただすことをしなかった。

「ではひとまず、出かけるとするか。——あさひも一緒に来なさい。さして厄介な依頼ではない。たまには始末処の手伝いもよかろう」

「はい、先生」

あさひは神妙にうなずいた後、もう一度、虎彦を見た。

「虎彦、これ」

差し出されたのは、あさひが先ほど杖代わりにしていた棒だ。花売りに使う天秤棒に似ている。

「持っていった仕込み棒、なくしてしもたみたいやて、少将さんからの知らせの文にあったから」

「おお、いつも悪いな」

細工はほぼ一緒やから、と渡された棒を二、三度振って手になじませる。ええ感じやなとつぶやいた後、思い出して言った。

「前の、なくしてしもて悪かった。けど、あれのおかげで命拾いした。お前に救われたようなもんやな。おおきに」

「え……うん……よかった」

あさひは目を丸くした後、なぜだか慌てたように立ち上がり、ばたばたと外に出ていく。顔を手で覆うようにして逃げていく後ろ姿を、訝って眺める虎彦に、近松が苦笑気味に言った。

「まあ、なんだ、無茶はするな、虎よ。女子に心配させるのは良い男のすることではないぞ」

「……は？　何言うてんねん、爺さん。とっとと行くぞ」

　虎彦は天秤棒を手に立ち上がった。


　お初が死んだ露天神のあるのが曽根崎村で、その隣が北野村《きたのむら》。どちらも大坂の市中に近く、村の百姓は町の市へ出す野菜や菜種を作り、豊かに暮らしている者が多い。

　近松の知り合いは、かつて都座で役者をしていたが、五十を過ぎて引退し、嫁の故郷に居を構え、村の者に読み書きや裁縫《さいほう》を教えるなどして暮らしているという。

　板塀に囲まれたこぢんまりとした家で、訪いを入れるとすぐに、白髪の男が姿を見せた。

「これは近松先生。ご無沙汰しております」

「良庵《りょうあん》どのも、お元気そうで何よりです。……ところで」

　挨拶もそこそこに用件を切り出した近松に、良庵と呼ばれた男は気を悪くした様子もなく、

「ええ、徳兵衛さんは裏の庭においでですよ。……早めに来てくださってよかった。ここに来られてから、何も食べず飲まず、眠りもせずに、ただ泣いておられるようで。どうしたものかと」

良庵が先に立って庭へと案内してくれた。

このぶんだと、簡単に依頼は終わりそうだと虎彦は思ったのだが、笹の葉の揺れる裏庭に、人の姿はなかった。

いったいどこに……と良庵も首を傾げた。

「外には行かないように、言い聞かせておいたのですが……」

虎彦たちも辺りを見回した。

うぉん、と声をあげたのは鬼王丸だ。そのまま、生け垣の隙間から外へと飛び出していくから、虎彦は慌てて追いかけた。

「おい、どないした鬼王……」

生け垣をくぐり、鬼王丸の行く手を見た虎彦は、あっと声をあげた。

家の裏から林へと続く道に、古い楠《くすのき》の大木がある。その枝に縄をかけ、ぶら下がろうとする男が一人……。

「おい、やめろ――!」

虎彦は叫んで駆け出した。

男がぎょっとしたように振り返った瞬間に、鬼王丸が駆けつけて、男の臑に噛みつく。

「うわ……放せ……」

　男は鬼王丸を振り払おうとして、縄から手を離した。しかし、鬼王丸はしつこく放さない。しばし揉み合っているうちに、虎彦も男に駆け寄り、そのまま羽交い締めにして、縄から引き離した。

「お前……何をしとんねん」

「放せ。放してくれ……頼むさかい、死なせてくれ。お初を死なせて、私だけが生き残るやなんて……」

　男はじたばたと暴れながら、虎彦の手から逃れようとする。

「阿呆か、死ぬんやったら、お初殺しの下手人、役人に知らせてからにせえ。本当にお前が殺したんやったら、自訴して少将の疑い晴らせ！」

　怒鳴りつけ、虎彦が頭を一発張り飛ばすと、ううと呻き、男はようやくおとなしくなった。

　その場にうずくまった男に、虎彦は問いただす。

「お初はお前が殺したんか？　お前が手にかけたんか？　きっちり話せ。あの夜、いったい何があったんや」

「……一緒に……一緒に死ぬつもりやったんです。そやのに……」

　消えそうな声で言った後、男の言葉は激しい嗚咽にまぎれて聞こえなくなった。

「つまり、徳兵衛さんとお初さんは、あの晩、この世で結ばれることを諦め、来世を誓って命を絶とうと約束していた、と」

「……へえ。露天神の境内から、二人であの世への道行きを……と」

良庵の家に戻った後、ようやく落ち着いた徳兵衛は、近松を相手にぽつりぽつりと話し始めた。

「私とお初は互いに想い合う仲。けども、私には旦那様の親戚筋に夫婦養子に入る話があり、親がすでに結納金まで受け取ってしもてました。……とは言うても、結納金を旦那様にお返しできれば、まだお断りはできます。それで、親元へ行き、金を取り戻し……店に帰る前にお初のところに寄って、これを返して縁談はお断りするからと安心させるつもりやったんです。そやのに……会うてみれば、お初に身請け話があって、どうしても断れん、他の男のもとへ行くよりはいっそ死にたいと泣くんです。こうなったらもう、二人で浄土へ行くしかないと心を決めて……」

「それで、二人で店を抜け出したのだな。可哀想に」

近松は真摯な口調で言った。

「へえ。露天神のある曽根崎は、私にとってもお初にとっても故郷につながる地。親不孝を詫びながら、その縁《ゆかり》の地でともに旅立とうと……それやのに、九平次に気づかれ、追ってこられて……」

ううう、と、またも徳兵衛は顔を覆って嗚咽をもらす。

「九平次は……私を殺して金とお初を奪おうとし、刃を抜き……お初は私をかばって、九平次に刺されたんです」

「つまり、お初殺しの下手人は九平次ということか」

「……へえ。私も殺されそうになりましたが、ちょうど駆けつけたお侍様に助けられました。その方が、私をここに匿《かくも》うてくれたんです。お初の後を追いたいと頼む私に、お初の無念を晴らしてやりなさいと言わはって……そやけど、どうにも辛うて辛うて……」

再びわっと声をあげて、徳兵衛は泣き崩れた。

近松は、しばし徳兵衛を泣かせてやっていた。辛かったな、と宥《なだ》めるように言い、泣きたいだけ泣きなさい、とも言った。

徳兵衛は、そのまま、おんおんと泣き続けた。

それほどにお初を想っていたのだ——と、初めは黙って見ていた虎彦だったが、次第に苛立ってきた。

そもそも、こいつがとっとと役人に訴え出ないから、ややこしいことになり、竹本座まで迷惑を被ったのだ。

「そうやって泣いてて、お初の無念、晴らせんのか。惚れた男がそんな腰抜けで、お初も極楽で呆れてんのと違うんか」

「虎彦、そんな言い方……」

あさひが横から虎彦の袖を引いたが、虎彦は構わず、

「ええか、お初っちゅう女は、お前をかばって刺されたんやろ。ほなら、お前は何

が何でも生き延びて、九平次に報いを受けさせせんことには、浮かばれんやろ。違うんか」

まくしたてると、徳兵衛は顔を上げ、恨みがましい目を向けてくる。

お前のような破落戸に何が判る――どうせそんなことを思っているのだろうが構うものかと、虎彦がさらに言いつのろうとすると、

「……あの、そちらさんが……虎彦はん、なんで……？」

徳兵衛は虎彦とあさひを交互に見ながら、訝るように言った。

「ああ、そうや。虎彦や。……それがどないかしたか」

「いや……その……」

どうにも納得できないような顔で、徳兵衛は虎彦をじろじろと見ている。

「なんやねん、何が言いたい」

「い、いえ……あのお侍様があのとき九平次を追ってきたのは、虎彦はんという方のことを気にしてのことらしゅうて……自分を狙うのはええけど虎彦はんを悪い道に引きずりこむなと、九平次にしきりに言うてはったもんで……その……もう少し、その……お侍様と同じような方かと思てましたんや。……まさか、九平次と似たようなお人が出てくるとは……」

若様然とした少将が案じていたのが、九平次と同類の破落戸で驚いた――ということらしい。

だが、そんなことよりも虎彦は、少将がそんな理由で九平次に会いに行ったのだ

ということに驚いた。九平次が自分の命を狙っていると承知で、そんなことのために、わざわざ出向いたのか。むろん、少将の腕ならば、九平次程度の破落戸が束になってかかっても、軽くあしらってしまうだろうが。

（けども、そのせいで、あいつ、事件に巻き込まれてしもたんか）

「……そういえば、あのお侍様は、ご無事なんやろか」

大事なことを忘れていた――というように、徳兵衛が言った。

「あのときに九平次が言うてました。あのお侍様のことは、自分らよりも腕の立つ者が狙てる、自分らは役人相手の目くらましをしてるだけや――と。お侍様に歯がたたんかったさかい、腹立ち紛れに言うてただけかもしれんけど……でも、九平次が京言葉を話す身なりのええ連中と一緒におるんを見たと、お初は以前に言うてました。何度か天満屋の座敷でも、会うてたようやと。そやさかい、気になって……」

「京言葉の連中……？」

すぐに虎彦は思い出した。天満屋で見かけた二人連れ。こそこそと裏口から出ていき、鬼王丸が怪しんでいた連中。

そういえば、虎彦が怪我をしたせいで、鬼王丸はあのときの尾行を途中で止めてしまったのだ。だから、あの侍たちがどこへ行ったのかは判らない。本当に少将に関わりのある相手だったのかも……。

そこまで考えて、ふと、嫌な予感がした。

「鬼王……」

虎彦の足下に座り、じっと虎彦を見つめている聡明な犬を見下ろす。

「お前……あの連中をつけるの、途中で止めた……んか？」

犬はきょとんと虎彦を見上げているだけで、何も答えない。賢い犬だからといって、虎彦と言葉でやりとりできるわけではないのだ。

――そうだ。鬼王丸は、賢いとはいえ、犬なのだ。

人よりも匂いに敏感で気配にも聡いが、できることには限りがある。冷静に考えてみれば、遠く離れた場所から、虎彦が傷を負ったことを察して引き返してくるなど……できるはずがない。

（やとしたら……）

鬼王丸が虎彦に気づいたのは、もともと、近くにいたから――ではなかったか？だからこそ、虎彦の怪我を察知し、近くの「隠れ家」とやらにいる少将の匂いに気づき、助けを呼んだ。

それは、つまり……。

「鬼王、お前があのとき追っていった連中、少将の近くにおったんか？　あの、少将の隠れ家がある近くに……」

背筋がぞくりとした。

少将はそのことに気づいているのだろうか。

「こんなことしてる場合と違う――爺さん、後は頼む。おれは少将を捜す」

虎彦はすばやく仕込み棒を摑み、立ち上がった。

だが、

「待て、虎。行ってはならんぞ」

厳しい声音で、近松が言った。

「なんでや、少将を狙てる連中、たぶん、もうあいつの近くにおる――」

「だからこそ、行ってはならんのだ。虎。あれの抱えている揉め事を甘く見てはならん。あれは……宮中でもそれなりに位のある家の出だ。奉行所の上のあたりにまで話をつけられるような家筋の男なのだよ。跡目争いから逃れて大坂に移り、表向き、生家とは縁を切ったはずだが、もしも生家の者がまた近づいてきたら、そのときこそは覚悟をしていると――私にそう語った。そして――残念だが、そのときが来てしまったのだ。あれも判っているはずだ」

近松は手に少将の文を握りしめている。

「……そやから、爺さんは、黙って放っておくんか」

言いながら、虎彦は頭にかっと血が上るのを感じた。怖じ気づいて、少将を見捨てる――そう言っているのだ、近松は。

「虎。お前はことを甘く見すぎだ。町の者の争い事とは違うのだ。お前ひとりでどうにかなるようなことでは……」

「何が違う。どうせ、爺さんが浄瑠璃で描いてる程度の揉め事やろ。そんなたいそうなことと違うわ！」

虎彦は怒鳴り、近松の制止を振り切って部屋を出、庭へ下りた。

「虎――」

「ぐだぐだうるさい！」

虎彦は近松に向き直り、言った。

「爺さん、武家生まれ公家育ちのあんたに教えたるわ。ええか、町の者はな、公家や武家の争い事を、あんたほど大袈裟に怖がったりせえへんのや。自分の仲間が危ない、なら助ける――それだけや。甘いだのなんだの、考えてられるか。――けど、判ったわ。確かに爺さんには、おれら町の者の考えなんぞ、とんと判らんらしい。怪しげな始末処でもして学ばんかったら、いつまで経っても竹本座は傾いたままやろな」

近松が言葉に詰まり、口を開けたままで呆然としているのを、虎彦は小気味よく眺めてから、踵を返した。

「鬼王、昨日、お前が追いかけた連中の居場所、判るな？　おれを連れてってくれ」

鬼王丸に声をかけると、賢い犬はうぉんと啼いて尻尾を振り、駆けていく。

よし――と虎彦も走り出したところで、

「――虎彦！」

呼び止める声があった。あさひだ。

無視して行こうかと一瞬迷ったが、虎彦は振り向いた。

「心配いらんぞ、少将はちゃんと連れて帰ってきたる。――お前、あいつに惚れてるんやろ」

「な……なんで……違うわ、うちが惚れてんのは……」

上ずった声が聞こえたが、すべて聞き終える前に、虎彦はもう、鬼王丸を追って駆け出していた。

6

鬼王丸は迷わずに走っていく。

その目指すところが、昨夜過ごした少将の隠れ家とやらとほぼ同じ方向だと察して、虎彦はさらに焦った。

少将が目立たぬように隠れて過ごしていたのだとしたら、虎彦を介抱するための行動は予定外だったはずだ。そのせいで敵に勘づかれた——ということも、ありうる。

（そう簡単にやられるような奴と違う……）

信じてはいるが、不安は募った。

鬼王丸は、昨夜の御堂が見えてきたあたりで、いったん足を止めた。

何かを迷うように地面に鼻をつけ、匂いを嗅いだ後、うかがうように虎彦を見上げた。

虎彦は鬼王丸の前にかがみ込み、その頭をそっと撫でて言った。

「――少将の居場所を教えてくれ。判るやろ。お前もよう知ってる、あの、うさんくさい、お人好しの若様や。あいつを助けたい。どこにおるか、お前なら判るはずや」

うぉん、と鬼王丸は啼いた。

続いて、御堂へは向かわず、村方の一本道を走り出す。そのまままっすぐ行けば、露天神へと向かう道だ。

しばらく走っても、人の気配はなかった。通りかかる者もいない。

虎彦はただ、鬼王丸を信じて走った。

かすかな――ほんのわずかな音が耳をかすめたのは、小さな地蔵の祠《ほこら》を通り過ぎかけたときだった。右手には竹林が広がっている。そのなかから、刃のぶつかる音が聞こえたような……。

目を凝らすと、人影が見える。

着流し姿で長身の……。

「少将!」

虎彦は叫んだ。

見えたのは、刃を手にした者たちだ。

人影は三つ。

左右に敵と対峙する形で、少将が刀を構えている。

わずかな動きだけで、少将が苦戦しているのは判った。相手は相当の手練れらしい。隙を探そうとしてもかなわず、逆に危うく打ち込まれそうになっている。

鬼王丸が一気に足を速め、竹林に駆け込んでいく。

うぉん、と鋭く吼え、少将の右にいた人影に、ためらわず飛びかかった。

刀が一閃《いっせん》し、きゃん、と聞いたこともない声をあげ、鬼王丸の体がはねた。

「鬼王——」

虎彦が叫び、同時に少将が動いた。

相手が鬼王丸に気をとられた一瞬を突いて、袈裟懸《けさが》けに斬りつけたのだ。刃を受け、男は倒れたが、同時に、左にいたもう一人が少将の背後から斬りかかる。

「てめえっ！」

虎彦は仕込み棒を思い切り振り下ろした。

棒の先から飛び出した分銅鎖が、竹の合間を縫ってまっすぐに男の眉間に飛ぶ。

ぎゃっと声をあげて動きを止めた男の胴を、少将が振り向きざまに斬った。

声もなく、男が地面に倒れる。

少将は無事だと確かめた虎彦は、

「……鬼王！」

すぐに鬼王丸に駆け寄った。斬られたのか——と顔を強張らせた虎彦の前で、鬼王丸はうぉんと吼えて起き上がる。

「お前、怪我は……」

慌てて確かめると、頬の辺りに傷があり、血が滲んでいる。しかし、深傷ではない。

「よかった……」

虎彦はたまらず鬼王丸の小さな体を抱きしめた。

「……間一髪だった。もうだめだと思ったのだが」

背後から聞こえた声に振り向くと、少将が青ざめた顔で立っていた。

「まさか、私に助けが来るとは。――あの文を読んだだろうに」

呆然と目を見開き、つぶやいている。

虎彦は、鬼王丸を抱きしめたまま、

「ふん、お前も爺さんと同じで、町の者のことが何も判らんクチか」

そう言ってから、地に倒れた二人の男に目を向ける。

少将がその視線に気づき、

「殺してはいない。斬りはしたが命に関わるほどの傷ではないし、一人は峰打ちだ。――私は二度と人は殺さない。義母を手にかけたときにそう誓った」

「義母……」

「父の後添いだ。私を疎んじ、弟に家を継がせたいと願い、最後には自らの手で私を殺そうとした。なさぬ仲であっても母を殺したのだからな。家にはいられないと思い、私は名を捨てた。それでも……まだ、追いかけてくる者がいる」

そう言った後、少将は大きく息を吐いた。

そのまましばらく、黙り込み、動かない。

何を言えばいいのか、虎彦にも判らなかった。

虎彦には父も母も弟もいない。懐かしむ家もない。何を言っても、少将の慰めになるとは思えなかった。

少将はやがて、虎彦に背を向けた。

そのまま、竹林の奥へと歩き出す。

「おい――」

慌てて呼び止めようとして、虎彦は気づいた。

少将の行く手に、人影がある。

新たな敵か――とすかさず虎彦は仕込み棒を握りなおしたが、竹の陰からそっと姿を現したのは女だった。頭巾で顔は見えなかったが、あの日、少将とともに歩いていた女に背格好が似ている。

少将は女の前で足を止めた。

「――これを持って帰りなさい」

そう言って差し出したのは、たった今振るったばかりの刀だった。

「若様……」

女が戸惑ったように少将を呼ぶ。

「これを手放せば、私があの家の者だと証《あか》すものは何もなくなる。弟も、怯えずに済むだろう。――お前もつまらぬ企みを胸に昔の主人に会いに来る必要もなくなる。二度と私と会うこともあるまい」

「わ、私は……」

「帰りなさい」

冷え切った声だった。

刀をしばし見つめていた女は、やがて、それを恐る恐る受け取り、深々と頭を下げた。

続いて踵を返すと、刀を胸に抱き、逃げるように去っていく。

女の姿が消えるまで立ち尽くしていた少将は、やがてゆっくりと、虎彦のところまで戻ってきた。

「お前……」

「……これで、私には過去は何もなくなった。名も、家も、思い出も、すべて」

ぽつりと言った白い顔は凍りついたようで、いつも優雅で余裕を浮かべていた少将とは別人のようだ。

ふと虎彦の頭に、嫌な推測が浮かんだ。

(少将の隠れ家が刺客にもれていたのは、さっきの女が――)

だが、それが本当だとしても、確かめることはできない。少将に訊ねても、きっと答えはしないだろう。

「……浄瑠璃やったら、うまいこと華やかに終わるもんやろけどな」

なんとか気のきいたことを言ったつもりで口にしてみたが、少将は何も答えない。

どうも、こういう場は苦手だった。

困惑した虎彦は、うろうろと視線を泳がせた。

そこで、気づいた。

先ほど虎彦が駆けてきた道を、同じように息を切らし、走ってくる者がいる。

小袖の裾を翻し、髪を乱し、必死になって駆けてくる。

「……少しは華やかなんが来たみたいやな。まあ、人形細工のお姫様にはかなわんやろけど」

あさひは、真っ赤な顔をしていた。

近くまで来てみれば、心配のあまりか、頬を涙で濡らしている。惚れた男がよほど心配だったらしい。脇腹を押さえ、ぜえぜえ言いながら走る様子は色気も何もないが、一途で可愛いといえなくもない。

あんな健気な娘に慕われていれば、少将も少しは気持ちがやわらぐのでは――などと思いながら、虎彦は、少将に駆け寄るあさひを見守る――つもりだった。

「――虎彦、無事でよかった！」

あさひは泣きながら、虎彦に飛びついた。

予想外のことに、虎彦は絶句する。

「なんで……」

何がなんだか判らないまま、虎彦はうろたえ、隣に立つ少将に目を向けた。

無表情だった少将の顔が、ようやく、かすかに動いた。

「――なるほど、確かに、爺やの書いた浄瑠璃のようだ。良いものだな」

そう言った口の端が、わずかだが笑みを浮かべる。

そのことに安堵しつつも、虎彦はただ途方に暮れて、腕の中のあさひの泣き声を聞いていた。

7

七夕を過ぎると、あっというまに風が涼しくなった。

朝顔の盛りは過ぎ、花売り商売のかき入れ時も終わる。

次の大儲けは菊まで待っとれ――と、仕入れ先の親爺は虎彦に言った。稼ぎ時に半月近くも商売を放り出した虎彦を、一度、怒鳴りつけただけで許してくれた、寛容な親爺だ。

――結局のところ、虎彦は再び竹本座に戻り、以前と同様に、木戸の前で花を売る暮らしを続けていた。

一連の騒ぎが片付いた後、怪我が完治するまで竹本座で療養させてもらっていたのだが、傷が完全にふさがった頃合いを見計らったように、竹本座に新しい花売り用の籠が届けられたのだ。

以前に使っていた籠は新地に放り出してきてしまい、商売をするなら新たに準備しなければと考えていた虎彦の心中を、見透かしたようなはからいだった。

また近松が買ってくれたのか――と思い、このところしょっちゅう竹本座に出入

りしている近松を捕まえて話をしたところ、

「いや、私ではない。それよりも、お前に恩返しをしたいと思っている者がいるではないか」

そんな言い方で否定された。それはつまり……と顔をしかめていると、横でやりとりを聞いていたあさひに呆れられた。

「本当に虎彦て、ひとの気持ちが判らんねんな……」

お手上げやわとまで言われ、腹は立ったが、とりあえず、籠はありがたく受け取ることにし、商売も再開することにした。

あれだけぐすぐすと悩んでいたのに元通りの花売りとは——と思わないでもないのだが、

（けども、まあ、今のところは……）

おとなしく花を売るつもりだ。

——始末処については、次の依頼があったときに考えればいい。そう思うことにした。以前のように、どうしても許せないとは思わなくなったが、実際に事件が目の前に示されれば、どう思うかは判らない。

ただ、現実には、しばらく近松は、始末処などに関わり合っている余裕はなさそうだった。新作の執筆をせかされ、せわしなく暮らしているからだ。

忙しいのは虎彦も同じである。

籠を手に入れた翌日から再び始めた花売り商いが、今までになく繁盛している。

さして売れ筋の花もない夏の終わりだというのに虎彦の稼ぎが悪くないのも、当たりの出ない浄瑠璃作者だった近松がやたらと仕事に追われているのも、理由は同じだ。

このところ、竹本座に来る客が増えているのだ。

その理由はもちろん、竹本座の新しい演目にある。

新たに始められた浄瑠璃は、近松が新しく書いたもの。曽我兄弟のような大がかりな武家ものではなく、町の者の色恋を短い浄瑠璃にしたてた新作だ。近松にとっても竹本座にとっても、初めての試みである。

これが驚くほどに評判になったのだ。

——そのことに、初めは虎彦は、どうにも複雑な気持ちを抱いた。

新しい浄瑠璃の主役は、先だって曽根崎の天神で命を落とした女郎のお初。

恋しい男をかばって死んだお初の物語を、近松が新たに描きなおしたのだ。

亥蔵親方が腕によりをかけて作りあげたうつくしい人形が演じるお初と、その恋人の徳兵衛は、互いに想い合う恋人どうし。しかし、九平次という悪辣《あくらつ》な男の悪巧みによって追い詰められた末に、二世を契って心中する。

——此《こ》の世のなごり、夜もなごり、死にに行く身をたとふれば……。

悲しい節で語られる、この世で結ばれることのなかったお初と徳兵衛の恋路に、町の者はみな同情し、我がことのように涙した。

——未来成仏うたがひなき、恋の手本となりにけり。

先のない二人の道行きをしめくくるその一節は、今や大坂のあちこちで口ずさまれるほどだ。

「……おおきに。これでお初も浮かばれます」

徳兵衛自身も、自ら小屋に足を運び、土間の隅ですべて見終えた後、目を真っ赤にして近松に挨拶に現れた。

その徳兵衛は、すでに奉公先を離れて出家となり、今後は大坂を離れてお初の菩《ぼ》提《だい》を弔って生きるという。

「そのほうがええ。お初と徳兵衛は一緒に死んだ。あの日、曽根崎の天神で心中した――そんなふうに町の方々に思てもらえたら、何より幸せです」

近松が人の生き死にを浄瑠璃に描くのは、決して見せ物にしたいからではない――そう話した少将の言葉を、徳兵衛を見送りながら虎彦は思い出していた。

あの騒ぎの後、徳兵衛は自ら奉行所に出向き、九平次の悪事を訴えた。役人は九平次をお縄にし、今はお裁きを待っているところだ。運良く死罪を免れたとしても、島流しは確実だ。――だが、人の心に残っているのは、九平次に無残に殺されたお初ではない。恋を貫き、恋しい男とともに浄土へ旅立ったお初なのだ。

それは決して、お初を見せ物にすることではない。お初の魂を慰めることになる。

「そのためだと思えばこそ、町の者の恋を浄瑠璃に仕立てる決心がついたのだ。もう迷っているときではない、と。それに……」

近松はいったんそこで言葉を切った後、ゆっくりと続けた。

「……それが依頼でもあったからな。受けた依頼には応えねばならん」

「依頼？　依頼て……」

「徳兵衛を助けろと、頼まれただろう？　忘れたわけではあるまい」

「……いや、あの少将の依頼なら、とっくに片付けて……」

今度は虎彦が、そこまでで言葉を呑み込んだ。

もしかすると、あのときの少将の文には、こういうやり方でお初と徳兵衛に救いをさしのべることまで、依頼されていたのだろうか。――そう、気づいたのだ。

近松の浄瑠璃に救われたと言っていた男が、去り際に、そうやって近松の背中を押してやろうとしたのかもしれない。

（最後――て言うてたからな、あいつは）

もしかすると、少将が置いていった文には、単なる依頼だけではなく、近松や虎彦に宛てた別れの言葉のようなものもあったのかもしれない。――それに気づいたのも、かなり後になってからのことだった。

だからこそ、近松はあのとき、少将のために動くことをしなかったのかもしれない。

だが、本当にそうなのか、確かめる気はなかった。

今さら、知る必要はない。

すべては、終わったことだ。

九平次が関わっていた公家の家督争いについては、表沙汰にはならず、その後、あらたな動きが起きることもなかった。

そのことに虎彦はほっとし、近松やあさひも、一様に安堵の表情を浮かべていた。

肝心の少将本人は、その件について、自ら口にすることは、いっさいなかった。以前と同じように、ふらりと竹本座に現れ、優雅な笑みを浮かべて虎彦と言葉を交わし、たまに浄瑠璃を楽しんだ後、若様然とした身なりにあわない屋台の蕎麦など食べて去っていく。どこに住んでいるのか、竹本座に来ないときは何をしているのか、まるで判らない。そういう暮らしを続けている。

（まあ、それでもええか……）

ただ、少し、以前と違うところもあった。

屋台の主人や近くの長屋の女房連中にも、「少将さん、久しぶりやねえ」などと声をかけられることが増え、そのたびに愛想良く立ち話なんぞをしているのだ。

そうなってから初めて、虎彦は、これまでの少将が、竹本座の者以外の町の者と、ほとんど言葉を交わしていなかったことに気づいた。屋台で飲み食いしていても、穏やかな表情でごまかしながら、ただ黙っていることのほうが多かった。

（そういえば……）

騒ぎの後の虎彦とのやりとりで、少将は、虎彦が字を読めないということに、心底から驚いたようだった。目を丸くして絶句していたから、虎彦は呆れて言った。

「阿呆か、お前。町の破落戸なんぞ、ほとんどが自分の名前も読めんわ。お前も爺さんと同じで、少しは町の者のこと、知ろうとしたらどないや」

少将は何も答えなかったが、もしかすると、そうすべきだと思ったのかもしれない。

だったらおもしろい、と虎彦は思う。町の者のことなら、いくらでも教えてやれる。そのかわり、字を教えてもらうのも、いいかもしれない……。

そんなことを思いながら、今日も虎彦は、売り物の花を並べ、商いに精を出す。

このところ、以前の倍ほどの量を仕入れているのだが、夕暮れどきにはきっちり売り切れになっている。

今日も、そうだった。残りは後、白菊がわずかのみ。

竹本座の木戸のなかからは、切々たる三味線の音が聞こえてくる。

聞き慣れた節にあわせて、ついうろ覚えの浄瑠璃を口ずさむ。

その虎彦の横で、うぉんと一声啼いて、鬼王丸が立ち上がった。嬉しそうに尻尾を振り、人混みの向こうへ顔を向けている。

そのなかから、見慣れた長身が優雅に歩いてくるのが見える。

夕飯前に現れるとはちょうどいい。屋台で寿司でも奢らせてやろうか、いや、ここは商売繁盛している自分が奢ってやるか。

そんなことを考えながら、虎彦は少将に軽く手を振って見せた。

本書は、二〇一八年四月にポプラ社より刊行されました。

近松門左衛門の浄瑠璃「曽根崎心中」の上演及び、
その題材となった心中事件は、元禄十六年の出来事です。
本作の時間軸と異なりますことを申し添えます。

近松よろず始末処

築山桂

2024年1月5日　第1刷発行

発行者　千葉 均
発行所　株式会社ポプラ社
〒102-8519　東京都千代田区麹町4-2-6
ホームページ　www.poplar.co.jp
フォーマットデザイン　bookwall
組版・校正　株式会社鷗来堂
印刷・製本　中央精版印刷株式会社

N.D.C.913/350p/15cm　ISBN978-4-591-18032-7

落丁・乱丁本はお取り替えいたします。
ホームページ(www.poplar.co.jp)のお問い合わせ一覧よりご連絡ください。

P8101484